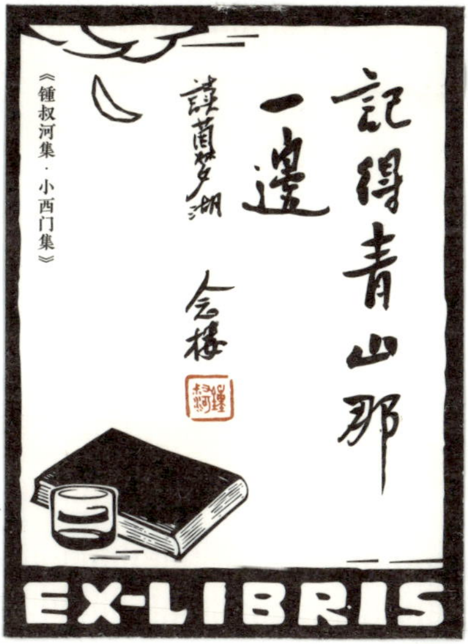
《锺叔河集·小西门集》
記得青山那一邊
念樓
EX-LIBRIS

小西门集

锺叔河集

The collected works of Zhong Shuhe

4

小西门集

岳麓書社·长沙

我的杯很小，但我用我的杯喝水。

——缪塞

著者说明

《小西门集》，岳麓书社二〇一一年五月初版，收文六十七篇，大都为记事、怀人、思旧之作。

各篇在报刊发表后，多曾收入本人历年出版的各种文集，如《锺叔河散文》（浙江文艺出版社一九九九年八月初版）、《念楼集》（安徽教育出版社二〇〇三年二月初版）、《偶然集》（凤凰出版社二〇〇三年十月初版）等。

此次将初版中《喜与忧》《三味书室与三味书屋》《辛亥人物佚事》等十一篇移入别集，将原来失收的《辞年》《往事忆谈》等，和以后写作曾收入《左右左》（上海辞书出版社二〇一四年八月初版）的《李普走好》《我爱我乡》等，和尚未入集的《波特兰看读书》《岳麓山上养棵树》等二十六篇加入，计存文八十二篇，均按写作（发表）先后编次，并于题下注明年月。

自序一篇仍予保留。其他各集的序跋，都编入《锺叔河集》第七卷《书前书后》了。

初版正文中图版均移置于卷首，图、文分别注明，以便参阅。

二〇二一年三月　锺叔河

【图一】《小西门集》及其他

（上）《锺叔河散文》（浙江文艺出版社·一九九九）
《偶然集》（凤凰出版社·二〇〇三）
《天窗》（湖南文艺出版社·二〇〇四）
《记得青山那一边》（海豚出版社·二〇一一）
《左右左》（上海辞书出版社·二〇一四）

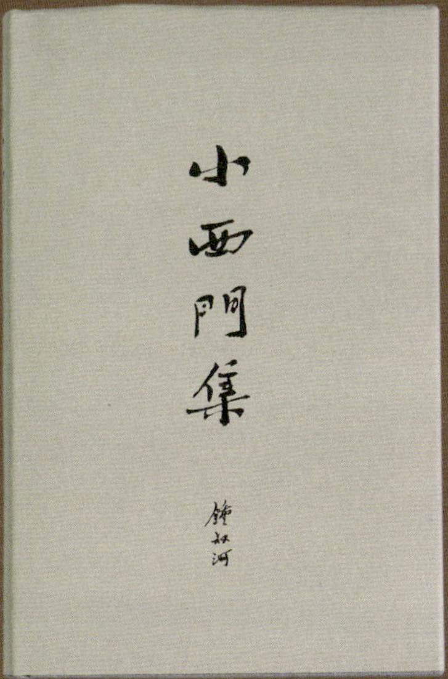

（左）《小西门集》
（岳麓书社·二〇一一）

［图二］洣江茶场

（上）平反离开茶场时（身后为六队“教育堂”）

（下）茶场的出入口（从出口往内看，一九七九年）

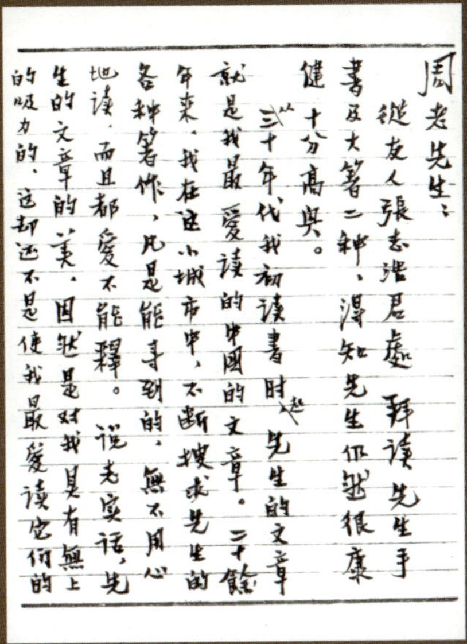
周老先生：
從友人張志澄君處拜讀先生手
書及大箸二种，得知先生仍然很康
健，十分高興。
三十年代我初讀書時起，先生的文章
就是我最愛讀的中國的文章。二十餘
年來，我在這小城市中，不斷搜求先生的
各种箸作，凡是能弄到的，無不用心
地讀，而且都愛不能釋。說老實話，先
生的文章的美，固然是對我是有無上
的吸力的，這卻還不是使我最愛讀它們的

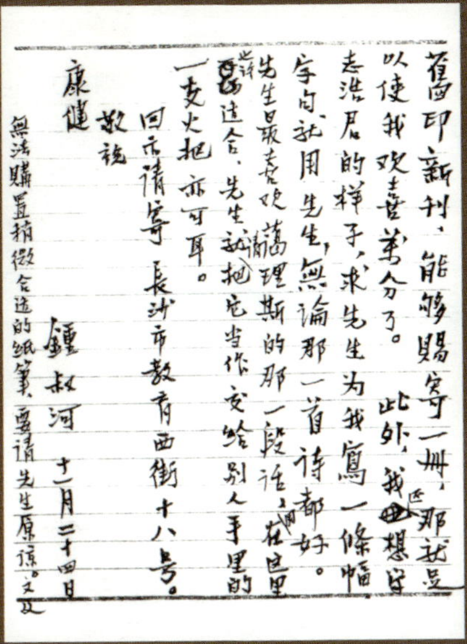
舊印新刊，能夠賜寄一冊，那就是
以使我欢喜萬分了。此外，我還想得
志澄君的樣子，求先生為我寫一條幅
字，就用先生無論那一首詩都好。
先生最喜欢藹理斯的那一段話，在這里
適合，先生就把它当作交給別人手里的
一支火把亦可耳。
回示請寄長沙市教育西街十八号。
敬祝
康健
鍾叔河　十一月二十四日
無法購置稍微合适的紙箋，要請先生原諒。又及

（上）一九六三年十一月二十四日写给周作人的信（首页和末页）

（下）一九九〇年四月九日周丰一来信，寄来上一封信的复印件

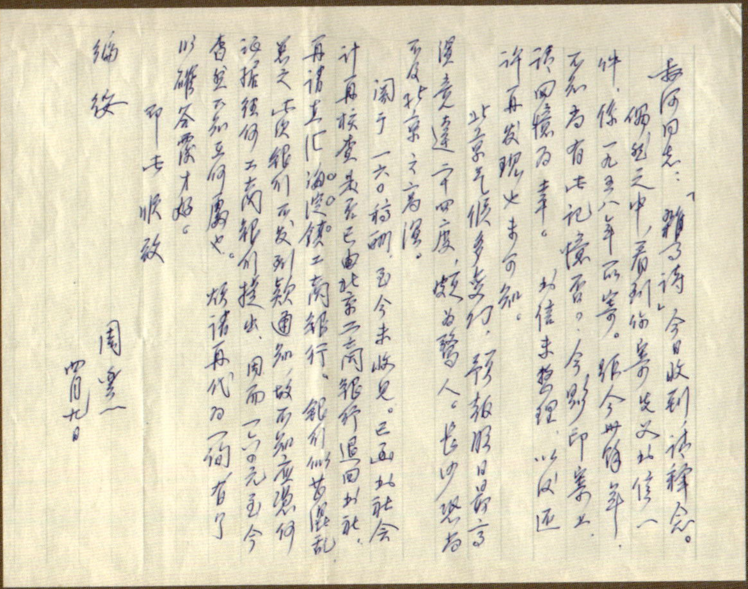
叔河同志：
"雜詩"今日收到，请释念。
偶然之中，看到偽寄先父的信一
件，係一九六三年所寄。現今廿餘年，
不知為何尚記憶否？今影印寄上，
请回憶為幸。我信未整理，以后还
許再發現也未可知。
北京天氣很多变幻，前報那日最高
温度达廿四度，殊為驚人。長沙恐怕
更是北京之高溫。
關于一六〇稿酬至今未收見。已函北社会
計再核查，款已由北京工商銀行退回北社，
再请其汇海淀工商銀行。銀行似乎很乱，
總之，既然銀行不發到款通知，故不知應憑何
証據經何工商银行提出，因而一六〇元至今
杳然不知在何處也。煩請再代為一詢，省了
以確答覆才好。
即此順致
編安
周丰一
四月九日

［图三］给周作人写信

[图四] 今夜谁家月最明

（上）张志浩、锺叔河、朱正摄于一九七九年三月，锺叔河归来次日

（下）张志浩自印诗集

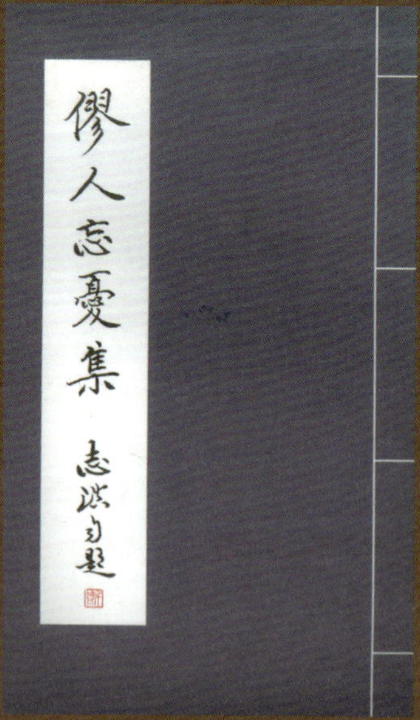

（下）“中秋对月同叔河作”

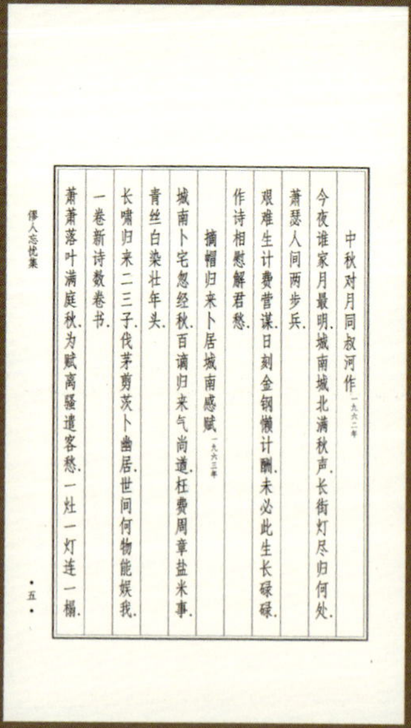

中秋对月同叔河作 一九六二年

今夜谁家月最明，城南城北满秋声，长街灯尽归何处，

萧瑟人间两步兵。

艰难生计费营谋，日刻金钢懒计酬，未必此生长碌碌，

作诗相慰解君愁。

摘帽归来卜居城南感赋 一九六三年

城南卜宅忽经秋，百谪归来气尚遒，枉费周章盐米事，

青丝白染壮年头。

长啸归来二三子，伐茅剪茨卜幽居，世间何物能娱我，

一卷新诗数卷书。

萧萧落叶满庭秋，为赋离骚遣客愁，一灶一灯连一榻，

僇人忘忧集

·五·

［图五］ 协操坪

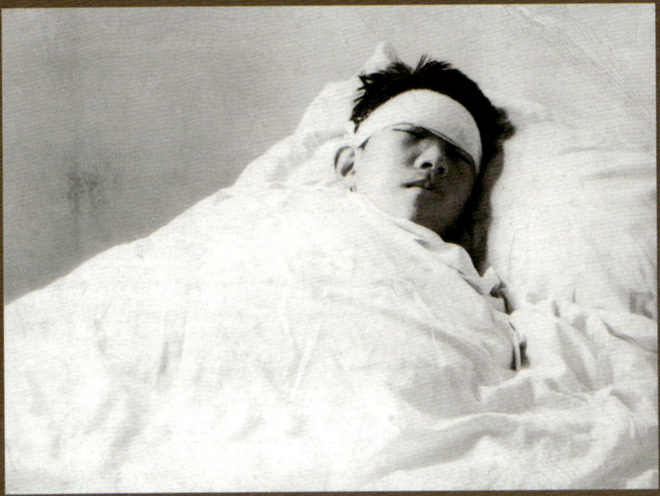

（上）一九四九年“反内战”被打伤

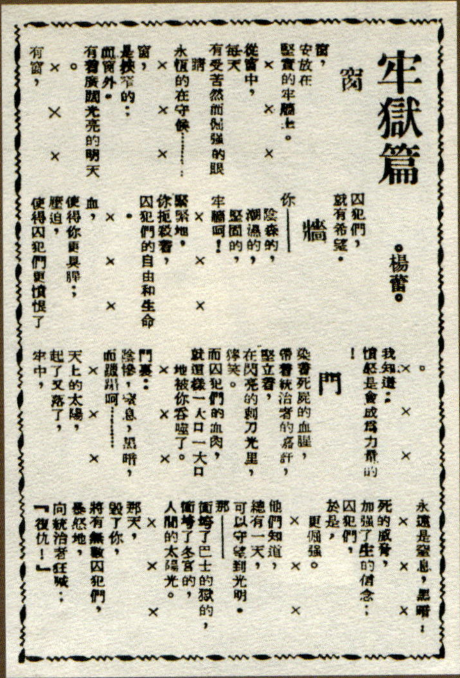

牢獄篇

·楊奮·

窗

窗，
安放在
堅實的牢牆上。
× × ×
從窗中，
每天
有受苦然而倔強的眼
睛
永恒的在守候……
× × ×
窗，
是狹窄的：
血窗外。
有着廣闊光亮的明天
。
× × ×
有窗，
囚犯們，
就有希望。

牆

你——
陰森的，
潮濕的，
堅固的，
牢牆啊！
× × ×
緊緊地，
你扼殺着，
囚犯們的自由和生命
。
× × ×
血，
使得你更具腥；
壓迫，
使得囚犯們更憤恨了
。
× × ×
我知道：
憤怒是會成爲力量的
！

門

染着死屍的血腥，
帶着統治者的窃許，
堅立着，
在閃亮的刺刀光里，
獰笑。
而囚犯們的血肉，
就這樣一大口一大口
地被你吞噬了。
× × ×
門裏：
陰慘，窒息，黑暗，
而躑躅啊……
× × ×
天上的太陽，
起了又落了，
牢中，
永遠是窒息，黑暗；
× × ×
死的威脅，
加強了生的信念；
囚犯們，
於是，
更倔強。
× × ×
他們知道，
總有一天，
可以守望到光明。
那——
衝垮了巴士的獄的，
衝垮了冬宮的，
人間的太陽光。
× × ×
那天，
毀了你，
將有無數囚犯們，
暴怒地，
向統治者狂喊：
「復仇！」

（右）一九四八年发表的《牢狱篇》中写道：“他们知道，总有一天，可以守望到光明。”

［图六］我家的摆设

（上）自制欧式木工刨

（下右）劳改时手制寄给朱纯的竹筒

（上）尚久骖（一九五〇年摄）

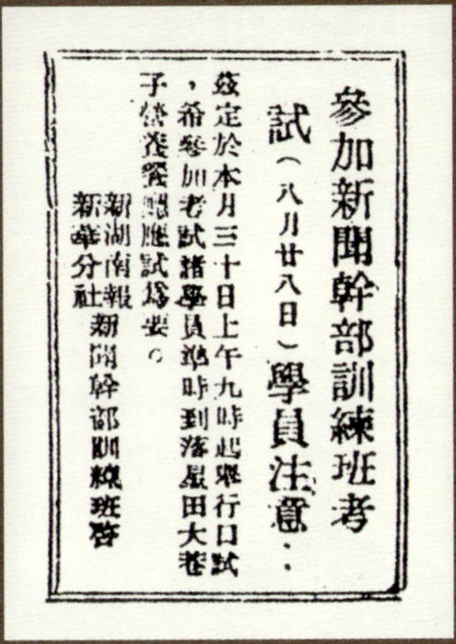

參加新聞幹部訓練班考試（八月廿八日）學員注意：

茲定於本月三十日上午九時起舉行口試，希參加考試諸學員準時到落星田大巷子候發[illegible][illegible]應試爲要。

新湖南報 新華分社 新聞幹部訓練班啓

代郵

鍾雄、宗柏生、勞柏林、劉[illegible]初同學：請於今日中午十二時來[illegible][illegible][illegible][illegible]本班招生處一談。

新聞幹部訓練班

（右）锺雄（叔河）一九四九年八月三十一日得『代邮』通知报到

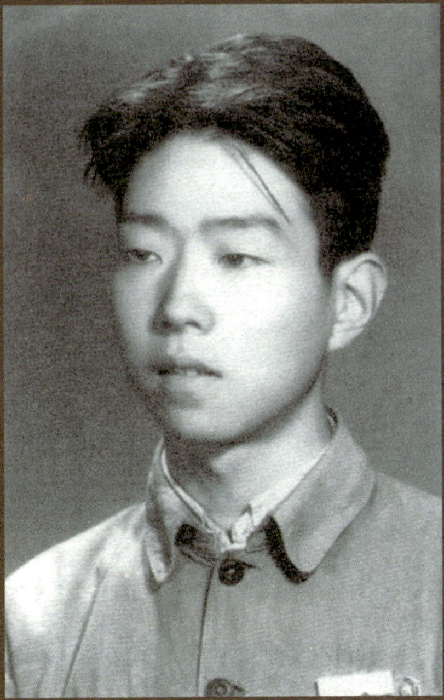

（左）报到后戴上了报社的证章

［图七］偶然

［图八］**老社长**

（上）李锐二〇〇四年照相

（下）寄照片时的来信

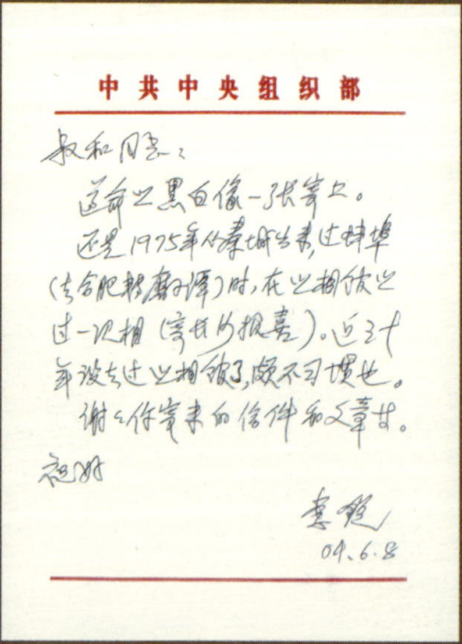

中共中央组织部

叔和同志：

送你也黑白像一张寄上。

还是1975年从秦城出来，过蚌埠（去合肥就磨子潭）时，在照相馆照过一次相（寄去的报喜）。近三十年没去过照相馆了，颇不习惯也。

谢谢你寄来的信件和文章等。

祝好

李锐

04.6.8

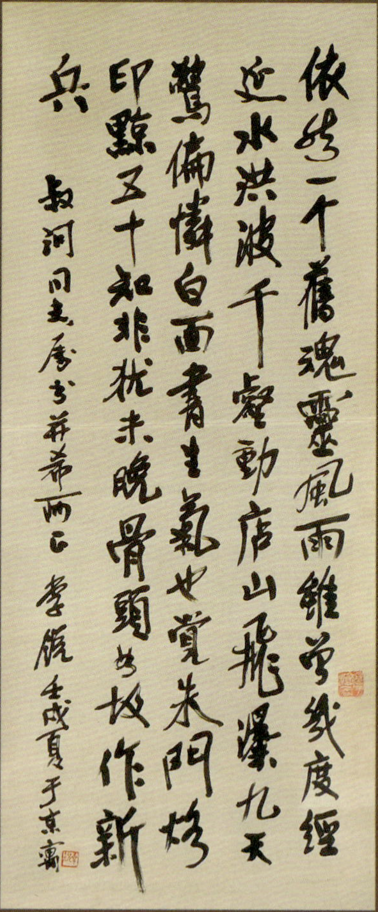

（上）依然一个旧魂灵——李锐赠诗

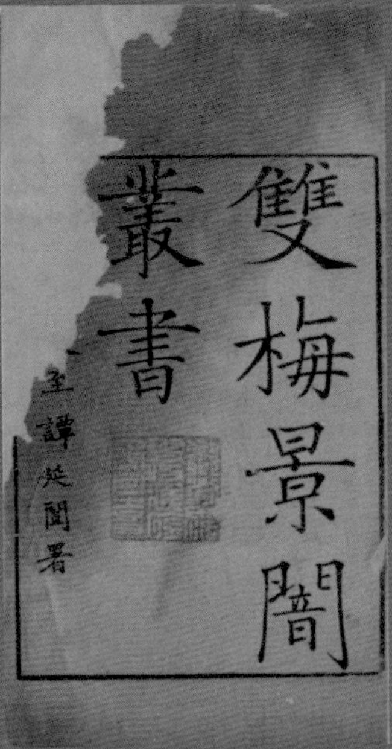

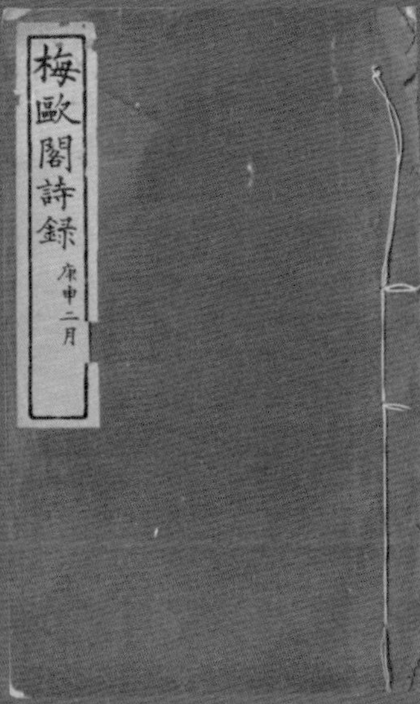

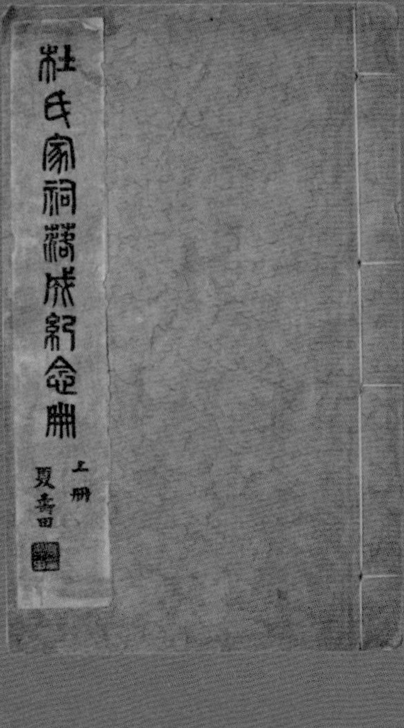

［图九］买旧书

［图十］记得青山那一边

（上）在黄、庞二烈士墓前

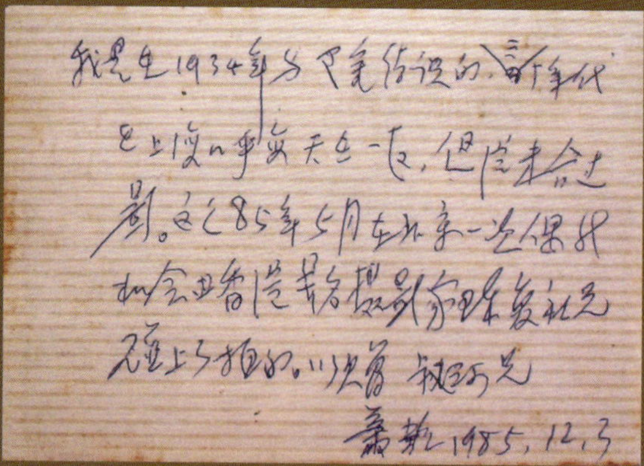

[illegible]1934年与巴金[illegible]的[illegible]年代
[illegible]天天一起，但没有合过
影。这是85年5月在北京一次偶然
机会由香港著名摄影家陈复礼先
生碰上了拍的。以[illegible]
萧乾 1985，12，3

（左）巴金、萧乾合影，萧乾一九八五年题赠

［图十一］时务学堂何处寻

（上）戊戌时父亲在时务学堂为第二班外课生，百年后往故址凭吊留念

（下）滦市商钱局民国初年发行的“伍两”银票

（下）英文 Five Taels（伍两）错成了 Five Teals（五只野鸭）

［图十二］ 一张银票

（上）与朱纯同游美国 Redwood 公园

（左 / 下）朱纯和她的书

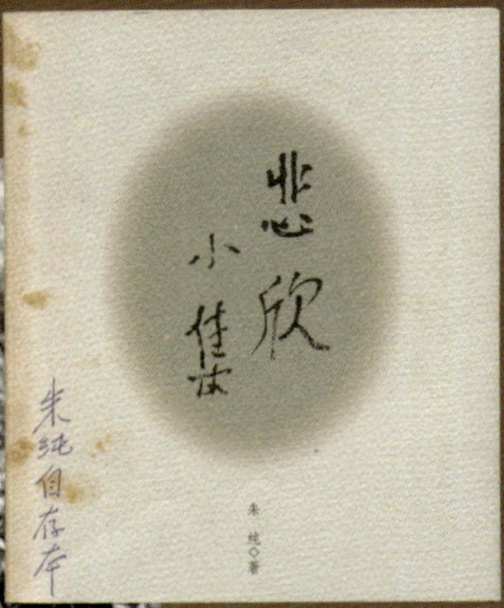

［图十三］ 悼亡妻

[图十四] 父亲的泪眼

（上）一家六口（兄弟姊妹当时都没有结婚）

（下）十一岁时父亲抄给我读的《词学辨体》

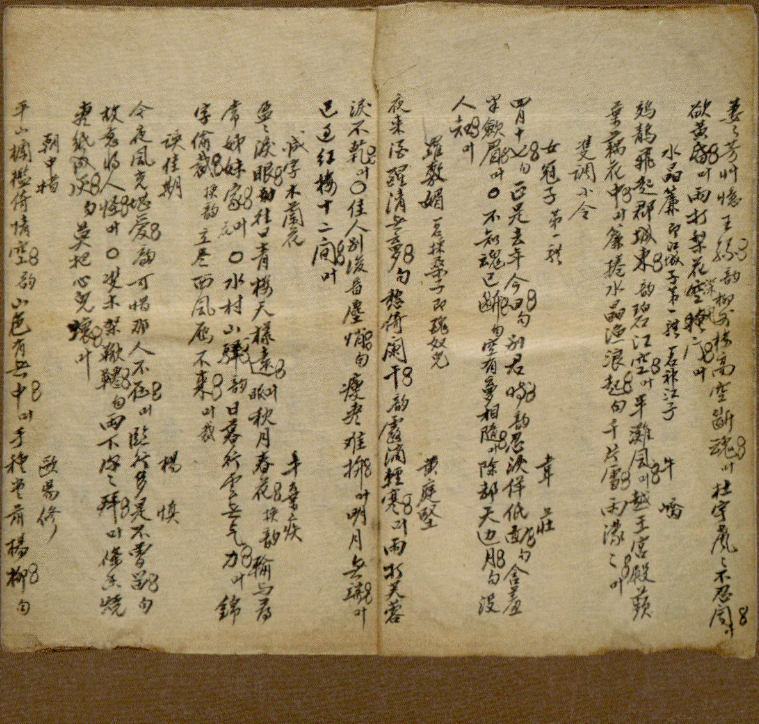

（右）赠送给李一氓的摹刻油印本
（与李藏明刻本同存四川省图书馆）

（下）劳改时摹刻的《水浒叶子》

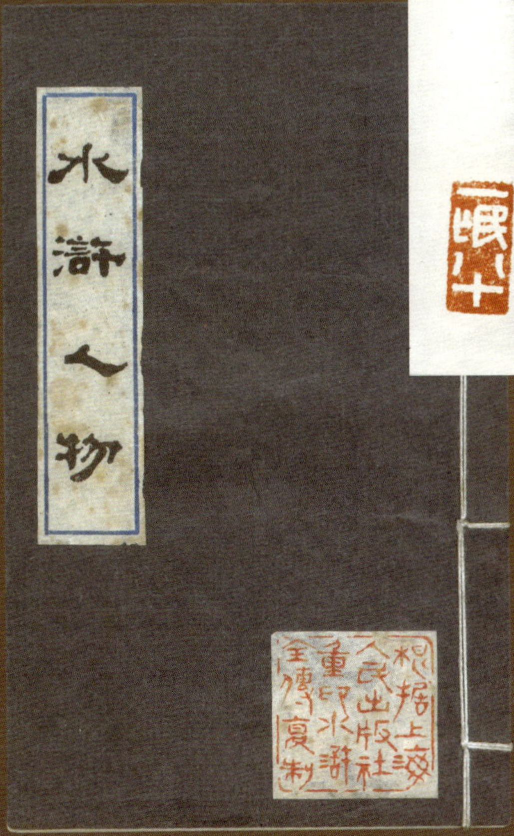

〔图十五〕《水浒叶子》的往事

[图十六] 岳麓山上养棵树

（左）九十岁时去看树

（左）朱纯说要养棵树

目　录

·图版目录·

小序

写点与自己“工作”无关的小文章并结集出版，始于一九九二年，时年已六十，别人“四十岁学吹鼓手”成为笑柄，我比他还晚了二十年。好在目的不在习艺糊口，不必担心没有人唤去吹吹打打，不过想利用“离职休养”后的闲时，讲一点自己想讲的话罢了。

其实这和平常跟朋友扯谈也差不多，但来友不过二三，晤言只在一室，写文章却不限于此，故多少有些兴趣。至于写的内容，则正如一位书评人所说的，确实较为芜杂。因为学无专门，又缺乏关心国家大事的心思和胆气，所以只能谈些琐碎的见闻和感想，但有时亦不免涉及一点本人和别人的事情，尤其是那些总是记得的。就拿《书前书后》来说，虽然名不离书，却也有《列那狐》《喜与忧》和《记潘汉年》几篇是写本人和别人的。今即从已发表的作品中选出此类文章若干篇，编成这样一本，书名仍循例以一篇名充数，就叫《小西门集》。

集中还选有《记得青山那一边》一篇，兼作书名也许可以，因为字数嫌多，结果还是舍弃了。这是许多年前所写旧诗中的一句，典出德国斯托姆作小说《茵梦湖》，巴金译文有云：

> 我们的青春就留在青山的那一边，可现在它到哪儿去了呢？

真的呀，谁知道，谁能说，我们的青春，它到哪儿去了呢？世间有些事情，恐怕永远都只能意会，不能言传的吧。作文编集，亦不过企愿自己的悲欣留下些微痕迹，若能使人接触以后偶起感兴，那便是作者最大的满足了。

南京朱赢椿君出于错爱，曾表示愿为本书整体设计，代理出版，并亲自监印，使成精品。惜“天”不遂人，未能如愿。朱君制作的书衣，我确实喜欢，希望今后还能有得到的机会。

二〇一〇年岁末，自序于长沙城北之念楼。

柏林寺访书

（1980. 3）

为了搜集清人出国载记，我们四出访书，于一九七九年底到了北京。岁暮天寒，又下了大雪，虽然东单和王府井一带仍旧熙熙攘攘，到雍和宫大街就行人冷落了。拐进戏楼胡同，这条还没有“动手术”改造的小胡同里，几乎阒无一人，在雪中显出一种寂静之美。一百多年来一直不为人知的国人巴黎公社目击记《三述奇》的稿本，就收藏在这条胡同尽头的柏林寺里。

《三述奇》的作者张德彝，一八四七年(清道光二十七年)出生于柏林寺附近龙王庙胡同一户普通旗民家中，少时进了清廷开办的第一所外语学校同文馆，卒业后到总理各国事务衙门当翻译，后来一直在外交界服务，最终做到了出使英国大臣。他一生八次出国，每次都写了一部日记体裁的“述奇”也就是游记。《三述奇》记他一八七一年(同治十年)随兵部侍郎崇厚出使法国，恰好遇上了普法之战和巴黎公社革命。他在巴黎、凡尔赛、波尔多等地逗留了大半年，亲历三月十七日巴黎人民起义，目击旺多姆纪念柱(他记作“万洞坊铭胜铜柱”)被毁、巴黎街垒战、公社战士壮烈牺牲等历史场面，逐日记载，写成了这部十多万字的书。

张德彝八次“述奇”(《七述奇》只存有八十页未成稿),除了《航海述奇》和《四述奇》外,均未刊行。一九一八年张氏逝世后,全部“述奇”的稿本由次子仲英保存。一九五一年张仲英年过古稀,为了不使先人手稿因社会变动遭受损失,派儿子张祖铭将其全部交给了公家。张祖铭现在石家庄市第十五中学任教,他在一封给我的信中说:“先祖遗物,除送交国家者外,由于众所周知之原因,业已荡然。……若无先生之努力,先祖遗作恐亦无人能知,湮没于世矣!”

《三述奇》和其他“述奇”稿本,转由公家保存之后,几经周折,最后收藏在柏林寺——北京图书馆分馆。此处位于北京内城东北角,原是一座以藏经著名的古刹。但建筑和人一样,它的时运并不因肚里装的书多少而转移,很久以来,这里的香火就衰落了,远不如邻近的雍和宫。那里是雍正皇帝的“潜邸”,又有表现人兽交媾的欢喜佛可看,故能吸引多多的善男信女。一九四九年以后,柏林寺没有能够作为佛教胜地保存下来,却因为有几楹藏经楼可以利用,便成了一处存放古籍的地方。

这里无旧丛林的气派,也不见新建筑的恢宏,两垛砖砌柱,一张旧木门,门外除了“戏楼胡同一号”一块门牌,再没有别的标志。全亏了北京图书馆的张玄浩先生,他看见我在北海图书馆的卡片柜里反复搜寻,又向社科参考组恳求帮助,而那里的几位中青年同志虽然热情接待,却无法解决我的问题,便主动表示关心。他是西南联大毕业生,五十年代即到图书馆工作，学识宏富，乐于助人，而且对京中各处收藏十分熟悉。他认真倾听我向他介绍了《走向世界丛书》的计划，表示非常赞赏，愿意帮助，当即画了一张路线图，指示我去柏林寺，自己又骑单车随后赶来。在管库人员的协助下，经过好几天查找，我们终于发现了这部分装八卷、用蓝色布函护封的稿本。

张先生将我们带进柏林寺后，我和同去访书的杨坚兄如入宝山，目不暇接。每天清晨，我们从北京城西的月坛北小街招待所出发，横贯全城，赶往城东北角上的柏林寺，总要到下午关门时才恋恋不舍地离开。因为实在太冷，来这里看书的人并不多，有时就只我们两个。阅览室一位六十多岁的工作人员，扎脚棉裤，老式棉鞋，一口道地的京白，生煤炉冲开水，彬彬有礼。每天我们走时他总要殷勤致意："您走啦，您明儿早来。"就这一点，也使我们觉得古道犹存，如果不抓紧访书，真对不起这位勤勤恳恳的老者。天天从北海公园门口过身，终于连偷半天闲进去逛一下的勇气也没有，竟然将心中早想看看的北海雪景耽误了。

潘汉年在洣江

（1983.4）

潘汉年被囚禁的最后几年里，我有幸(其实应该说是不幸)能见到他，那时我已经是洣江茶场的“老犯人”了。

洣江茶场，即湖南省第三劳动改造管教队，犯人们给家属写信的时候，则只能写寄自“茶陵第二十七号信箱”。我的八年劳改生涯，就是在这个地方度过的。

建场之前，这个地方叫作“米筛坪”，意思是一大片不能蓄水的荒坪，天上落下来的雨水像倒进米筛，一眨眼全漏光了。可是，经过一批又一批劳改犯人的手挖肩挑，到我去时却已成了“水旱保收”的丰产茶园。过去有本叫《湖南》的大型画册，“山坡上多种茶”标题下的彩色照片，拍摄的就是这个地方。——当然犯人一个也看不见，在绿油油的茶园中采茶的，都换成穿红着绿的“革命群众”了。

茶场不光是种茶、采茶，还有规模甚大的茶叶加工厂，生产出口换汇的红茶。制茶需要各色各样的机械，因此又有一个机械厂。在机械厂干活的，大部分是犯人，还有刑满留场就业人员，也有一些工人。我因“反右”离开报社后，凭着在学校学过几天“用器画”（这是个日本名词，如今叫“制图”）的本事，就靠绘制机械图纸为生，一直混到自己“攻击伟大的无产阶级文化大革命”被捕判刑十年的时候。到劳改队后，这里正缺绘图人员，便将我派到机械厂来了。

大约在一九七四年底或一九七五年初，管绘图室的干部忽然交下一项任务，要在关押反革命犯的二队和关押女犯的一队的监房旁边各盖两间小平房，叫绘图室赶快画施工图，编造预算。这两间小房子是干什么用的？盖起来以后让谁来住？干部照例不说，犯人和就业人员也照例不问。

负责画土建图纸的就业人员，劳改前在煤矿工作，和我这个犯人的关系还算好。我们有时可以比较随便地谈几句话，用不着害怕对方添油加醋去检举揭发。

“这房子是给什么人住的呢？”

“谁知道，反正不会是给你和我住的就是了。”

“会不会是给管教干部住的呢？”

“不可能，干部从来不会住在靠犯人这么近的地方。”

“给起专门的小房子，还有女的，是谁被送到这个地方来呢？”

我在被捕之前，从大字报上看到，胡风被判刑后关在四川，是夫妻一同监禁的，知道咱们国家有这么一种关人的方式。“文化大革命”打倒了这么多人，许多人被开除出党，被宣布为反革命，关人的地方当然需要很多，但是，究竟是谁会被关到这个井冈山脚下的偏僻地方来呢？当时我当然无法想到押送来的会是潘汉年夫妇。

图纸很快画出来了，预算也造出来了，可是并没有来拿。过了一些时候，干部仿佛顺便似的交代了一声："这些都不要了。"

为什么不要了呢？干部照例不说，犯人和就业人员也照例不问。我们只知道又有一些做泥木工的犯人，在远离监房的地方，在场部食堂和干部宿舍后边，将原来做浴室和炊事员住房的一排小平房改动起来。为什么需要这样做，我当时并不明白，现在仍然不太明白。——也许因为潘汉年妻子董慧的身份不一样，她至少在形式上不算是犯人，所以必须如此才合乎"政策"吧。

泥木队的犯人，因为劳动性质的关系，跟全场绝大多数日出而作日入而息，整天由武装押着在茶园里集体劳动的犯人不同，是可以在机械厂、加工厂等处分散行动的。大约在一九七五年的夏天(也就是小平房改好后不久)，有个泥木队的犯人告诉我，新改好的小平房里住进了一个老头儿和一个老太婆，看样子是犯了错误的大干部。他们有不少的书，有钱买鱼和蛋吃，抽的又是好香烟。有两个去那里修阴沟的犯人，从老头儿手里弄到了一包"牡丹牌"。

"牡丹牌"的新闻很快传遍了泥木队的监房，但随即也就产生了后果："非奉命令，不准接近本队以外的犯人，尤其是特殊犯人。"这证实了我的判断，来者是被当作犯人的特殊人物。但是我仍然没有想到，他就是二十年代的湖畔诗人，抗战前后上海和香港的地下党负责人，五十年代上海市的第一副市长潘汉年。

一九四九年八月“参加”时我只有十八岁，过去只在照片上见过潘汉年。但是我曾经爱好过文学，也稍许关注过文坛状况，潘汉年对我并不是一个陌生的名字。一九五五年，二十四岁的我成了肃反对象。开始时，我抱着幼稚的信徒的心理，宁愿相信这一切都是“革命的需要”，为了“革命的利益”，应该承认加在自己头上的罪名，认为被误解的仅仅我一个，而斗争总是正确的。但是，后来见到在我看来不仅不是坏人而且是品质和学问都很好的人一个个都成了反革命，肃反人员却硬要我“反戈一击”去指控他们，被迫这样做了几天之后，反抗假和恶的本能终于在我心中苏醒，于是对他们说：“一个人也许应该为了革命牺牲自己，但无论为何总不应该将别人作为牺牲，即使是为了革命。”

从此以后，对于报上大登特登的关于杨帆、潘汉年是反革命的消息，我也就不敢相信了。对于阿垅和张中晓等人的信件，究竟是文人之间的笔墨，还是反革命密谋，我也就有自己的看法了。而这些，当然又成为一九五七年把我划为右派、一九七〇年将我判刑十年的根据。

就在“牡丹牌”的新闻发生后不久，一九七五年八九月间某一天，我们收工整队回监房，经过场部商店门口时，走在旁边的一个犯人轻声对我说：“快看！快看！站在商店门口的老头！”我一眼望去，是一个身材矮小，面容清癯，头发白多于青而且非常稀疏，穿着一件旧灰色派力司中山装的老者，手里提一只小竹篮。再一看他的面貌，似乎像一个什么人，可是又全然不能记起。一面看，一面走（犯人在行进中是不许停步的），很快就走过商店了。我忙问那个犯人："他是谁啊？""特殊犯人嘛！""真正特殊！"旁边走着的犯人也议论开了，"准许他到商店买东西哩！""我还看见过他到邮局取报纸。""听说还拿一百块钱一个月的生活费。""莫讲，莫讲了，队长在注意我们了。"

那时正在"批林批孔"，有个造反派工人当了我们的队长，这是个性子直爽的北方人，凭良心说对我不坏，只是常常"说话走火"，"原则性不强"，粉碎"四人帮"后听说受了些批评，后来自己请求调离了。他常找犯人谈话，进行"形势、政策、前途教育"，"最高指示"是少不得要背诵的：

> 什么样的人不杀呢？胡风、潘汉年、饶漱石这样的人不杀。……不杀他们，不是没有可杀之罪，而是杀了不利。……

他越说越兴奋，忽然想起应该联系实际了，伸出手指头对我点了点。"锺叔河！你当然也不杀啊！"他意味深长地说，"不是没有可杀之罪啊！现在呢？不杀，一个不杀。这就是政策，英明的、正确的、伟大的政策。是不是？你说！"

停了一下，"造反队长"见我没有回答，又继续说道："一个不杀，这是事实。潘汉年也没有杀，你们不是都看见了吗？"

我一直微笑着听着"造反队长"的训话，老实说，我对他颇有好感，我觉得他倒很有一股子想把工作干好的热情，我想把他说的话和他说话的神态尽量记下来，想记住他这个人物。

可是，听到这里，我心中一动，不禁“啊”了一声。

“是嘛，你也不能不感动嘛！”“造反队长”为他能引起我的反应而高兴了，“该杀的我们都不杀，养起来。潘汉年就养在我们沭江茶场。这是不能让你们知道、议论的事情。你表现还不错，图纸画得很好嘛。告诉你，让你相信党的政策。潘汉年还不杀，你就更不得杀了，是吗？”

我漠然地点了点头，心里却在想：潘汉年，潘汉年，我知道了，难怪商店门前一眼望去似曾相识。你创造社的青年作家，你共产党的地下工作者，竟然也被关到劳改队里面来了吗？

虽然“造反队长”嘱咐我“不要说”，我还是把这个消息告诉了另外几个知道潘汉年名字的犯人。渐渐地，所有的犯人都知道了，住在小平房里的是“不杀”的原上海市第一副市长，当然许多人是通过别的途径知道的。

一九七五年和一九七六年冬季以前，潘汉年的身体还比较健康。他曾经多次到机械厂的木工间来买引火柴。自己到值班室交钱，到木工间捡些木片木块，过了秤，放在篮子里自己提回去。好几回，我在值班室前和木工间里(我去那里帮助做翻砂木模的犯人看图纸)遇见他。他那清癯的脸上总是那样安详、恬静，有时候在我看来还略带矜持。

有一次，木工间没有合适的柴火，只剩下一些大块头。潘汉年将大块头往篮里装时，篮子倾倒了，恰巧我在一旁看到，赶紧走拢去帮助他扶住。他对我说了一声：“谢谢！”声音很小，但是清晰、凝重，完全不像在劳改队里听惯的声音。

“潘老！”当两个人同时弯腰时，我轻轻喊了他一声。

潘汉年没有回答，他只将眼睛转朝向我，注视了片刻。脸上的表情仍然安详、恬静，但是也含有几分疑惑，因为我是个陌生人，又是湖南口音。

“我叫锺叔河，一九五七年的右派，攻击‘文化大革命’，判了十年。”我急急忙忙地、低声地向他吐出这一串不连贯的字句。不知道为什么，甚至事先连想都没想到，会在有机会碰到他时对他讲这些话。在被关押了五六年，被迫和社会隔绝了五六年，在整天是“请示汇报”“交心交罪”“坦白检举”的气氛中，恐怕遇到任何一个自己认为可以交谈的人，都会这样迫不及待希望向他讲上几句，甚至是一句半句也好的吧。

他脸上的疑惑消失了，恢复了安详，用同样轻轻的声音说了一句：

“相信人民。”

哦！相信人民。我们当然应该相信人民，但人民现在在哪里呢？

可是不能继续交谈了。木工间里此时虽然没有干部，却颇有几个喜欢汇报的“改造积极分子”。有一个已经停止工作，在注意我是否“违犯监规”了。那是个因强奸女知青而判刑的木匠，幸而他只能注意类似向别人伸手讨烟抽之类的“问题”。

这样又过了好几个月。有一次，我奉命去邮电所取犯人订阅的杂志，单独行动，在邮电所前又碰到了潘汉年。

他显然已经认识了我。他的目光除了安详、恬静之外，又增添了一丝友善。

“您好!”我四顾无人，又忍不住向他说了起来，“您难道会永远在这里关下去？我是想不通的，我要申诉。申诉有没有用我不管，总要把我的道理讲出来。”事实上，我是一直在写申诉，一年一次。

他仍然没有做声，只凝望了我一眼，轻轻摇了摇头，不知是示意我在这种环境下最好少冒风险呢，还是对我讲的情况表示惋惜，然后就提着篮子(篮子里放着报纸)走过去了，只轻轻地说了一句：

“你还年轻。”

我还年轻吗？一九七六年我是四十五岁，也许正是“为人民服务”的大好时光，可是，十年徒刑还有五年啊!

这时我正在绘图室一位青年工人的帮助下(所谓帮助，就是用他的名义将书借来)通读“二十四史”(场部有一个职工图书室，不仅有新书，也有一些不知从哪里弄来的旧书)。读史增强了我对历史的责任感和信心，我深信，把无罪者当作罪人的悲剧总有一天要结束。但是，自己已经四十多岁了，身体早已被折磨得虚弱不堪，颈椎病、腰劳损、气管炎……我还能不能活到那一天呢?

“你还年轻。”当晚躺在监房的黑暗中，这句轻轻的、平淡无奇的话仍然萦绕在我的耳际和心头。在我听来，它蕴藏着关怀和鼓励。“你还年轻。”这就是说，你还应该有坚持下去的力量，你还可以看到该倒的倒下去，该站的站起来。

不错，我还年轻，我不怕，我得坚持下去。

一九七六年，黑夜终于开始破晓。劳改队高高的围墙，也遮不住连天的曙色。这年十一月间，我又交出了重新写过的一份申诉书，最后一句是：

我要求的并不是怜悯，我要求的不过是(而且仅仅是)公正。

绘图室里的紧张气氛也渐渐有所缓和，谈话的内容多起来了。就业人员先是摘了帽子，接着又转成了工人。工人师傅和几位干部，对我的态度也不同了一些。关于潘汉年和董慧的情况，我又陆续听到了许多。

潘汉年是一九七五年七月从北京送来洣江茶场的，董慧比他早两月到来，他们原来并没有关在一起。听说，老夫妻在见面的时候，都流了泪。

他们夫妇俩带来的东西很多。董慧的身份据说“不是犯人”，带来了电视机。潘汉年则带有很多书，还有一副钓鱼竿，大概他在原来被“优待”的地方是可以钓鱼的。至于是一些什么书，我确实想打听打听，可是看到的人弄不清楚，只说“有好多鲁迅的书”。(顺便说一句，干部和工人们也是被告诫了的，不允许和潘氏夫妇接触。)

他们夫妇俩同住在由浴室改成的小平房里，被允许在茶场范围内“自由活动”。初来的头一年，潘汉年总是每天五点多钟起床打太极拳，接着就打扫屋子周围的卫生。到木模车间买柴火，到邮电所取报纸，都是这一年里的事情。可是，贾谊所谓居此“寿不得长”的湖南卑湿之地，对老人的健康太不适宜了。尽管他恬静、安详，尽管他天天打太极拳，尽管他已经等到了“四人帮”的完蛋，到一九七六年冬天，潘汉年就开始生病，出来行动的时候也少了。

大约是一九七六年底一九七七年初的一个大晴天，我被叫到场部去“搞宣传”，有意从潘汉年夫妇的住房前走过，只见潘汉年穿着棉大衣，戴着三折帽，坐在屋外晒太阳。他的面孔向着一大片菜园，替干部种菜的犯人们正在菜园里劳动。我只看到他的背部。

这是我最后一次见到他。

一九七七年二月，听说潘汉年病重，在场部医院治疗。场部医院的医疗水平，大概等于长沙市的街道卫生院吧。三月间，又听说上头叫把潘汉年送到长沙去抢救。不知道是出于什么考虑，反正人是用汽车送走了。送走的消息我是事后才知道的，接着便听到了他的死讯。据说，他的病是肝癌，送到湖南医学院附属医院去时，用的名字是化名。

老实说，潘汉年的死并没有使我特别悲哀，我的情感早已钝化和麻木了。那么些年，死人已经是司空见惯的事。我曾亲眼看见一个犯人用菜刀将自己颈项拉开一个大口子，还用手从口子里往外拉气管(或者是食管)。我还曾亲眼看到个白发苍苍的老太婆，因为“为刘少奇翻案”被判处死刑，当场枪毙示众。用一根裤带或绳索悬梁自尽的尸首，少说也目睹过三五回。像这样“正常死亡”，而且死前被送到“大医院”去抢救，要算是绝无仅有的了。我只有一种烦躁的感觉，为什么“四人帮”已经倒台，平反冤假错案的工作还做得这么迟缓。

潘汉年死后，董慧也因病住进了场部医院。关于她，听到的新闻也有一些，大都是当作笑话讲的。比如说，买了个鸡不会杀，不会脱毛，不会开膛破肚。她没有小孩，就买了个毛长长的哈叭狗玩具，连住医院也要带着放在床头。茶场为了“照顾”她，轮流派干部家属去帮她料理生活，由她从每月一百元生活费里拿出几十元作为这些家属的报酬，她却连自己的手表被一位家属换走了也不知道。……

我是在原判刑期还差一年的一九七九年三月十六日平反离开第三劳动改造管教队即洣江茶场的，董慧在我离开之前二十来天死于茶场医院。

我一次也没有在近处见到过董慧，没有和她讲过一句话。

十六日当天下午我和去茶陵接我的二女儿回到长沙，朱纯和老大老三在车站等着，朱正也来了，张志浩则替朱纯守着家。随后几天，他二人差不多每天早饭后便来到我家，跟朱纯和孩子们一起，听我讲劳改队的事，当然少不了谈到潘汉年。朱纯说：“他们还算好的，两公婆还在一起。”张志浩笑道：“那是高干待遇啊！”

列那狐

（1991.4）

古人诗云：“青灯有味似儿时。”但我回忆起自己儿时在灯下所读的书，凡是父师督责着读的，都没有什么趣味；觉得有味的，只有几册插图童话故事，尤其是《列那狐》。

列那狐实在不是一个好的榜样，但是，它的故事却是多么有趣，书中的插图(后来才知道是Kaulbach为哥德德译本所作钢笔画)又是多么强烈地激起了我的幻想啊！长着两只尖尖长长毛耳朵的列那狐，穿着庄严的神父长袍，戴着圆圆的小帽，一面教着四只小兔子学生诵读“克里独”（Gredo，意思是“信条”)，一面却伸出爪子抓住了肥肥的克瓦兔的咽喉；另外三只小兔子吓得缩起脖颈，从书页后面紧张窥视着老师，一面却还在绝对服从地诵读着和抄写着。

从此，我和邻家两个小女孩的游戏有了新的节目，先齐声高叫“克里独！克里独”，再由我伸手装出抓脖颈的样子，她们则故意高声尖叫，然后再一同大笑起来。这真是我一生中顶开心顶快活的时候。即使后来饱尝人世苦辛，每当忆及儿时的这种欢乐，我的脸上仍不禁会泛起一丝微笑，从而引起旁人少见多怪的惊奇。

那时我只有五六岁，识字不多。列那狐跟狼决斗之前，母猴绿克娜用橄榄油擦它的全身，这橄榄二字我就不认识。问过大人后，我还是不明白，那样干瘪的甜不甜咸不咸的东西，也能榨得出油吗？不过，橄榄二字从此总算认识了。渐渐地，一遍又一遍地，我从只看图画到兼看文字，从半懂不懂到大体能懂了。

如果说,“开学了，开学了”读得我昏昏欲睡,“鸡二足，兔四足”算得我意乱心烦，列那狐却诱发了我对书的强烈的兴趣。是它把我带进了书的森林，书的世界。

大人们还给我看过别的图画书，孔融让梨，陆绩怀橘。可是有梨有橘时，大人总先把大的分给我，我便只想到吃，没想到让了。其实要让也无从让起，家中只有我一个小孩，让给邻家小孩吃又是不行的，除非大人示意给“让”，无论他比我大还是比我小。

丰子恺的《护生画集》画着一条牛被牵去杀，小牛跟在后面，眼泪直往下滴。我看了也觉得难过，甚至曾经暗下决心“护生”。可是家里照常吃牛肉，红烧清炖，都比猪肉香。仅仅一件事我算是做到了，平生硬是没有杀过一回牛。

只有列那狐才是我的好朋友，是我的恩物。它确实很狡猾，常干坏事，还想尽法子逃避惩罚。但是这于我又有什么关系呢？它不过是一头能使我兴奋和快乐的小野兽，我只有在书的森林里才能遇见它。我不会变成它，它也不会变成我，它只是我到书林中游戏时的一个伴侣罢了。

在书林中漫游了几十年，我至今仍是个平庸的人。但如果从小不入书林，我一定会更加平庸，老来也一定会更加不能甘心的。

因此，我真心感激我的向导，我最初的游伴，可爱的列那狐和《列那狐》，请接受我儿时和老时的祝福。

给周作人写信

（1995.4）

和周丰一君的通信，从八十年代之初准备重印周作人著作的时候，便已经开始了。一九九一年四月，他给我寄来了这样一封信：

> 《杂事诗》今日收到，请释念。……偶然之中，看到你寄先父书信一件，系一九五八年所寄，距今卅馀年，不知尚有此记忆否？今影印寄上，请回忆为幸。书信未整理，以后还许再发现，也未可知。（下略）

所说的一九五八年，实是一九六三年。当时我被开除已经五年，正在街道工厂拖板车，劳作归来仍闭户读书，却已不蓄纸笔。为了写信给周作人，特别到小店中买了几张一面粗一面光的极薄而劣的红色横格“材料纸”，还有一小瓶墨汁和一支二角四分钱的毛笔。信是直行写在横格纸上的，末尾的日期是十一月廿四日，没写明年份。但周作人十一月廿九日写来的回信至今还在，信封上的邮戳和同时寄来的《伊索寓言》扉页上的题字，都是一九六三年。后来又看到了周作人的日记原件，一九六三年十一月廿八日记云："上午得吉光廿五日信，锺叔河廿四日信。"廿九日记云："下午丰一为寄锺叔河信，又寓言一册及写字。"说的就是这件事。

当时写信无法留底，也根本没想到要留底，所以得感谢丰一君给我影印寄回。不然的话，我说自己拖板车时和年近八十的知堂老人通过信，有的人只怕不会相信。我的信全文如下：

周老先生：

从友人张志浩君处，拜读先生手书及大著二种，得知先生仍然很康健，十分高兴。

从三十年代我初读书时起，先生的文章就是我最爱读的中国的文章。二十馀年来，我在这小城市中，不断搜求先生的著作，凡是能寻到的，无不用心地读，而且都爱不能释。说老实话，先生的文章的美，固然是对我具有无上的吸力的，这却还不是使我最爱读它们的原因。

我一直以为，先生文章的真价值，首先在于它们所反映出来的一种态度，乃是上下数千年中国读书人最难得的态度，那就是诚实的态度——对自己，对别人，对艺术，对人生，对自己和别人的国家，对全人类的今天和未来，都能够诚实地，冷静地，然而又是十分积极地去看，去讲，去想，去写。无论是早期慷慨激昂的《死法》《碰伤》诸文，后来可深长思的《家训》《试帖》各论，甚至就是众口纷纷或誉为平淡冲和或詈为自甘凉血的《茶食》《野草》那些小品，在我看来全都一样，都是蔼然仁者之言。

先生对于我们这五千年古国，几十兆人民，芸芸众生，妇人小子，眷念是深沉的，忧愤是强烈的，病根是看得清的，药方也是开得对的。二十馀年中，中国发生了各种事变，先生的经历自是坎坷，然即使不读乙酉诸文，我也从来不愿对先生过于苛责。我所感到不幸的，首先只是先生以数十百万言为之剀切陈辞的那些事物罢了。

我最引以为恨的，就是虽然经过刻意搜求，先生的一些文集仍然无法读到。如今我所藏的，不过是《自己的园地》《雨天的书》《苦茶随笔》《夜读抄》《瓜豆集》《风雨谈》以及近年来的几册回忆录而已。此外还有两本从前上海野鸡书店胡乱编印的集子，实在不能算数，只因有上述各书未收的文章，也在珍藏之列。先生究竟老了，我辈迫于生计，也无法多寻书读书，看将起来，这恐怕将会成为我永远难偿的心愿了。假如先生手边尚有留存的文集，无论旧印新刊，能够赐寄一册，那就足以使我欢喜万分了。

此外，我还想学志浩君的样子，求先生为我写一条幅，字句就用先生无论哪一首诗都好。先生最喜欢蔼理斯的那一段话，用在这里也许适合，先生就请把它当作交给别人手里的一支火把亦可耳。

回示请寄长沙市教育西街十八号。敬祝

康健！

锺叔河，十一月二十四日。

无法购置稍微合适的纸笔，要请先生原谅，又及。

信中所说“蔼理斯的那一段话”，见《雨天的书·蔼理斯的话》，兹摘录如下：

> 在一个短时间内，如我们愿意，我们可以用了光明去照我们路程的周围的黑暗。正如在古代火炬竞走——这在路克勒丢思(Lucretius)看来，似是一切生活的象征——里一样：我们手里持炬，沿着道路奔向前去，不久就要有人从后面来，追上我们，我们所有的技巧，便在怎样的将那光明固定的炬火递在他的手内，我们自己就隐没到黑暗里去。

教育西街十八号则是当时我在长沙的住处，七年后的一九七〇年三月十八日，我被逮捕判刑十年，妻女仍然住在此处。又过了九年，一九七九年我平反出狱回家，还是回到这个地方。现原址仍在，却已变成一座楼房，教育西街也和教育东街合起来称为教育街了。

做挽联

（1996.5）

我生于上个辛未年，已经六十六岁了。在六十岁以前，很少考虑死的事情，有如高中一年级的学生想到高考，总还可以安慰自己说，我还早哩。近几年，讣告里慢慢出现了同辈的人，于是开始对死有了亲近感。死者即使是父兄辈，亦不禁产生一种“吾与尔犹彼也”的悲哀，想以文字表示悼念的心情也比过去多些了。

文章写不出来，有时便凑一副挽联充数，虽然始终做不像样，感情却是真实的，因为所哀挽者不仅仅是亡人，其实也包括了自己。

头一回写挽联是为了魏泽颖君。他是解放前的农学士，我哥哥的老同事，对我也很好。这是个真正的老实人，一直兢兢业业在农业院校服务，不知怎么的却“含冤去世”了。大学里为他补行追悼仪式，其遗孀要我代她做副挽联。他们夫妇是在抗日救亡运动中合唱“流亡三部曲”时相识，进而恋爱结婚的，代拟的挽联是：

生死两茫茫，可怜谨慎一生，丹心白发年年事；
悲欢何历历，永忆流亡三曲，碧海青天夜夜心。

上联首句是东坡词，下联末句是义山诗，信手挦扯，可见我之腹俭，此为才学所限，没有法子。不过委托人却没说什么，我也算是捎带去了对老魏的一点哀思。

接着是挽杜迈之先生。杜先生是西南联大时期加入民盟的老盟员，曾在昆明办《民主周刊》，在长沙办《民主报》。一九五七年春，民盟湖南组织曾考虑恢复《民主报》，妻是《民主报》的旧人，有意归队。当时头脑简单，以为“百花齐放，百家争鸣”真的会允许党外办报，也想跟着她一道去，结果便成了“同人报右派集团”分子，杜先生亦未能幸免。杜的灵堂设在省政协，我送去一副挽联：

遗爱在人间，民主周刊民主报；
道山归岳麓，屈原祠庙屈原魂。

我以为杜先生一生活动，不离追求民主，这和屈原惓惓于君国一样，麻烦是自找的，但其志可哀，其情可悯。所谓“道山归岳麓”，则是以岳麓山代表整个长沙，那山下本有座屈贾祠，即原湖南大学一舍旧址。

接着是挽“糊涂博士”熊伯鹏。解放前长沙《晚晚报》上，几乎每天都有一篇《糊涂博士弹词》，引人注目。记得有篇题为“春去也”，另一篇题为“别了秦淮”，将南京政府土崩瓦解水流花谢的情形，刻画得淋漓尽致。当时我是个中学生，只和编“学生版”的梁中夫有些接触，不知“糊涂博士”为谁。解放后进了报社，因为朱纯的关系，知道了严怪愚、康德、蓝肇祺等老报人，虽然他们这时已经是“民主人士”，不算同行了。这时才听说，写《糊涂博士弹词》的熊伯鹏真的糊涂，居然弃文经商，“五反”运动中成了“八大奸商”之一，被判了徒刑，别了湘江，真的是春去也。一眨眼过去了三十年，我们夫妇“改正”之后，去看也“改正”了的蓝肇祺，在蓝家才见到这位久已知名的“糊涂博士”。据蓝说，博士从前爱喝酒，常豪饮，劳改多年，无酒可喝，如今既老且病，已经不能喝了。博士的死讯我是间接听到的，挽联做了一副，却来不及写了送去：

博士不糊涂，刻意伤春复伤别；
弹词今绝响，可堪无酒更无人。

两句七言还是集唐诗，因为不能做得更好，只能这样子。

今年初，少年时的朋友尚久骖八十多岁的母亲去世，我倒是闻讯就和另一位友人杨赞赶去吊唁的。尚老伯民国初年毕业于北京美专，乃是陈师曾、姚茫父的弟子，曾留学法国。尚伯母本习医，后来相夫教子，使十一个子女都学业有成，大儿子是航天工程师，四女儿是西南交通大学教授，久骖也是著名的作家。老人家驾返瑶池，可算是福寿全归。但在五六十年代，尚老伯因历史受审查，工资待遇上不去，这么多儿女的衣食学费，真够难为她的。儿女大了，又是孙子外孙子，她简直没有一天安闲过。幸而孙辈资质都好，一个个大学毕业，便是她最大的安慰。开追悼会那天，我因血压骤升，未能前去，挽联是由妻送去的：

为儿孙含辛茹苦六十年，早著令名传戚友；

有子女测地航天三万里，应无遗恨在人间。

据说尚老伯看了，还算满意。

春夏之交，唐荫荪兄又因癌症去世。荫荪只比我大两三岁，建国前参加工作时，他是大学生，我是中学生。当时我少不更事，狂妄得很，荫荪兄学识均优于我，却能对我宽容。一九五七年的“同人报右派集团”，他也是一分子，处理时我是“双开”，他则送农场“监督劳动”。一九六一年摘帽后，他从屈原农场(多有意思的名字)来长沙，送了我几条熏青鱼，我则赠以影印本冯承素摹本《兰亭序》帖。荫荪善书法，通英文，多才多艺，而又与人无忤，很好相处。他善饮，我则素不能饮，近十馀年，偶得好酒，必请他和龚绍忍兄来家，帮忙“解决”。去年他不幸得病，病情家属一直瞒着他的。有次我们到医院看望，他已消瘦得十分厉害，还笑着对我说：“你事多，不要再来了；你那瓶酒，我还是会同老龚来解决的。”住院数月，他自觉稍好，要求出院。我们同他爱人商量，能不能接他再到我家一次，使他开开心。他爱人认为可以，同他说后，他非常高兴，立马要来。于是我们将唐、龚两对夫妇都接来，做了几样荫苏喜欢吃的小菜。五粮液当然不敢给他喝，便以优质衡阳“壶子酒”代之，由他爱人掌握，让他略饮了点。后来他爱人说，这是他病后最快乐的一天，如今则已不可复见那天他举杯时的音容笑貌了。

荫苏的告别仪式是由出版社主持的，我和朱纯送去的挽联挂在大堂的右壁上：

生太不逢时，五七年间，何必想办同人报？
死只是小别，两三载后，好去相寻往者原。

“同人报”的事朱纯已经写过，“往者原”则是周作人译卢奇安《宙斯被盘问》中一处地名，那是希腊神话中死者的乐土，“在那里没有雪，没有风暴，也没有烦恼人的别的事情，死后的人们可以在那里开怀畅饮”。我想，荫苏兄在生前，一定憧憬过这样一个地方吧。我也很愿意有这样一个地方，在那里，我可以再见到平易近人而又不乏情趣的荫苏，我们再也无须担心，再也无须受怕了。这瓶为他留着的五粮液，也可以带到那里去供他开怀畅饮了。“两三载后”，这时间，也许会更快一些，也许会稍慢一些，但总归是会到来的，不是吗？

【补记一】 二〇〇〇年春，已近百岁的尚老伯又无疾而终，久骖因照护看病丈夫无法回长沙。我去吊唁时，想起五十多年前到尚家门前叫久骖出来玩的情形，那时尚老伯还只有四十多岁，而我和久骖如今却已是六七十岁年纪的白发翁媪了。

逝者如斯，少时朋友，恐亦无多相见时矣，于是又做了一副挽联送去：

百岁老人星，都道是天上神仙，十方祥瑞；
两行从子泪，全为了少时朋友，一世交情。

【补记二】 二〇〇二年春节打电话向久骖拜年，发现她声音低哑，大异平时，询知医诊为心衰症，我和朱纯都很担心。而天各一方，乌鲁木齐又别无熟人，实在帮不上什么忙，心里则确实惦念着。但心想她比我还小两三岁，平素精神又好，总会康复起来的吧。

谁知元宵前夜她在长沙的弟弟告知，说她已于前日凌晨去世，两个儿子都远在国外，丈夫又因老年痴呆早被送入医院，身边无人，够凄惨的了，思之不禁泪下。

她弟弟叫我写一副挽联电传到她单位去，一时心乱如麻，眼前只有一幅五十多年前剪着齐耳短发笑嘻嘻说要到新疆去看天山的小姑娘的面影，无暇亦无心推敲字句，匆匆写得两行，在电话中念给她弟弟听了以后，在家中供起久骖的照片(一九五〇年赴疆途中在西安照了寄给我的)，当场就焚化了。望着火光熄灭时飘逝的一缕青烟，心想，就让它代表我的心魂，往西天去寻呼少年时的朋友吧。挽联是这样写的：

当时带笑上天山，何堪五十年雾露风霜，梦想地成埋骨地；

此际含悲怀逝水，怎奈三千里关河障隘，寻呼人是痛心人。

语言文字真是最无力的东西，表达不出人心里最深切的悲哀。但是，人只有人的力量，我又能有什么法子呢？

今夜谁家月最明*

（1996. 5）

前回讲“大托铺的笑话”，笑的是只会做官不会做诗，像我一样并无诗才，却不像我一样还能藏拙，偏要到处题诗挂起的“老同志”们，和五七言四八句之类体裁其实是无关的。

旧诗（这里说的是近体诗）须讲句式、韵脚、平仄、对仗，确实是国粹，是汉字独有的表现形式，有它独特的局限性（因此不容易做好），也有它独特的美（如果做得好的话）。六十多年前开始读书识字的人，古近体诗多少读过一些，也多少学做过几首。我自己虽然做不好，朋友中却有做得好的，“延水洪波千鼕动，庐山飞瀑九天惊”“万里关山君与我，一年聚散喜还悲”等皆是也。尤其是友人为我而作，我又以为做得好的，就更难忘记了。

一九六一年中秋夜，张公（名志浩，号千弩，朋友们戏称他为“张弓”，久而久之便讹为“张公”了）带了一斤月饼来我家。其时他住南区侯家塘，我住北区教育西街，相距约七八

* 曾以《卅五年前两首诗》为题发表。

里。两人都刚摘掉右派帽子，仍无正式工作，靠替大专学校誊刻讲义为生，刻一张钢版蜡纸可得六至八毛，每月能把计划供应的粮油肉菜买回家就不错，月饼也就成了难得的奢侈品。

月饼很快被孩子们分吃完，张公喝了一杯茶，又闲谈一会，便起身告辞。我照老习惯送他回家，两人一道出门南行。此刻时间还不到晚九点，从又一村到南门口，传统商业区百分之七八十的铺子却都关上了门，因为正是办“一大二公”的城市人民公社“割资本主义尾巴”的时候。路灯也显得无精打采，天上的月色却不受“人间正道”的影响，依旧是将到中天分外明。本来就暗淡的灯光为月色所掩，行道树下面更加显得黑魆魆的。路上的行人因为过节的关系，比平常晚上更加稀少，伴随我们的只有树梢摇落的秋声……

张公一路上都不做声。我偶尔说句把话，他也只以哼哈回答，于是我们便在沉默中走着。

出了南门口，劳动路路面更宽，行人更少，法国梧桐枝叶发出的飒飒声也更响了。寂寥中我的心渐渐紧缩起来，张公却忽然低声吟诵道：

> 今夜谁家月最明，城南城北满秋声。长街灯尽归何处，萧瑟人间两步兵。

“你刚做的？”

“是的，送给你的。”

“好。”我说，“不过只有你一步兵，没有两步兵。我是既不能酒，也不能诗呀！”

他不再答话，却又低声吟出了四句：

> 艰难生计费营谋，日刻金钢懒计酬。未必此生长碌碌，
> 作诗相慰解君愁。

“也好，只是太乐观了。”我凄然地说道。

张公一笑，听得出，笑声也是凄凉的。

这时已经走到侯家塘十字路口，为了不惊动住在路旁菜地里矮屋中的张公的妻儿，我们便在路口分手了。

一个人踏着月色归家，夜深了，更冷清，可是我心中却泛起了一股温暖。

从那晚起，已经过去了三十五年。在这三十五年中，张公这两首诗一直保存在我心间，无论在月黑风高的长夜中，还是在阳光灿烂的日子里，它们都是这样的温暖，这样的鲜明。

黄鸭叫

（1996. 8）

水陆洲在长沙城西江中，洲长十里，北端略与老城区相齐而南端更长。湘江大桥跨洲而过，汽车可以从支桥下去，向南直达橘子洲头。这一路上卖“黄鸭叫”的餐馆，少说也有二三十家，长沙口音“黄”“王”不分，故招牌有写“王鸭叫”的。所卖的“黄鸭叫”斤三十元，“白鸭叫”斤六十元，都是鲜货过秤后做好上桌的价格。做法只两种，水煮和黄焖，区别仅在加不加酱油而已。

如有外地友人来长沙，又是无须讲排场的，这里不失为招待便餐的好去处(如无公车可派，叫出租车则稍为难)，因为“黄鸭叫”的味道实在不错，而且座位上可以放眼湘江北去的景色，比坐在华丽包厢里的感觉好得多。不过客人如是来自北方和沿海，就得先交代店家一声，少放辣椒。

“黄鸭叫”是本地一种野生小鱼新取的名字，长沙人过去则称之为“黄(王)牙咕”。照我想，大约“黄”指其颜色，“牙”形容它身上有硬刺，像尖牙利齿样扎人，“咕”则因其成群游窜时咕咕作声吧。

这种鱼的外形有点像小鲇鱼，只有颜色不对。它的身长者不过四五寸，一般只有三四寸。因为太小，过去长沙人办鱼、肉待客，它是没有资格上桌的。其时价钱也很便宜，大约只为正路鱼的三分之一，最多二分之一。幼时偶尔游荡到河街，常见它一堆一堆地堆在街边，其中有的“硬脚”还在动，也不像别的鲜鱼得用水养着。及至走到专门供应餐厅酒楼和阔人公馆的鱼市场，就少见它的身影了。但因其肉质细嫩，皮和鳔又富含胶质，包着细刺大口嚼咽虽不可能，煮出的汤却特别鲜美，为一般鱼类所不及，“黄牙咕煮豆腐”也就成了长沙有名的一道家常菜。

“黄牙咕”生得贱，不易死，根据我在河街上的观察，出水后活几个时辰大概不成问题，故不难买到鲜活的。当年我家将鱼买回，即置盆中，一面冲水，一面以刷把刷洗，只洗去所沾污物，绝不可将鱼身上固有的黏液洗掉，盖此为“黄牙咕”鲜味之要素也。

每逢放学回家碰上了，我于汲水冲洗诸事俱乐为之，父亲还因此说过我不是读书种子。到冲洗干净后，母亲便不准我再插手，怕我被鱼的硬刺扎伤。大约只要将肠胆摘除，硬刺斫去，即可下锅。

长沙人吃鱼，除清蒸、干炸外，常先用油煎，再加水焖。“黄牙咕”则无须油煎，只要把拾掇好的鱼，与河水(五十年前长沙尚无自来水)一同下锅煮。关键是水必须一次放足，而且必须用冷水，盖断续加水则汤味不佳，用热水则有腥气。以当天从湘江河里挑上来的水，煮当天从湘江河里打起来的鱼，便是吃“黄牙咕”的当行本色，也是有名的长沙谚语“将河水，煮河鱼”的来历。

“将河水，煮河鱼”这句谚语，随着自来水的普及和家庭主妇的式微，如今已少使用。但追根溯源，人们若只吃塘里养大的青、草、鲢、鳙之类家鱼，或是吃从远处运来的鳜鱼、横子、江团等上席的鱼，就不会有“将河水，煮河鱼”的说法了。

“黄牙咕”体内脂多，故不必加油。姜、盐自不可少，辣椒则多少随意。也有加入紫苏嫩叶的，我家则素不喜此，嫌其抢味。豆腐须先用清水漂过，再入沸水一汆，除去豆气；沥干水后，切成小片，等候锅中大开片刻后加入，再略为翻动，勿使鱼全在下，豆腐全在上。汤则必须将鱼和豆腐全部淹没，并且高出一二指许。“黄牙咕”和豆腐都不怕煮，但如豆腐加入过晚，则鱼易翻碎，不仅不好看，而且鱼刺搅在豆腐里，也不便于吃了。此后即用小火续煮，直至汤呈乳白色，试之“粑口”即成。

冬日里“黄牙咕煮豆腐”正行时，把砂锅放在烧着白炭火的泥炉子上，一边煮得咕嘟咕嘟响，一边解开棉衣对着火吃。我最喜以鱼汤泡饭，一眨眼就是一碗，正所谓“酒怕牛肉饭怕鱼”也。砂锅里禁不起大调羹舀，当然不免要添水，添水也只能添冷水，不能添热水。小时骄纵，每不许添水，故兄姊常怕我一上桌就索要大调羹，我“抢菜”的名声也就是这样在家中传下来的。这转眼已是好多年前的旧事了。

“黄牙咕”是野鱼，小时在乡下钓鱼却好像没有钓到过它，小河小溪中也似乎少见。大约它个子虽小，却需要宽大的水面；又是底栖性的鱼，故只能由渔人用网捕捞。近几十年，人工养鱼越来越普及，水利设施越修越多，能容得这种小野鱼自由生存的空间越来越小。人们吃厌了池塘里人工繁育的鱼，越来越不能忘记“黄牙咕”的味道好。三十元到六十元一斤，即使减去餐馆的利润，也是家鱼的好几倍，贵贱正好颠倒过来了。原来的“黄牙咕”易名“黄鸭叫”，有音无字的俗称进而成为书面语言，就是它地位上升的标志。

“黄牙咕”的学名叫什么，有本介绍湖南鱼类的书说是“黄鲴鱼”，拉丁文 xenocypris davidi。但是查《辞海》：黄鲴鱼属鲤科，长约三十厘米，银白带黄色，应该是我在水陆洲餐馆门首玻璃水箱中所见的“白鸭叫”，比“黄鸭叫”个大，不是我所熟悉的了。我说的“黄牙咕”恐怕乃是 pelteobagrus fulvidraco，《辞海》作“黄颡鱼”，说它属鮠科，长十馀厘米，青黄色，有须，背鳍胸鳍各具一硬刺，刺活动时能发声，肉质细嫩，与所知正合。又查《本草纲目》卷四十四：

> 黄鲴鱼，状似白鱼，而头尾不昂，扁身细鳞白色……阔不逾寸，长不近尺。
>
> 黄颡鱼，无鳞鱼也，身尾俱似小鲇，腹下黄，背上青黄……群游作声如轧轧，性最难死。

看来，“白鸭叫”之为黄鲴鱼和“黄鸭叫”之为黄颡鱼，似已无疑，那本介绍湖南鱼类的书是搞错了。也许是因为“黄鲴鱼”的“鲴”和“黄牙咕”的“咕”音近，因而张冠李戴的吧。

去年到四川，从峨眉去乐山的路上，也有路边餐馆挂牌子卖“黄辣丁”，不知和长沙的“黄鸭叫”是不是同一种鱼。中国幅员广大，物产繁富，如能将草木虫鱼在各处的俗名搜集起来，加以比较，看它们有哪些异称，再和过去的记载作一番对照勘察，从而考证土风民俗之嬗变及其异同，未始不是一件有意义的事情，但这种费力而不得名利的工作，只怕现在已经不会有人愿意做了。

沿着岷江走 （1997. 3）

——蜀游三记一

从九寨沟出来，汽车一直沿着岷江走。岷江从岷山中冲开一条深谷，谷底最深处是奔腾的江水，水两边是仰角不小于七十五度的高山，车路就开在山腰的石壁上。从车窗中伸出头朝下看，岷江显得特别窄，不要说比湘江，就是比浏阳河也要窄得多。岷江水则显得特别的清，急流扑打着横亘在江中的大块岩石（看得出是先前从两边高山上滚下来的），迸裂成一团团雪白的浪花。中午阳光照射江面的时候，浪花把江水衬映成亮丽的碧蓝，使我觉得非常之美。这和湖南习见的河水，那种总是黄得那么脏，总是在上面浮着泡沫和污物的河水，给我的印象完全不同。

在觉得非常之美的同时，我在心中又忍不住要向自己提出一个问题，为什么眼下这条窄窄的河，这条看起来甚至比浏阳河还窄得多的河，却会被古人一直认为是万里长江的正源呢？

万里长江是现在的称呼，古时它只有一个字的单名：江。现在的江、河都是通名，古时则是专名，“江”指今之长江，“河”指今之黄河。现在所谓的江河，古时都称为“水”，长江称江水，黄河称河水，淮河称淮水，济河称济水；江、河、淮、济，合称四水，亦称四渎，指中国四条最重要的河流。而“江”居四渎之首，它最长最大，故亦称为“大江”。《尚书》说“岷山导江”,《说文》云：“江水出蜀湔氐徼外岷山，入海。”《水经注》云：“岷山在蜀郡氐道县，大江所出。”《尚书》是十三经中居首位的经书,《说文》是文字学和语源学的古典,《水经注》是权威的舆地专著，都说岷山是“江”的发源地，都说岷江是“江”的正源。

现在大家知道，长江发源于青海唐古拉山，将入云南称金沙江，进四川至宜宾和岷江汇合。实际情况是，金沙江的长度比岷江长，水量也比岷江大。所以，金沙江才是长江的正源，是主流，而岷江只是长江的一条支流。既然如此，为什么从有文献记载的古代起，直到西洋的地理学传来，人们偏要撇开金沙江，偏要把岷江作为大江之源呢?

沿着岷江走，一面看，一面想。在漩口以上，岷江一直被岷山紧紧地挟持着。所谓“江出岷山”，这话一点不假，岷江确实是从岷山的夹缝中冲突出来的。可是我注意到，出了漩口，岷山对岷江的挟持就一下放开了，而且是突然地放开，彻底地放开。岷山“引退”以后，在岷江前面的，是大西南唯一的一块平原。这块平原南北长约三百里，东西平均宽近百里，现称成都平原；它的面积有三万平方里，足可容纳东周列国时一个大诸侯国。

沿着岷江走，一路上我看见的山都是青山，看见的水都是碧蓝的清水。《长恨歌》写了“蜀江水碧蜀山青”，是先有蜀山万木之青，才有蜀江诸水之碧。（不过我又看见，从阿坝州不断开出大卡车，一车一车装的全是粗大的原木，照这样“咬定青山不放松”，只怕蜀山也青不多久了。）这种“碧如蓝”的清水，从北到南流经成都平原，流了不知多少年；因为它不像湖南的河水那样饱含泥沙，所以并没有多少淤积，没有改变这里的地形地貌。在这块平原上耕作的农民，从来不需要采用大禹的爸爸鲧的蠢办法——堙，就是辛辛苦苦将泥土筑成堤来防水。因为年年筑堤，越筑越高，堤外淤土也越来越高。及至堤外的泥土高过了堤内，便再无水利可言，只剩下水害了。成都平原从来没有水害，而正好大兴水利，这也就是秦太守李冰能于此地建立不朽之功的客观条件。没有这个条件，李冰纵为贤太守，也做不成李冰，而只能做西门豹。

成都平原上的先民，得天独厚（其实应该说得地独厚），有了比西南其他地方优越得多的条件，于是很早就创造了比其他地方先进得多的，以水稻和蚕桑为主要作物的农耕文明，创造了“天府之国”。

还记得十多年前初访四川时，正好三星堆文物运抵成都。三星堆位于成都平原北端，抗战时期这里曾发现有鲜明地方特征的古青铜器，引起过中外学者的注意。这次新出土的文物，更大大震惊了世界考古界。感谢朋友们的安排，让我进入库房仔细参观了半天。那高达两米峨冠跣足的“神君”铜像，那巨眼方耳的巨大人面造型，那纯金制成精雕细刻的“权杖”和面罩，对我的感官和心灵的震撼，老实说比国家博物馆里的商鼎周盘还要强烈。从此我才知道，当殷人周人在中原搞“礼乐征伐”的时候，古蜀人在三星堆上也创造了即使不说更加精美，至少也是毫不逊色的文明，这就是岷江水在成都平原上浇灌出来的果实。

一方水土养一方人，正是这样的水这样的土，才在先秦养成了三星堆的艺师，在秦时养成了都江堰的工匠，在汉时养成了司马相如、卓文君这样的才子佳人，在三国时养成了诸葛丞相麾下北伐南征的将士，在唐时养成了李白和杜甫这对照亮千古诗坛的双子星，在宋时又养成了眉山苏氏的“一门父子三词客”。正是这些辈出的人才，正是这里居民作为一个整体相对优秀的素质，才大大提高了这一方水土的知名度。总之，是自然条件创造了生产条件，生产条件又创造了人文条件。《说文》和《水经注》以及其他无数的文献和文章，亦无非承认了这个既成的事实而已。

这时我想起了金沙江。金沙江虽然源远流长，可是在流进四川和岷江汇合之前，它一直被高山峡谷更加紧紧地束缚着，简直没有半点施展的机会。有的江段谷深千米，山脚是热带丛林，山顶却终年积雪；有的峡谷据说老虎可一跳而过(因此留下了虎跳峡这样的名字)，绝壁悬崖，水深流急，自古难以通行。勇作“长江第一漂”的人，在金沙江上漂了几百里，竟未见到一处可以栽种作物的河滩地。直到二十世纪五十年代初，这里的居民，还在陡峭的石头山上刀耕火种，记事还得靠刻木结绳，还没有达到四千年前三星堆的生产水平和文化水平。当然更不能设想他们修都江堰，乘高车驷马，说什么“臣家成都有桑八百株，薄田十五顷，子孙衣食，自有馀饶”了。

因为存在着这样大的差距，所以金沙江的名气不能不远逊于岷江。本应属于金沙江的大江之源的名分，也就不能不归之于岷江，而且一归就归属了两千年。

柳宗元写《永州八记》，慨叹好山好水位置不在中州人文荟萃之区，以致湮没而名不显。柳先生所慨叹的，岂只是永州的山水，恐怕还是被贬谪到永州的人吧。我沿着岷江一路下来，先想着岷江，后想到金沙江，想到大江之源的名分，亦不能不重有感焉。庄生不云乎：“名者，实之宾也。”那么，这个“实”又是什么呢？

没有《岳阳楼记》，就不会有今之岳阳楼；没有《滕王阁序》，也不会有今之滕王阁；没有崔颢和李白题诗在上头，更不会有今之黄鹤楼。由是观之，“名”还得以文而传，这“实”难道就是二三文人的不朽之文吗？

若无天府之国的稻熟桑繁，三星堆上的酋长巫师怎能征集起铸造重器的人力物力？秦太守李冰又怎能组织实施开凿离堆分内外江的巨大工程？司马相如念念不忘的高车驷马，靠文君当垆卖酒无论如何置办不成。许慎和郦道元也好，李白和杜甫也好，苏氏父子也好，若是不能温饱，又如何能写出不朽的文字？再进一步想，人文的发达还得以生产的发达为前提，那么是不是可以说，只有社会生产的发展，才是我们求索的这个“实”呢？

岷江占了天府之国的地利，创造了一度最先进的生产水平，享大江之源盛名垂两千年，而现代地理学、测绘学一来，终不能不把这个“名”移交给过去默默无闻的金沙江。长度几千几百几十几公里，流量几千几百几十几秒立方，现在都可以精密测量、准确计算。过去写成的一切文字，两千多年来享有的名声，结果仍不能不服从于现代科学的裁定。归根结蒂，恐怕只有科学，只有科学思想和科学精神，才是最终的“实”吧。

沿着岷江走，我一路上胡思乱想，汽车却渐渐离开了岷江，山势也更加散开退后。过青城山时，视野越来越开阔，路越来越平直，路旁的农田越来越成片，民居也越来越像模像样了。在青城大桥上，见不久前还在逼仄两山间盘旋冲突的江水，这时已占有相当宽广的河床，河床的一部分露出了堆积的卵石。这些卵石，比湘中常见的大得多，较之上游横亘江中的庞然大物，则显然已经多次解体，由一而变成了若干千百，棱角也早被逝者如斯的流水磨圆了。这时我突然深深敬畏地感到了时间的力量。霍金写了《时间简史》，其实时间的力量远远超过了历史，超过了人的思想力所能及的范围。人能创造历史，却创造不了时间，更改变不了时间。只有时间才能改变一切，石头，历史，还有伟大而渺小的人类。

【补记】 这篇文章写好后，在报上看到，距离成都四十公里西南的龙马镇，考古发现了四千五百年至五千年前都市文明的重要遗迹——大规模祭祀的祭坛，说是比黄河流域发现的遗址大约要早一千年，和公认为世界都市起源地的美索不达米亚文明大致同时。旋即又得知，一九九六年“全国十大考古新发现”中，有一项即为“成都平原史前古城址群”，包括都江堰市的“芒城”、温江县(今温江区)的“鱼凫城”、郫县(今郫都区)的“古城”、崇州市的“崇河城”、新津县(今新津区)龙马乡的“宝墩城”等处，此龙马乡想即报上的龙马镇。由此可见，三星堆文明在中国古代文明史上占有第一层级的地位，应已无疑。

游离堆

（1997.4）

——蜀游三记二

旅游本是消闲的事，集体旅游尤其是被别人“接待”时，却往往弄得比平时更忙，前两次游都江堰的情形便是如此。匆匆地瞻仰了二王的庙貌之后，走过摇摇晃晃的索桥，上金刚堤看了看“鱼嘴”，主人就催着上车，要赶到青城山去吃白果炖鸡。若要想多盘桓一会，便只能就地午餐，放弃道观中的盛宴了。虽然我瞅着江边小饭店里挂着的腊肉和江鱼样子都挺诱人，料想烹制出来的味道未必比那炖鸡差，坐在这里还可以欣赏岷江的江景，却挡不住主人硬要以“道家名菜”款待的热情，同行的大多数也主张客随主便，于是只好像邓小平在长征路上那样——跟着走。

这次因为晕车，半路上脱离了集体，得以自由之身在灌县待了三天，这才畅游了整个都江堰，自然也包括了我久已向往却两过其前而不得上的离堆。

金刚堤上望离堆，是下游左前方一处石矶，矶头林木茂密，隐约可见楼台；因为相隔有好几里，望去仿佛在烟云缥缈间，更加动人游兴。两地间看来应有路可通，可是却没有任何直达的交通工具。更加奇怪的是，人们所游的“都江堰”，都似乎并不包括离堆；堤上所在大多的导游，也总是含糊其词，不明白告诉你去离堆怎么走。

其实离堆乃是都江堰工程的关键，也是都江堰景观的核心。二千多年前李冰修都江堰，最艰巨最着力的大手笔就是凿离堆，开宝瓶口。也只有在离堆这里，才最能看出李冰利用地形巧夺天工的伟大创造力，最能看出他为成都平原千秋万代立下的不朽功勋。

离堆是李冰的创作，是李冰改造江山的产物。岷山千里送岷江，送到这里分手时作临别一抱，这一抱形成了岷山山脉最后一座奇峰——玉垒山。江水渴望摆脱山的纠缠，山却偏要伸出一只脚来勾住她。李冰将这只脚从胫部凿断，使之和山体分离，成为孤立在江中的一个大石堆，故名离堆。在离堆和山体之间凿开的这个口子便是宝瓶口，二千二百年来养育成都平原百万生灵的生命之水，全都从这个口子中泻出，这真是大慈大悲救苦救难观世音手中那只向人间遍洒甘露的宝瓶呀！

这次我又一次从金刚堤上望离堆，决定从此直走过去，于是便沿着堤岸朝前走。只见江左边玉垒山前游人如蚁，都要过桥上金刚堤，又由原路走回去。像我这样不回头的人却是绝无仅有，从离堆那边走来的人就更没有了。

走了不一会，一座铁栅门将大路拦腰切断，原来是堤上的管理机关。但是在堤外的滩地上还有一条小路，有指路牌写明“往飞沙堰”。又走了一会，脚下的小路渐渐向右偏移，江水则不断地逼近，后来竟淹上了路面，我不能不涉水了。好在水还浅，涉了两次，共计不过百米，若是水深须绕道，路就更远了。

涉江我不以为苦，因为江水只浸没我的鞋帮。这时我的触觉，大异于平时赤脚浸雨水或自来水。一种强烈的、直沁到心里的凉，是刺激，也是快感。水又极清，滩地上遍布的卵石，到了水中，变得十分晶莹美丽，竟使得我忍不住几次弯腰去摸摸，然后掬起一点冷水湿湿自己的额头，心中想道，这可是李冰引来的雪山之水呀！

我涉水时正走过飞沙堰。飞沙堰的“堰”即都江堰之“堰”，亦即李冰留下的六字真言“深淘滩，低作堰”之“堰”。身临其境，我才看清楚，它原来是布置在江中的，可以根据需要改变位置的，用以导江分流调节内外江水量的水工设施。水小时则导水多入内江，首先满足成都平原的需要；水大时则导水多走外江，不使多馀的水进入成都平原。再加上宝瓶口这道可靠的节制阀，便保证了成都平原的水旱无忧。这种“堰”的结构，在四五十年前，还是以竹编长笼内装卵石，也就是二王庙前石刻治水三字经中说的“笼编密，石装健；分四六，平潦旱”了。如今“堰”虽已改用现代混合结构材料，位置则以钢丝绳系定(仍可调节)，其创意和发明权仍不能不归于李冰这位永远的天才。

当天上午涉水过飞沙堰的只我一人。有对年轻男女，原来走在我前面约百数十米，不愿涉水便打转了。其实去离堆本不该走这条路，从灌县城出南桥，就可以买票进“离堆公园”，用不着打湿脚。问题是“离堆公园”何以不属于整个“都江堰景区”，岂“主管”不同，利益矛盾所致欤？

过了飞沙堰，就上离堆了。圣人云，行不由径。我却是独自一人由别径上离堆的，因此也觉得特别有意思。

上离堆后，先进伏龙观，观踞离堆之顶，楼阁三层，气象雄伟。最上层是留待外国朋友和领导同志登临的，我辈只能到二楼。如果来一点阿 Q 式的自我安慰，则看宝瓶口也正以二楼为好，因为三楼离水面太远，一楼则太近。

从二楼北望，只见岷江从远处雪山下奔来，被江中的“鱼嘴”分为两道，左为外江，右为内江。有几条堰斜在江中，起着“分四六”的作用。内江这边的水，全部奔向楼右，拥挤着闯入宝瓶口。瓶口既窄，水即变深，呈墨绿色，流得更急，作风雷声。楼临宝瓶口一侧，下凭峭壁。倚栏看水，人面距水只十馀米，水花飞溅，凉雾袭人。楼中人少，故无脂粉兰麝，尽可口鼻并用，恣意吞吸江水带来的雪山的清冷的气味。此时我的眼耳鼻舌身意六根已与江色江声江流江灵交会合一，只觉得一种从未体验过的愉快和兴奋，简直像东坡在赤壁舟中，飘飘乎羽化而登仙了。

楼临江设带椅围栏，栏即长椅之靠背，布局类似苏杭等处的“美人靠”。倚栏既久，便在长椅上半躺半坐，耳听两千年来不绝的涛声，心想华阳古国秦汉至今的流变，不知不觉竟从上午十时许坐到了下午一时许，连饥饿都忘记了。

宝瓶口上空有游观索道，却不直通伏龙观。坐在缆车中，脚不落地，身不由己，匆匆一瞥，恐怕领略不了多少大自然的美妙和天工开物的雄奇。再远望二王庙后新建的观景台，更是迷茫一片。从那边看离堆伏龙观，恐怕也不会更清楚，怎能像这样身历其境，看得真切。

伏龙观是道观，名称也含有厌胜的意义，这且不必管它。反正这里现在已命名“李冰纪念堂”，建筑却还一仍旧制，未加改动。我以为这种“旧瓶装新酒”的做法是很高明的，在玉垒关前降伏岷江之龙的，本不是什么太上老君、旌阳真人，而是血肉之躯的凡人李冰。观中联匾不少，都是赞颂李冰的，年代多属清朝，也有民国时的，而绝无新作，这和旧式楼观的环境也显得协调。不像长沙城中，游观处多见现代诗词、领导题字，时代色彩虽浓，历史气氛反而淡薄。

有一副对联，写作者是抗战期间某县的一位田粮处处长，全文是这样的：

此日去庄襄二千馀年，潭影波光，夜夜照秦时明月；
其地溉益州一十六县，豚蹄杯酒，家家祝太守祠堂。

它没有被收入几乎所有的名胜楹联集，却似乎比集中登录的许多联语还写得好些，挂在宝瓶口上尤为合适。

李冰在秦国任蜀郡守，时为公元前二五六至前二五一年。作者从秦庄襄王算起，至今已历二千二百多年。在这二千二百多年中，在蜀郡(益州)即今之成都地区，做过太守和相当太守一级地方官的，少说总有千人左右。而老百姓为之建立祠庙，家家俱豚蹄杯酒替他祝福的，不知能有几人？旧话说，“一世为官，十世为娼”，足证旧时地方官为民所恨，身后所得的只有诅咒(虽然在位时颂德政的绝不会少)。如李冰者，真正难得。

李冰只留下一座都江堰，还有“深淘滩，低作堰”六个字（如今许多地方却是“不淘滩，高作堰”），自己并没有做什么宣传。可见为老百姓做好事，必须实实在在，使一个地方的居民世世代代看得见摸得着，而不在乎搞什么“形象工程”，想方设法提高自己的“知名度”。在成都地区从古至今的千把位太守中，当时吹嘘更起劲，声势更煊赫，上头的路子走得更伸，后来的官做得更大的，恐怕不会很少，却都未能留下千秋万世的美名，只能被归为“十世为娼”一类。而离堆二千馀年前的潭影波光，却仍旧在为富庶的成都平原生色，这就是李冰的太守祠堂香火至今不绝，共产党政府也为它挂上纪念堂铜牌的原因吧。

伏龙观正殿没有二王庙中的彩塑金身，却有一尊高二点九米重四点五吨的李冰石像。这并不是当代艺术家的创作，而是一千八百多年前的古物，是一九七四年从四米多深的河床中挖出来的。石像刻工古拙，拱手垂袖，前襟刻有题识三行：

> 故蜀郡李府君讳冰
> 建宁元年闰月戊申朔廿五日都水掾
> 尹龙长陈壹造三神石人珍水万世焉

建宁为东汉年号，元年即公元一六八年，去李冰时已三百多年，都江堰自须整修。都水掾是地方政府中管水利的官员，整修工作当然由他负责。《水经注》记载，李冰建堰时，曾“作三石人立水中”，以为观测水位的标志（“水竭不至足，盛不没肩”)。此时三石人恐亦已残损，故须重造。李冰不可能为自己造像，尹龙长等人于建宁元年为故太守立像，却表达了后世的民意与人心。

石像出土时，还挖出了另一个石人，头部已失，短衣持臿，乃是筑堰役夫的形象。究竟这是李冰时所作，还是尹龙长重造的呢？也难考究了。我真希望以后还能作更深入地发掘，把埋没在江底的“三石人”都挖出来。几吨重一个的石人，总不会化为乌有。听说在尼罗河入海处，考古发掘出来的狮身人面像，大大小小达几百尊，成为一大景观。埃及能做到的事，我们亦应能做到。我更希望不久的将来，在宝瓶口前，在飞沙堰上，能够立起造型更美也更伟大的三石人，以李冰为主，配以役夫的代表和传说中李冰的儿子。这样来恢复秦汉当时的景观，体现景仰先贤的用意，岂不比为古今帝王将相树立“光辉形象”更有意义？

都水掾大约等于现在的市水利局局长，尹龙长和那位做对联的县田粮处处长，一个处级，一个科级，虽非地方行政首长，大大小小也是个官。若问他们的后世该不该为娼，老实说我不知如何回答。不过他们在修堰修观时，不去请新老长官写字题诗，而宁愿为古人立像挂联，这一点总是可取的，对于他们自己来说也是比较明智的。君不见明朝天启年间，普天下地方官抢着为九千岁建生祠，后来改朝换了代，刚建成的生祠又拆都拆不赢吗？与其辛辛苦苦搞那些现在建成以后又要拆，现在挂起以后又要摘的东西，何如学这两个小官，至少他们的创作连同他们的名字，还可以反射出一点秦时明月的光辉，直到如今。

在李冰像前，我低徊久之，觉得口渴。观中设有茶座，我喜独游而不喜独饮，只好买了罐马蹄汁，喝了以后，顿觉腹内空空。此时已过了下午四点，遂步出伏龙观，走向公园大门。一路上花木披离，庭园布置亦颇可观，还有引水造成的池榭，尽可流连。我却为饥所驱，匆匆出了公园，向左转不远，便看见南桥了。

南桥也是灌县一景。桥头有卖烧嫩玉米的，玉米棒子的大头插有竹签，正好手持，遂买了数枚，携以登桥。

桥横跨在从宝瓶口泻出的江水上，长数十米而颇宽，建有桥楼，重檐覆瓦，彩绘壮丽。桥上禁止通车（下游不远有桥可通），且不许商贩停留，两侧却设有带木栏杆的游廊，极便行人驻足。我站在来水一侧游廊上，只见江水如百万疯牛，狂奔怒吼。石桥墩朝水砌成尖形，再以成排圆木屏蔽，有如小型的“堰”在外护着，导使急流尽可能勿直接冲向桥墩。尽管如此，屏蔽的圆木仍多有被水冲得皮开肉绽的，看得出需要不时更换。

此时江声仍大，虽不及宝瓶口上，在桥上谈话仍必须高声。我注意到两岸市廛繁盛，人烟稠密，而绝无人在江边洗涤、玩水，更没有水上运输的。以此询问桥上一老人，他说，水太急了，又冷，一跌下去就没命了，谁敢去。问他大热天有人下去洗冷水澡否，答云没有。又问有船没有，亦云没有，要到下头才有。

从南桥上看宝瓶口，两边石壁藤萝悬挂，上头古木森森，中间江流迸出，从人们脚下咆哮而过，又是平生未见的奇景。此时所处方位，对于在金刚堤上走向离堆时而言，已经回转了一百八十度，离堆又到了我的左手边。伏龙观的黄瓦红墙，掩映在蓝天绿树间，却比堤上看来清楚得多。

过了南桥不远，左首就是上玉垒山的正门。老城隍庙在山顶，山势既高且陡，但有缆车代步。这时候“锦江春色来天地，玉垒浮云变古今”的诗句，又蓦然浮上心头。无奈天色已经向晚，巴蜀书社派来接我回成都的两位同志和漂亮能干的司机小吴，可能正在等我去吃水煮活鱼，只好等下次再来登临。好在已经畅游了离堆，又陪李冰过了小半天，这一日总可以说不虚此行了。

看成都

（1997.4）

——蜀游三记三

活了几十年，到过的城市虽不很多也不很少，光凭一些“景点”已经难得引起我的兴趣了；何况城市里本就没有多少自然风光，新的建造和装饰既难脱俗，展览馆加游乐场的内容更不堪领教。这次到成都，感觉才略有不同。

到成都前先在郊县转了几天，突出的印象是：这里的水不是浑的而是清的，清清的水面上还常见有水生植物，开着红的白的花；这里的土不是红的而是黑的，密密麻麻长满了各种作物，连小山丘顶上都难见到裸露的泥巴，不像“血染的土地”雨天粘鞋底，晴天又真能把你的赤脚割出血；这里的农舍也不学城里样(学也学不像)贴瓷砖造平顶，搞得不伦不类，而是一色的小青瓦，白粉墙，还拥着一丛丛青翠的竹子。一路看来，虽然没有山阴道上的好风景，却能使人觉得舒服，心想如能歇下来住住倒也不错。难怪羁留此地的杜子美，在“厚禄故人书断绝，恒饥稚子色凄凉”时，还写得出“风含翠筱娟娟净，雨浥红蕖冉冉香”这样的诗句。

跟同行的朋友说起，他笑道：“看来你还没有到成都，就对成都有好感啦!”

其实我这是第三次到成都，对成都的好感并不自今日始。我知道别的城市所有的俗媚和喧嚣成都都有，但这里总还多保存了一点古色古香，多保留了一点清静，也就是说，它要比别处多一点本土文化的气息。

上次到成都，曾在街头看到菜担上卖新鲜胡豆瓣，嫩豆粒剥去了壳，绿得格外鲜明。长沙人也吃嫩蚕豆，菜场上却只卖带壳的蚕豆粒，甚至只卖蚕豆荚。大多数人家的厨房里便只能将蚕豆连壳下锅，若想吃嫩豆瓣只能自己动手一粒粒去剥，有时便懒得耐这个烦了。于此可见，成都的食事要比长沙精致得多。菜场上卖蚕豆剥皮不剥皮，看似无足重轻，却可以由此判断两地居民生活要求和生活质量的高下，这就和文化有关了。

城市亦犹如人，各有各的历史经验，各有各的文化性格。此盖由居民过去现在的食、衣、住、行，以及城市经济、政治、社会各方面的发展所造成，只能从街头巷尾而不能于宾馆招待所观之，会议室中自然更看不到。故我每到一处城市，总喜欢不要主人陪同(老朋友例外)，避开充当门面的“形象工程”，到残存的老街区走走。虽不必有什么发现，即使看看方物，听听方言，只要有异于一年三百六十五日的习见习闻，也就能够满足，觉得至少比坐在客厅里敬茶烟，听服务小姐用普通话打招呼有意思一点。

这次到成都依然故我，住下稍事休息，便漫步出门，朝背离繁华大道的方向走去。走得不久，便走到了一条老商业街，在一家纸笔店门上见到一块小小的旧木匾，黑漆底子上有三个凹刻填绿的字：

诗婢家

显得很是特别。近去细看落款，原来是赵熙，乃清末成都名士。光宣之间，赵熙在京城和陈三立、陈衍等人结社吟诗，有《广和居题壁》二首讥刺庆亲王父子认陈夔龙（贵州人）妻为干女、朱家宝（云南人）子为干儿的丑事：

> 公然满汉一家人，干女干儿色色新。也当朱陈通嫁娶，
> 本来云贵是乡亲。莺声呖呖呼爷日，豚子依依恋母辰。
> 宝贝相参留此种，清明他日上谁坟。

借典故习语明指"朱陈""云贵"，以"宝贝"暗示朱家宝振贝子，"清明"隐寓满汉，既巧妙，又尖刻。还有一首：

> 一堂两世作干爷，喜气重重出一家。照例自然呼格格，
> 请安应不唤爸爸。岐王宅里开新样，江令归来有旧衔。
> 儿自弄璋翁弄瓦，寄生草对寄生花。

挖苦得比前些时传诵的"淡抹浓妆总入时"还过瘾。

赵熙又是王闿运掌教成都时的学生，对我这个湖南人更多了几分亲切。我觉得，这次运气够好的，一出行就见到了"诗婢家"。这个"诗婢家"当然反映了前清名士的生活情调和审

美趣味，女权主义者难得认同。我则视之为文化的化石，以为这方小小木匾历百年刀兵水火而无恙，正说明成都人看重文人和人文，看重出过文人的自己城市的历史。虽然店中陈列的商品，除了几刀宣纸几支碗笔，已与普通文具店无异，我仍于此处低徊了一会，咏味着“儿自弄璋翁弄瓦”，想象着当年北京城里的热闹劲，还有赵熙写出这些诗句时的得意相。

大概这次真是跟赵熙有缘吧，第二天又见到他写的字了，这是早餐后继续漫游的收获。在再转过几个弯后，忽见街道一边没有房屋，栏杆后为大片绿地，树冠上一碑矗出，遂寻得入口进去看。原来乃是一高大的方尖碑，碑身四面一样，都刻着“辛亥秋保路死事纪念”一行大字，书法却各不相同，旁边有牌示说明是赵熙、颜楷、张夔阶和吴之英分别写的。这种方式很是别致，字也都写得很好。

八十多年前发生在成都的这场“动乱”是武昌起义的前奏，李劼人的《大波》和郭沫若的《少年时代》对此都有详细生动的描述。赵尔巽当时动用了军队，枪杀的“暴乱分子”丛葬在少城公园一块空地上。辛亥革命胜利后，暴乱者成了烈士，民国初年便由川汉铁路公司出钱，在丛葬处修建了这座碑，并且成了少城公园中一处重要的景点。有意思的是，赵熙得的是前清的功名，又没有参加革命，只因为有文名，善书法，就请他来题碑，这也是成都人重文之一证。如果当时不重文而重官，就该请都督、将军们来题，万一有幸请到了中华民国首任大总统袁世凯，这座碑恐怕也就难得留到今天。

少城公园已改名人民公园，我以为这倒是一大败笔，哪个公园不是供人民游憩的呢，那么都可以叫人民公园，人民公园也就不成其为专名了。少城公园却只此一处，早已随着李劼人的书而名满天下，孤陋寡闻的我也一见保路死事纪念碑即知其名，又何必多此一举来改呢？大概这不会是成都人的本意吧。

从少城公园出来已到中饭时，我不追求美食，但也想找个有特色的食处，忽见有招牌上写着：

公馆菜

知道是一家餐厅，看那门楼也确似旧时公馆，门口还挂着部颁的名优特店铜牌。再细看公布的价目：魔芋烧转弯每份二十五元，鸡汁豆花每份十二元，并不算贵，遂步入。服务员安座奉茶毕，客气地递上一份菜单，却使我开了眼界。

菜单为三折手本式，普通白纸上加朱丝栏印着疏朗的黑字，很是雅致。内容先说到过去成都有名的公馆里食不厌精多蓄名厨的情形，接着逐一介绍了三十二道“公馆菜”的特色和来历：“三味蒸肉”为张大千所创，曾在成都招待过张学良，后来二张在台湾见面时还谈起过；“甜烧白回锅”为“傻儿师长”范绍增爱吃的甜菜，以糯米饭炒芝麻夹走油肉，最宜“傻吃”；“徐氏鸡汁”本是潘文华公馆中餐饮之物，羊市街一徐姓老板将其推向市场，抗战期间牛奶缺乏，曾接收订户，装瓶供应……这些食事掌故既提高了食客的兴趣，又丰富了成都饮食文化的内涵；而成本大概只跟一个牛皮纸信封差不多的菜单，也成了收效不差的广告，印制得又是多么的不俗。我照单要了一份凉粉鲢鱼和一份鸡汁笋丝，吃得很是开心。

吃过以后，将菜单小心地折好放入口袋，带着满足的心情走出菜馆，一面想到长沙也有过田老大题诗问“何必庖丁善解牛”的李合盛，曾重伯吟咏“麻辣子鸡汤泡肚”的玉楼东，还有谭组庵家名厨开的半仙乐，名菜则“潇湘”的滑溜鸡球，徐长兴的“一鸭四吃”，“曲园”的叉烧鳜鱼……现在大都消失，或者名存实亡，汤泡肚尖已多年不见上桌，餐馆登广告也只能靠“口味蛇”“基围虾”之类长沙人过去听都没听说过的东西来支撑了。

照我看，饮食实在是人们生活的第一内容。尤其对旅游者来说，所谓地方风物、民俗民情，一大部分都要通过口舌来领略；一个城市历史的精粗美恶，完全可以从箸匕杯盘之间见之。如果说，有没有老招牌、名牌菜，是这个城市饮食行业的水平问题；那么能不能做亮老招牌，炒红名牌菜，则是一个重视不重视自己的传统、能够不能够发扬光大它的问题了。饮食店要出名，宣传工作固不可少，而宣传工作要做得高明，就不能不讲求方法，小小一份菜单也可以看出文化高低的不同。

现在似乎每个城市都在想方设法提高自己的“知名度”。因为要出名，所以名菜、名酒、名景、名人都成了可利用的资源，甚至酿成了争夺战。要名的目的其实还在于要利，即所谓“文化搭台经济唱戏”。不免遗憾的是，主事官员们领导经济政治工作的水平虽高(至少我愿意这样认为)，于地方社会文化的底子却未见得十分清楚，“搭台”又往往靠的是只对美食美女之类“文化”有兴趣的人，故这个台总难搭得好。

四川不愧为文化积累深厚的省区，有如王谢门庭，非小家子暴发户可比。几年前到自贡看恐龙博物馆，见前厅题词陈列不以官阶为序，放在最显著位置的一幅是：

祖龙居

落款是谁我忘记了，反正并不是什么领导人。它妙用古典，又十分切题，我很是佩服；而能“识卿子冠军于俦人之中，擢以为上将”，尤其使我佩服。

成都为四川首善之区，华阳古国两千多年的流风馀韵，在这里自然有更深厚的积淀，不会只仅仅在一幅小匾一份菜单上表现出来。这里游观之处很多，有些地方的经营布置也具见匠心，感受得到很浓的文化气，薛涛井所在的望江公园便是一例。

薛涛井当然是附会出来的东西，薛涛墓更已声明为“文革”后所建，但万里桥边有过一处枇杷门巷总是事实，有唐人诗文为证。薛涛这位颇有才情而不幸堕落风尘的女子，千百年来引起过无数诗人和爱诗人的深切同情，浣花溪畔的望江亭也就成了游人常到的景点。在这里立碑刻着王建《寄蜀中薛涛校书》这首诗真可说恰到好处：

万里桥边女校书，枇杷花里闭门居。扫眉才子知多少，管领春风总不如。

张王乐府读得再熟的人，见了这首情景交融的好诗，也会忍不住要再默诵一遍，遥想当年元九小杜诸人的诗酒风流，为自比“二月杨花轻复微”的才女感到难过的吧。这次我重访望江公园，主要便是冲着这块诗碑来的。

默诵过王建的诗后，不由得想起了另一位也同薛涛校书唱和过的诗人的诗：

> 三年谪宦此栖迟，万古惟留楚客悲。秋草独寻人去后，寒林空见日斜时。汉文有道恩犹薄，湘水无情吊岂知。寂寂江山摇落处，怜君何事到天涯。

刘长卿这首《长沙过贾谊宅》，写情景不逊王建，意境却更为深远。如果在长沙贾谊宅前立一块碑，把它刻在上面，岂不也能为“寂寂江山”添几分诗意？

贾谊故宅应该说是三湘七泽第一名人胜地。屈原在沅湘间行吟没有留下什么实迹，炎帝舜帝的事更是“缙绅先生难言之”的，凿空徒贻识者之讥。贾谊宅则文献足征，一千四百年前成书的《水经注》里写到湘州（长沙）时云：

> 城之内郡廨西有陶侃庙，云旧是贾谊宅。地中有一井，是谊所凿，极小而深，上敛下大，其状似壶。傍有一脚石床，才容一人坐形，流俗相承，云谊宿所坐床。又有大柑树，亦云谊所植也。

这并不是神话传说。一井（顺便说一下，最近掘出吴简的古井也是上小下大，该井与贾谊宅中之井直线距离不过里许，恐怕不是偶然的巧合）、一石床（才容一人坐形）、一大柑树，恢复当非难事，大概用不了造“杜甫江阁”的千百分之一吧，可就是不见真的恢复。若将薛校书来比贾太傅，将“枇杷花里闭门居”来比“寒林空见日斜时”，恐怕都要算高攀；可怜太傅祠堂却比不上枇杷门巷的一角，真正是“湘水无情吊岂知”了。

望江公园其实比杜甫草堂、武侯祠更宜游息，因为地较偏，人较少,“旅游点”的气味较淡，文化味自然较浓。园中虽然也有两处扯起广告招徕顾客，但限于一隅，吹吹打打的音响也较小。

园的主体是一个大的竹类植物园，栽着各种各类的竹子，十分幽静。我在竹林深处找一条长椅坐下，听着摇动枝叶的风声，闻着长着青苔的土气，喝着随身带来的矿泉，十分惬意。尤妙的是四十分钟只见四五起游人走过，有两起听口音是本地青年，也不见别处年轻人常有的霸气和流气。看样子他们原想休息，见我“独坐幽篁里”不弹琴亦不长啸，像是贪图清静，便识相地走向别处另寻坐位去了。

这种除了自己还能想到别人的态度，即古人所谓仁，亦即是谦和，使我非常感激。再看各处长靠椅和单个的坐凳，上面偶有从梢头落下的叶片，却绝无脚踏或口吐的污迹，更未见有被故意破坏损毁的。有位打扫卫生的中年女工，也只在游人走开后才打扫；若有人在她工作处停下来，她便立即转移到别处去了。后来我还在府河边人来人往处见到一位女青年专神读一本厚书，一直没有抬头。又在文殊院后花园无意碰上一双男女，他们本来坐得比较拢，见有人来也就大方地分开了。这些小事都说明成都人知书识礼者较多，公园坐椅之洁净良有以也。

竹林中有一片开阔地，由暗而明，眼界为之一开，路旁有石山上刻着园名：

读竹苑

这三个字既雅而实，我想可能会经得起时间的检验。

还见有六七根、二三根簇立在一处的长短不一的石柱，石质多为成都常见的赤褐色砂岩，柱上凿有长方形的孔。

乍看以为是建筑遗迹，近前见其形制不一，上面刻的联语也不成对，才知是从各处移来废物利用，布置成读竹苑中一小景。这些残石柱有近处矮小竹丛和远处高大竹林掩映，加上精心栽种的花草衬托，起到了仿佛是残碑断碣的视觉效果，殊可称为巧思。分散的竹丛中还布置着一些天然形状的石头，有些刻着画竹和题诗，作者多为近代蜀人，不一定很有名，诗画却都还不俗，很少湖南习见的豪言壮语和模仿的“毛体”。有一首：

画史从来不画风，我于难处夺天工；请看尺幅潇湘竹，满耳丁东万玉空。

是画家自题风中雪竹的，我头一回见到，觉得也不太一般。

薛涛井旁刻着人所熟知的王建诗，读竹苑中刻着十分生疏的雪竹诗，我以为都是好的：第一是诗好，第二是地方选得好，故生熟咸宜也。

在众目所视处题词是很不容易的，文辞、字体都要耐得看，尤其要紧的是须出新而又须得体，这不是我辈凡夫胜任的事，的确要有点文化修养才行，“祖龙居”和“读竹苑”便是题得好的例子。还记得二十年前游苏州（苏州也是好地方，但总嫌人太多，上海气太重），在诗人陈去病墓近处有座不显眼的坟，葬的是嘉庆（？）年间带头闹事被杀头的一位姓顾的织机匠。小时读过张溥《五人墓碑记》，知道苏州有尊重义士的传统，所以这位连名字都记不得的顾机匠也有人帮他建了坟立了碑，碑阴刻的四个字是：

义无反顾

这是我曾经见到的最妙的碑铭，“义无反顾”用在顾姓义士的坟上真是再恰当也没有，足可以打一百分。

看成都说成都，我却说到别处去了，这恐怕不大合乎作文之法。但我的意思却是一贯的，即是希望城市能够多保留一点历史文化的痕迹，该恢复的得恢复，如果本来没有，也就不必急于来造吧。

协操坪

（1997.7）

第一次到协操坪是六岁时的事情，原来只能从天井里看白云的幼稚的我惊奇地发现，头上的天竟有这样的高，脚下的地竟有这样的宽。

从旧地图上实测，抗战前的协操坪，东西宽过一里，南北长过三里，五六龄童当然一眼望不到头。就是现在，长沙市内也还没有这样大的广场。

后来才知道，协操坪古称大校场，历来是长沙驻军操练的场地。清朝末年，湖南编成新式陆军第二十五协(旅)，辖两标(团)步兵，一营炮队，官兵共四千三百零四名(见《清史稿·兵制》)。大校场成了第二十五协的操坪，慢慢人们就称这里为协操坪。附近扎兵的地方，也各依部队番号，叫做四十九标、五十标、炮队坪。这些地名现在多半已经湮灭了，历史上却曾经大大有名。辛亥革命湖南新军首先响应武昌起义，就是从四十九标出发攻打抚台衙门。一九三〇年红军占长沙，也是走四十九标进城的。

我是为了寻找趋趋草，才跟邻家小学生第一次到协操坪的。趋趋草是一种野草，长沙人叫蟋蟀做趋趋(趋趋二字是记音，本来也许应该写作蛐蛐，但字典上趋和蛐虽然都注作 qū，长沙人发音却有不同，而且清代经学大师郝懿行也用过趋趋一词，所以就这样写了)。秋天趋趋开始叫时，趋趋草也抽茎出穗了，它细长而柔韧，可以挽成结子，两个小孩各执一茎，将结子穿在一起，拉扯看谁先断，以定胜负。这是没有资格捧趋趋罐的小男孩的游戏，我们也把它叫做“斗趋趋”，其实不过是斗趋趋草。

那时我家住红墙巷，平时活动的范围，南不过羊风拐角，北不过兴汉门，在此范围内，趋趋草十分稀罕，故须往别处求之。协操坪在拆城墙后要去很容易，虽然还得过铁路。这里已经久不驻军，成了一处人们可随意自由活动的空地，遍地长满了野草。这里的趋趋草，比小学球场旁和巷内井台边多得多，也茁壮得多，挽成的结子更加结实。草地上有蝴蝶和黄蜂，有时还可以抓到蚱蜢。捉住蚱蜢的后腿，看它不停叩头，十分有趣。草中点缀着许多小花，花瓣或浅紫，或白里带红，花蕊则一律鲜黄，十分惹眼。本来平坦结实的地面长了草，雨后绝不泥泞，只觉得软，大太阳晒着也不像麻石板那样烫人。泥土和青草散发着清新的气息，闻起来比卫生香和花露水舒服得多。总而言之，第一次到协操坪，我就发现了一个大得多，也新鲜得多的世界。

有了第一次，又跟别人去过几回，我便独自一人也敢到协操坪去了。当然这得趁父母外出的机会，得在他们之前赶回，还得请求佣人们不要声张，心情虽然紧张，因此更加有趣。我也更喜欢一个人前去，扯够了趋趋草，便坐卧在草地上，看天上云的变幻，听草中虫的嘤鸣。这时四周总是非常寂静，从来没有人来打扰我。在这里，我开始了对大自然的爱，开始了自己的思想。我想过，这里的风和阳光是多么的好，没有人拘管着是多么的安逸。也想过，跑回去以后的晚饭会是多么的香，晚饭后“斗趋趋”会是多么有趣。那时候，我当然还不会去想，协操坪为什么会如此清静，四十九标棚户里的人为什么不到这片空地上来找门路寻生活，贫家的孩子为什么不四处游荡寻衅闹事？若是那样，我一个人也不敢到这么清静的地方来了。难道在日本打来之前，长沙城里真这么安宁，人们都能各得其所？长沙居民真这么少，少得不必到处乱钻，来谋占有限的生活空间吗？这些问题，我至今还是回答不出，只知事情确是如此罢了。

可是，正如《金瓶梅》引过的诗句所云：“世间好物不坚牢，彩云易散琉璃脆。”“七七卢沟桥一声炮响”（这是抗战八年中作文用熟了的起句），打破了协操坪中的白日梦。长沙大火前夕，我被匆匆送到平江山区，不久后又入学读书。战时乡村学校生活简陋而紧张，缺少宽大的活动空间和安静的休息时间，协操坪便成了我怀想以前安闲日子的背景，成了我和乡下同学说不完的话题，也成了我梦魂萦系着的遥远的乐园。

过了十年，抗战胜利后到长沙来念高中，才又见到协操坪。这时的协操坪和我都已今非昔比。我早过了玩趋趋草、捉蚱蜢子的年龄，已经读过《茵梦湖》和《父与子》，开始在日记中写着自作多情和无谓感伤的句子。在“惨胜”之后接着又打内战的条件下，协操坪和整个长沙城一样，已大不如前整洁清静，开始显得肮脏破败，增加了不少吵闹喧嚣。出小吴门到省立一中，得经过协操坪的南部。炮队坪军路侧的东边，这时已成为一处汽车保养场，停着许多破旧的美国汽车，还有更破旧的日本汽车，老远就闻到使人头晕的汽油味。西边则架起一道很长的铁丝网，铁丝网后不见有什么飞机，却挂着显眼的告示牌，大字写着：

机场重地　不准擅入　如敢故违　射杀勿论

这些字立刻使我感到，在这块自己本该有份的国土上，我竟成为一个毫无保障、随时可以被射杀的人了。

接着从一中去高工（两处都有平江籍同学），我特意不走大路，而去走南北纵贯协操坪中央的一条小路。只见小路上匆匆来去的，多半是佣工和负贩，看得出都在为生活奔忙。这条小路在我记忆中本来没有，是这些人在这些年中用脚板踏出来的，完全破坏了协操坪往日的面貌。路旁所见小孩，都光膊赤脚，全不似儿时游伴衣履周全。地上的趋趋草虽然依旧，也好像没有过去那么高了。

这时我很快就投入了反对国民党政府的学生运动，除了在报纸上写了些不满现实的文章，还好几次在协操坪边集合，出发到市中心游行，高喊“反内战、反饥饿”的口号。老实说，那时的内战隔我还很远，而饥饿隔我就更远了。为什么从小怕热闹，不喜欢随大流的我，会热心参加这些活动，甚至在游行示威中被打破头都不怕呢？

我想，那些霸占了我的乐土，散发出难闻气味的外国汽车，还有那块露出恶狠狠的凶相，威胁着要“射杀勿论”的牌子，它们在我心中激起的愤怒，至少也是我要这样做的部分原因吧。

于是，我喊着反对国民党的口号，唱着“山那边哟好地方”的歌子，在协操坪迎来了解放军和共产党，而且一解放就到省委机关报社上了班。

又过了十年，我已经由学生成了干部，又由干部成了右派。协操坪也早就成了“山那边”的“好地方”，南边盖起了一中的大片新校舍，北边盖起了规模更大的展览馆，还修了一条展览馆路。展览馆再北，剩下小部分协操坪，改名叫省体育场，旁边也盖了许多馆舍。总之这里是一派新气象，只是空地不断被高楼所侵占，“坪”大大地缩小了。

反右斗争后期，有一次省直机关在省体育场召开大会，右派分子也被带去参加。报社五十多名右派列队入场，正站在那里等开会。忽然右派严某大声向监管人员报告，说右派萧某站在队伍里读俄文字典，不像“接受教育的样子”。本来萧某只在默读，并未出声，众目睽睽，都不以为怪。这个当场作出“接受教育的样子”的严某的当众举报，使得所有的人包括监管人员在内，都为之愕然。我本来诚惶诚恐在准备“接受教育”，这件事却使我猛然觉得世间竟有如此之丑恶，正如二十多年前，在此猛然觉得世间竟有如此之美好一样，不禁感慨系之，“接受教育”的心思反而淡化了。

又过了十年,“无产阶级文化大革命”开始，省体育场又改名东风广场，成了革命群众集会的场所。我虽摘了右派帽子，仍属“二十一种人”，没有参加群众大会的资格。不料却有人检举了我反对“文化大革命”的“罪行”，诸如“为反动文人金圣叹翻案”之类。于是有次东风广场的公审大会，便将我押去“陪审”。八月的长沙骄阳似火，革命群众有草帽遮阳，有水壶解渴，有扇子不停扇风，还一个个汗如雨下。我是被押去示众的人，既不许破帽遮颜，又不许乱说乱动，更无人供给饮水，呆呆地站立在火炉般的红太阳下，只希望它快点落下，可是它却丝毫无意退位，一直高踞在顶上头。

东风广场的面积，仅仅为过去协操坪的若干分之一，容纳的人却常常号称十万十几万，地上的草全被踩死踩光，顽强的趋趋草也不见踪影了，只剩下一片赤裸的沙砾地，阳光照射下特别炙人。在高音喇叭声中，望着插在死刑犯背上高高的标子，不禁又想起金圣叹，想起他当年临刑时，怎么还能写出这样的诗来：

鼙鼓三声急，西山日又斜。黄泉无客店，今夜宿谁家。

如果我现在被捆起来插上标子，在儿时扯过趋趋草和憧憬过未来的地方告别这个世界，倒也是人生难得的遭逢，只不知会不会允许我做诗，若能允许，倒可以凑成这样四句：

红日科头晒，高高不肯低。黄泉凉快点，好去斗趋趋。

我想，金圣叹死时可以写诗留下来，要算是幸运的。死后三百年的他却真是不幸，被定性为反动文人，同时却大捧李卓吾，其实金李二人并无不同，都是正统的异端，都写白话评小说，也都是因为语言文字而送命的。有人指责金圣叹，说他死得不够勇敢，写打油诗是在自己鼻子上涂白粉，装滑稽小丑。我觉得，如果自己并不准备抛头颅洒热血，却要挖苦被砍头的人不勇敢，这至少是不仁，也太欠公道了吧。临刑赋诗，即使真是想“将屠夫的凶残化为一笑”，也是金圣叹的自由；这自由以他五十三岁的生命作代价，同为人类，只当哀矜悯默，岂能肆逞刀笔，轻薄地加以讽嘲？何况于情于理，被屠者怎会为屠夫解脱？金圣叹的打油，亦犹郭亮被讯时所答，“开眼尽是共产党人，闭眼没有一个”，既是他生平一贯风格的表现，也是对暴君暴政赫赫权威表示一点并不在乎的蔑视。指责金氏的人若被绑赴刑场，执行枪决，能否如金氏这样镇定从容，不失常态，那就只有天晓得了。

站在东风广场中的这番遐想，回忆起来还像昨天一样清楚，可是时间却又过去了好几个十年，真是“三十年一世”啊！

一九七九年恢复了干部身份，工作单位仍在协操坪旁。此时群众大会已极少召开，东风广场的名称依旧，却不再流行。体育场的旧名似乎亦未恢复，实在也无从恢复，因为新的体育场馆已建在别处，这里只剩下几个球门，立在一片空地上，不成其为什么场了。不时还有些少年儿童或老人，自己带着球来此游戏（足球或门球），地上的草就长不起来，未能成为公共绿地。前几年，我早上有时还到此走走，但在既没有花草也没有行道的沙场上散步，实在没有多少兴趣，慢慢也就中止了。只听说有时在此展销商品，又开过彩票，这些事与我无关，当然不会去看热闹。偶尔经过，三四十年、五六十年前的往事，难免像老电影的画面一样浮现在眼前。今年我已六十七岁，也想照长沙人的老习惯，开始收一收自己的脚印，协操坪便是我列为头一处收脚印的地方。

于是，我前几天又到了协操坪(不，只能说是协操坪旧址的一角)。几个球门还在那里立着，只是几年来西边和南边又建起了二十几层的高楼，天空显得更小了。挨着东边的高楼，场地上又加盖了几排平房，挂着俱乐部、幼儿园、气功中心之类牌子。不到十几分钟，绕场一周已毕，兴犹未尽，又到相邻的展览馆大院中看看。这里是六十年前协操坪的中心，正是我来扯趋趋草的地方。如今展览馆已名存实亡，“大跃进”热火朝天的气象不复可见，原有的房屋被许多单位分割。大院里还起了好几栋新的高层建筑，现代结构的玻璃幕墙将老馆舍完全压倒了。我是晚饭后出来的，很快夜幕降临，新门楼上的霓虹灯一亮，现出是某某娱乐中心，某某舞厅。的士一辆接一辆开来，下来的多是入场候客的浓妆艳抹的小姐。楼群间留有一片空地，当中一个不再喷水的水池，四周全是水泥地面，寸草不生，趋趋草连影子也找不到了。

谈虎三则

（1997. 12）

（一）我所见的虎

抗战八年中一直住在平江乡下，虽然七岁到十五岁的我没有单独进过大山，未于野外遇过虎，但是也曾夜里听过老虎叫，早晨在山边湿地上看过老虎脚印。可见其时虎在湘北一带并不稀罕，更未“濒危”。

一九四一年冬，我在蟠龙山张巡庙小学读书，见几个从大山上下来的猎人，带着刚办好的虎皮虎骨往县城里去卖，在庙前歇息。有同学向他们买虎爪虎牙，一枚亦不过碗把羊肉面的价钱。猎人们还拿出虎鞭给我们看，这家伙干后只手指粗，长却在二尺以上，前端尖而带刺。此系初见，因为形状奇特，故印象很深，猎户们却并不显得特别珍重。

一九四三年在长寿街，见药店前木笼关着一虎，已受重伤，仍虎虎有生气，两眼放射着愤怒的光。据说第二天就要宰杀，虎肉论斤卖，骨架便熬虎胶，浸虎骨酒。这虎是药店的活广告，围观的人很多。我这时已进初中，正读《报任少卿书》，

"猛虎在深山，百兽震恐，及在槛阱之中，摇尾而求食……"读来声调铿锵，颇有趣味，于是也挤拢去看了很久，却不见它摇尾而求食……现在想，这文章恐怕是太史公的想象之辞，常言虎死不倒威，偶然中了人的诡计，入了牢笼，怎么便会立刻变成一只狗？当然这是说野生的也就是自由的虎，若是经过长期培养教育，奴性代替了要自由的本性，则不要说摇尾求食，就是跟着群犬吠影吠声，登台表演，亦不足怪矣。

抗战胜利后，到长沙读高中，和山林疏远了。每年虽有几次在报纸上见到宰杀活虎的广告，但对动物的兴趣已经转移到读《斑麋》和《白牙》上面去，也就懒得到国药局门前去看热闹。

后来参加工作进了报社，一九五六年以前编发农村稿件，不时还有民兵打虎的报道。韶山冲农民从虎口抢救女孩的新闻，见报时还加上了花边。一九五七年自己成了"老虎"，被逐出机关，栖流于城市底层，从此对广阔天地发生的变化了不知情，复出后才听说虎已在湖南绝迹。动物园铁笼中关着的也都毫无生气，传种接代亦须万物之灵来采精授精，此则只能视作披着一张老虎皮的畜生，不复是我心目中的虎了。

近读湘绮楼和养知书屋日记，都有长沙南门外白昼见虎的记载，去今不过百数十年。盖人虎共存于天地之间，虎偶伤人，人或捕虎，自人之初虎之初起从来如此，并不妨害各自种群的生生不息。直到百十年前，不，直到四五十年前还是这样，此乃我亲见亲闻的事实。如是，则虎之濒危当别有其原因，只能请自然学者（也许是社会学者）阐明，非我所得而知，关于虎的回忆也只能当故事讲讲而已。

（二）老虎在长沙

长沙人过去对龙和虎是十分敬畏的。在河西岳麓山下湖南师范大学的生物馆里，有一只华南虎的标本，是五十年代初从山上下来，被打死后剥制的，这是长沙地方原来有老虎的物证。可见长沙人确实见过虎，知道虎的可怕，非如对龙的无知。当然真龙天子也是真实的存在，同活老虎一样，绝对不能触犯。

故长沙人过去忌说龙虎，连“龙”和“虎”的谐音都不敢出口。到茶馆里吃包子，也不叫“来一笼”，只叫“来一缴”。霉豆腐不叫“腐乳”，而叫“猫乳”。文夕大火前住长沙红墙巷，那时我还只是一个小孩，听大人交钱给佣人令往府正街为哥哥姐姐买文具，并不叫“府正街”而叫“猫正街”，也不知老长沙还有和我同样印象的人没有？

“腐”“府”亦须避讳，只缘与“虎”谐音，可见长沙人对老虎的敬畏了。

近阅上海报纸，说那里到医院治不育的夫妇，自从去年起，多数都要“停一停”，因为不想在虎年生个“虎子”或“虎妞”。难道十里洋场的同胞，也有老长沙的禁忌，并且一直保留到了世纪末吗？

老虎本来不是什么好接近的东西。孔夫子把“虎兕出于柙”（让老虎和野牛从关它的木笼中跑出来）看作是严重的责任事故，是不得了的事情。周处所在的晋朝，人们也把虎、蛟和鱼肉乡里的恶人称之为“三害”，《除三害》这出戏至今还在演出，是架子花脸的应工。

长沙人过去还常常在幼儿的帽子和鞋头上做出个“老虎头”，差不多成了习惯，此事的动机我想不会是因为喜欢老虎想招致，而是为了厌胜，也就是借鬼打鬼，以毒攻毒，正好比在门楣上钉一个獠牙吐舌的“吞口”——木头雕刻成的狰狞鬼脸。

在藩正街旧藩台衙门的门口，有一对大石狮，国民党在衙门里办市参议会的时候，把它搬到中山东路街心花园中了。狮子在中国古时不是常见的动物，老百姓根本不熟悉，正因为如此，所以可以把它想象并塑造成一副笑眯眯的样子，大门口可以摆，正月十五还可以放肆玩它个痛快。若是换上有可能会真正碰上的老虎，便绝不敢如此对待。

“三反五反”时，长沙卷烟厂出过一种“打虎牌”香烟，盒皮上印着打虎英雄武松的形象。其实《水浒传》中明明写着：“武松读了印信榜文，方知端的有虎，欲待转身再回酒店里来。”可见即使是打虎英雄，也宁愿避开老虎，不会很想去拿那一千贯赏钱的。

当然，景阳冈上早就没有虎了。如今的虎都是动物园繁殖出来，用狗妈的奶喂大，又经过“万物之灵”的长期训练，已经变得呆头呆脑，据说见到扑翅伸嘴的鹅都会回头就跑。它们早已丧失了啸傲山林的本性，安居铁笼，并不想“出于柙”去追求自由了。但从观众总是警告小孩不要和它太接近这点看，人们对它的“畏”还是有的；至于说到“敬”字，心里恐怕早就没有，那么忌讳也就不必那么讲究了吧。

(三)生肖中的虎

"子鼠丑牛寅属虎",即将到来的戊寅年是虎年,报纸刊物都来叫写文章。其实关于老虎我已经写过两回了,这次只能从十二生肖中的虎来谈一谈。

十二生肖除了龙和虎,都是人们熟悉的动物。龙活在想象中,暂且不必说它。虎虽存在于世上,但古时没有动物园,普通人难得见到。除去接了官府杖限文书的解珍解宝(还得拿上浑铁点钢叉),恐怕谁都不情愿遇上它,连武松也不例外。

洋文将虎叫作 tiger,凶残的人也叫 tiger。古文称虎曰山君,曰百兽之王,都有尊之为君王的意思。而老百姓对君王从来是畏多于敬,爱则更加谈不到。古时又称凶恶而有权势的人为"虎而冠者",此冠即使并非王冠,至少也是一顶大盖帽,无论如何总不会是二大爷头上的"老头儿乐"。故虎之列入十二生肖,并非出于人们对它的喜爱,而是出于对它的畏惧,和敬火神瘟神一样。

如今传统文化吃香,学者言必称先儒,故不妨看看孔夫子是怎样谈虎的。他有次问冉有:"虎兕出于柙……是谁之过与?"(老虎和野牛捉来只能关在笼子里,让它们跑出来伤了人,就必须追查是谁的责任。)又有次说子路:"暴虎冯河,死而无悔者,吾不与也。"(凭一时血性去同老虎搏斗,不测量深浅就冒险蹚水过河,你说他是胆大不怕死,我却不会赞许。)这些虎恐怕都只有负面的意义。还有次过泰山侧,见妇人哭其父其夫其子都死于虎，犹不肯去其乡，说是因为此乡无苛政，孔子于是有“苛政猛于虎”的感叹。我想孔子绝不会认为虎不够猛，只是说两只脚的虎比四只脚的更加可怕。

人死于虎者从来就有，但虎并未将人吃光。郭璞注《尔雅》云：“律：捕虎一，购钱三千。”这赏格到武松时涨了三百多倍。然而，据十二月五日《新民晚报》引美国国家地理学会报告，本世纪初全世界尚有野生虎十万只。可见直到本世纪初，人亦并未将虎捕杀完。须知相生相克、相反相成本是万物生生不息的正道，达尔文研究田鼠和胡蜂，得到的结论亦是如此。古人固畏虎，仍不能不接受虎亦万物之一的事实，将虎列入十二生肖便是明证。

不幸的是，今人在力图自我发展的同时，并没有真正认识和遵循大自然的法则。苏联喜欢喊“人类征服自然”，一心要斗地战天，用中国古话说就是“以万物为刍狗”，大规模“消灭沼泽地”，还要“向荒地进军”。虎本“栖息于林间杂草丛生泥土湿润处”(《大不列颠百科全书》)，“进军”却完全破坏了它们的栖息地，于是近几十年虎的数量锐减。现代人没有冯妇的勇气，却凭着直升飞机、麻醉枪，将虎捉进“野生动物园”，用冰冻牛肉来喂，用人工采精授精来繁殖，用“狗妈妈”来哺乳……这样养出来的虎不仅怕人，还怕牛、怕鹅、怕狗、怕老鼠。人也没能捞到什么实惠(外国老板已经不买虎皮虎骨了)，反要一天到晚去求拨款拉赞助来养虎，真是既害虎又害人，何苦呢？

我家的摆设

（1997.12）

在我家客厅里，也有个通常所谓的博古架，但架上摆设的既非古董，亦非玩物，而是自己手工制作的几件东西。

竹筒一，高十三厘米，径十二厘米，上刻竹叶数片，题“斑竹一枝千滴泪”，一椭圆小印，文曰“沁园”，下镌小字云“叔河作于一九七六年”。其时我已入狱六年，思念朱纯和孩子，是为她刻制的。因有伟大领袖的诗句，得以公然为之。“沁园”则是朱纯小名的谐音。

竹筒二，全高十八厘米，径十五厘米，用两节大竹分解制成三件。上为竹琢圆盖，周边精磨后呈蛇皮纹，颇肖一蛇盘环不见首尾。中为一节竹身，仍刻竹叶一枝。下为另一节，刻“不可一日无”（集《石门颂》），印文“此君”，连读即“不可一日无此君”。

欧式细木工刨一，长二十五厘米，“海底”（底板即工作面）宽五点五厘米，全高五点二厘米（底厚一点五厘米在内），前手柄连底板高十一厘米，后手柄高九厘米。刨身用血椆，底板用黄檀，前后手柄用梽木，木楔用花梨。此刨制于一九六七年，其时我和妻都在街道工厂做木模，我兼搞一点设计制图，可以温饱，故仍有馀暇做一点由兴趣而不是由谋食驱动的小玩艺。木工刨中国、日本、欧洲的形制均不同，日本刨宽而薄，刨削时系从前往后拉，欧洲和中国的均系从后向前推。而中国刨手柄在刨身中部，左右两边用力，刃口出工件时易往下，只适宜做大木，做小木则远不如使用这种欧式木工刨。

细木工刨二，尺寸略如前，但刨铁切削角度变四十五度为六十度，利于刨硬木、节疤、端面。此刨全用黄檀，亦系捡来“破四旧”砸烂的古老家具“废物利用”。前手柄较为矮壮，无后手柄，推刨时右手即着力于刨身后端。因良材难得，故不愿多加切削，再镶嵌别种木材。此刨亦作于一九六七年。

《韩熙载夜宴图》手卷一。全长约四米，高约四十厘米，系海外影印件，尺寸与原图完全一致，首尾有《夜宴图》篆书题名及印鉴题记，印工精美，初见有疑其为摹本者。我一九五八年因右派被开除，申请回家自谋生活，一度以绘制教学挂图维生。有的挂图是用布画的，两头加上一圆一方木条即可展示，而用纸画的则须装裱，所以又学会了裱糊。一九八七年迁入展览馆路新居，客厅有一面长近六米的墙壁，无物可以装饰，恰好有海外友人给我寄来了这幅画，不禁手痒，于是将其裱好，挂在墙上，很骗得了些赞赏或惊奇。这次居室重修，又将其改成手卷了。

我从小喜欢做手工，如果允许自由择业，也许会当一名细木工，可能胜任愉快，不至于像学写文章这样吃力。但身不由己，一九四九年一时冲动进了新闻干部训练班，未受训练即奉命到报社报到，随后想改行便是“脱离革命”，不可能了。一九五七年后，作为报效党国的知识分子是被开除了，为了生活不得不忙于做工，身体和精神反而充实了不少，尤其是能够在屋里放一条砍凳的时候。一九七九年平反改正归了队，坐办公桌又忙了起来，业余时间也无复操刀使锯的自由。如今已经离休，照理说应该有时间做一点自己想做的事了，可是住在高楼之上，连钉一根钉子也怕影响上下左右邻居，只好仍旧以抄抄写写打发光阴，真真苦矣。

辞年

（1998.1）

故乡有辞年的风俗，我还有什么可辞呢，我想该最后告辞编辑工作了吧。屈指算来，我的“编龄”已满五十年，可是当“自由编辑”的时间却只有十分之一。五年前离休，谢绝了要我在原单位发挥馀热的好意，“躲进小楼成一统”，决心从此只读自己想读的书，只说自己想说的话，如果可能则还想编几本自己想编的书。当然，自己想做的并不一定真能做；但是，自己不想做的终于可以不一定硬得做，这就是叨天之福了。

到一九九七年，我想编的两部书总算都编成了，这就是曾国藩父子兄弟间的往来家书，还有周作人的散文全集；前者已在海南出版社出版，后者则存稿一十二卷在家，不急于找出版社。做这两件事完全出于个人兴趣，无非是喜欢作者的文章，愿意编个稍微完善的本子，聊以自娱，且供同好，如是而已。至于或以我为是，或以我为非，我只能尊重别人的自由，自己却不怎么在意。人生白驹过隙，为乐须及时，我辈之乐不在听报告作报告接受按摩，而在读书和编书，那么即是秉烛之明亦当珍惜，连会心人的赞赏都无暇多道谢，哪里还会有工夫听门外的闲话。

这两件事既已做完，我的编辑生涯便真的打算结束了。麻婆豆腐虽好吃，吃了五十年，也已经吃够了。如果还能苟延残喘（出血性脑梗死已发病两次），第一是准备再读一点想读的书，第二是争取多和老朋友喝喝茶，谈谈天气什么的，消受党和人民政府恩给的太平年月。万一还有觉得无聊的时候，那就学着写点几百千把字的小文章，反串一下供编辑先生审正的小角色吧。

书房随想

（1998.1）

六十多年前在父亲的书房里我永远充满着好奇，可是又不敢放肆。父亲比我差不多大六十岁，他的书对于我是太多也太深了。“七七”卢沟桥一声炮响，父亲的书房灰飞烟灭，从此以后几十年，书房对于我总是一个憧憬中的东西。

直到十多年前，才算有了一间自己的书房。

那间书房很小，极普通的常用书和工具书都无法收齐，当然买书不顺手也是一方面的原因。

差堪告慰的是，近二十年一直在湖南的出版单位工作，我书架上却几乎没有湖南出版的书。也就是说，我的书绝大部分都是自家花钱买得的，不花钱得来的“样书”比较少；而自家花钱去买的书，当然是自己有用、需用或者真正感兴趣的了。换句话说，所有无须花钱去买的书，包括我自己经手的，如果不是有用和需用的，或者真正感兴趣的，也都通通割爱，腾出地方来放有用和需用的书了。

不久前单位上给换了一套新房子，厅堂、卧室、厨房、厕所都扩大了不少，伤心的是书房的面积反而更小了。

搬家时，我们将不少书提前分给了在长沙的三个女儿。如今书架挤到了紧得不能再紧的程度。每加入一本必须加入的书，便得先忍痛抽去一本比较可以请出的书。真希望在告别人世以前还能得到一间更大的书房。

写自己的话

（1998.4）

大半生和文字打交道，始终写不出如今所谓“文学的散文”。所写的东西，不属于自己的职业，便属于自己的学业，并无“文学性”，当然更谈不到有什么“文章之美”。这多半是由于缺乏才情，少半则由于缺乏心情，全是自己的缘故，丝毫不能怨别人的。

外国人说，“愤怒出诗人”。舒芜将朱正著《一九五七年的夏季》比作太史公写书，以为愤怒亦可出史家。那么，愤怒可不可能出散文呢？从杨恽《报孙会宗书》、斯威夫特《育婴刍议》、鲁迅《为了忘却的纪念》等古今中外的例子看，应该说是可以的。我却愧无这样的力量和胆量。

愤怒的文章不敢写，美的文章又写不出，事实固然如此，但毕竟也有按捺不住和不自量力的时候，也随笔写过一点职业和学业以外的东西。如若说这些东西亦偶有可取，即是写出来的都是我自己的话。先圣昔贤的话有的的确讲得很好，如孟德斯鸠临终所云，“帝力之大正如吾力之为微”，我便很是喜欢。但如要引用或发挥，则须经过自己咀嚼品尝，把几十年的辛酸苦辣与相调和，结果便是从自家炉锅中舀出来的了。

各种宗教的信条，各门各派的戒律，我从来很少遵从，拜上帝会的“讲道理”和义和拳的“张天师传言”当然更不相信。偶有所感，发而为文，一定是自己有话要说，而且这话一定要是自己的话。尽管它可能说得不深不透不艺术不正确，总归是我自己的话，不是鹦鹉学舌也不是吠影吠声，这是唯一差堪自信的。

当然，说自己的话，只是普通人最普通的行为，不值得标榜。何况我说的丝毫没有什么精义或新奇，不过是些普通的道理或常识。如说治水须“疏”(把河湖中的泥土挖出来，使水道或蓄水处加深)而不能“堙”（把岸上的土挖了堆起来御水，最后都到了河里湖里，水位反而越来越高），这在大禹时代即已成为共识，又有什么新奇呢？平民百姓日常所讲的也是各人自己的话，如说肚子饿了要吃饭，不能靠吃糠或小球藻，或者靠精神的力量硬撑着不吃。此亦即是老实话，只有惯打官腔或宣讲圣谕的或者才会有所不同。

这些并无精义或新奇之处的文字在报纸副刊或杂志上发表，每每被称为“散文”或“杂文”。什么叫“散文”，什么又叫“杂文”呢？对此我自己从来搞不清楚，写的时候也从未想过，只是信手随笔把自己想讲的话写出来罢了。别人愿意叫它作什么，在我是无关紧要的。出版社想要将它们印出来，使之不致澌灭，可以多几位读者，这在我当然也愿意而且高兴。虽说是自说自话，说出声来也就是希望给别人听的，悄悄地自言自语固未尝不可，但那样就未免太寂寞一点了。

有几篇文字发表后曾经引起过一点讨论，如《忆妓与忆民》便是。但讨论我是从不参加的。自己的话说出来，本未奢望所有人都愿听，都同情，只要有几个人愿听便足够了。既然我是一个自说自话的人，当然也会尊重别人自说自话的权利，只要他不去求阎王爷或判官或牛头马面来将我罚变作哑巴便好，这在此时此刻也许还不至于吧。

油印的回忆

（1998.5）

电脑打印越来越方便，传统的油印早已淘汰，偶尔走进文具店，再也见不到油印机、誊写钢版和三角牌蜡纸这么一类东西了。

八年抗战中，这些东西在偏僻山区却是难得的器材。高小的女先生教唱《万溶江》，到二十多里外的中学去借来油印机，将带简谱的歌词用蓝油墨印在毛边纸上，在课堂上散发给我们，她那高兴的面容，每一忆及便浮现在眼前。

进初中在一九四二年。学校里有部油印机，十分金贵。某次开运动会，几位年轻先生带着几个喜欢在壁报上出风头的学生，想出份油印特刊，我还自告奋勇去推滚筒。可是教导主任硬是不准，说是土纸虽然不缺，油墨却难买到，怕我们浪费了。本来嘛，那时正值抗战紧张，一切工业制品极为匮乏，夜间自习也只能两人合用一挂茶油灯（当时平江茶油比桐油便宜），竹灯座，瓦灯盏，草灯芯。

油印品也有非常精致的。有位国文先生刚从蓝田国立师范学院毕业，带有一部钱基博中国文学史讲义，小指尖般大的碑体字，用深褐色油墨印在浅黄色竹纸上，订成宽幅的线装本。它在我幼稚的心中引起了一种近乎神圣的感觉，哪一天能读到这样的书就好了。后看古尔布兰生自画传《童年与故乡》，童年的传主站在厕所的坐板前，注视着板上开出的一排大小距离不同的坐便孔，自言自语道："何时才能坐上这最大的孔？"大概跟我当时的心情差不多。

先父其时年已七十，他告诉我，光绪末年他在新办的学堂里教数学，也油印过讲义，一切器材都是从日本买来的，校役不知使用，故须亲自动手。他说，日本人用毛笔蘸上专用写液，在蜡纸上写字或画图，装上油印机便可以印了。这种毛笔写绘成的油印品，不知道还有老先生看见过没有，我却一直都不曾见过。

不记得是曾纪泽还是薛福成的日记里，有在伦敦用"糖印法"印文稿的记载。此"糖印"是否即油印，疑莫能明。

如果照先父所言，则油印技术系十九世纪末从日本传入中国的。但成书于南宋初年的《春渚纪闻》，卷二有《毕渐赵谂》一则，云毕渐考取状元，赵谂则是第二名：

> 都人急于传报，以蜡版刻印。渐字所模，点水不着墨。传者厉声呼云："状元毕斩第二人赵谂。"识者皆云不祥。

这至少也是道君皇帝时的事，历史不可谓不悠久。不过这印出来"渐"字成了"斩"字的"蜡版"，和近代工艺技术造成的油印蜡纸版恐怕不是一回事。

百年前的新技艺，如今已成陈迹，文明的嬗变也真快，不都是经过油印这类具体事物的兴替显示出来的吗？但愿研究物质文明史的专家们能多告诉我们一些这类事情，胜于空洞论说多矣。

关于油印，经常忆及的还有两件事。一是一九五七年失业后，一度想以刻钢版维生，但我的字一直写不好，别人一张蜡纸挣八角九角，我则只能挣六毛七毛，终于不得不舍此他图。二是解放前搞学生运动，颇做过些刻印传单的工作，几个同学在夜里偷偷摸摸地搞，既紧张，又兴奋。上街游行，带头喊口号，也不太怕走在前头。终于有一次在留校护校运动中和三青团发生冲突，被打破了脑壳，右眉棱骨至今还留有伤痕。

现在垂垂老矣，对年轻人在一些事情上表现出来的热情，自以为还能给以同情和理解，而不忍指责其为幼稚偏激者，无他，不过是因为在烛光下瞎忙乎油印的记忆还未曾泯灭干净的缘故罢了。

洒血的风俗

（1998.7）

民国三十三年(一九四四)春节前，我逃难到湘赣边一处名叫“马大丘”的村落，见居民杀鸡和杀羊过年，将盆碗接鲜血洒涂在自家门框门槛上，觉得十分奇怪。鲜血洒上，既不好看，又不卫生，为什么要这样做呢？当时只有十三四岁，怯于发问，那里的语言也特别不好懂，疑问只好存在心里。数十年后，偶阅江绍原、周作人通信，周氏信中云：

> 洒鸡血事绍兴古已无之，唯在南京当“山上的水手”时(案：指在江南水师学堂时)，除夕出游，见“湖南”人(原注：据说)客居门槛有血，云系杀鸡而洒其血于此。

这里说的是湖南人，马大丘也在湖南，看来此处确实有过一个(或多个)过年杀牲洒血于门的社区。

但我这湖南人在省内走过四十多县市，却没有从第二处再见到类似的情景。前辈们没有同我说过这样的事，记荆楚土风民俗的书中亦未写到。可能的一种解释是，此乃是“外来户”

带到湖南来的习俗，后来又有人把它从湖南带到了南京。

江绍原是研究民俗学的专家，他为了写《古代衅礼》的论文，才向周作人打听“洒鸡血事”。不过我想洒血于门和古代衅礼恐怕不是一回事。《说文》云“衅，血祭也”。《周礼》云“以血祭社稷、五祀、五岳”。这是天子、国君才能行的大礼，即衅钟、衅鼓(古籍中似未见有“衅门”的记述)亦非普通臣民所得为。经史中“衅钟”的故事主人公是梁惠王，配角是孟子；“衅鼓”的故事主人公是晋襄公，配角是先轸和孟明视，足以为证。用来“衅”的血本当是人血，因此被俘的孟明视才会为了执事“不以累臣衅鼓”，而向晋国稽首表示感谢；不用人血也得用太牢，梁惠王想以羊易之便招来了一番讥笑。如果说是礼失求诸野，遗俗又何以只存在于偏僻山乡极小的社区？更何况衅礼并不限岁首举行，衅钟、衅鼓更与时令无关呢？

前几天躺在床上乱翻书，翻到“五四”时期一篇翻译小说《村里的逾越节》，后记中说到犹太人逾越节前在自家门框上涂血。我忽然想起，这岂不是马大丘风俗的滥觞吗？于是将《旧约》找来查看(惭愧的是我于《圣经》竟未通读过)，果不其然。原来耶和华为了惩罚迫害以色列人的埃及法老及其臣民，决定在岁首前夜派天使巡行埃及，击杀所有生灵的头生子，而令摩西先通知以色列人于黄昏时宰杀羔羊，将生血洒涂在自家的门楣和门框上作为记号。这样，天使见有血记的门便逾越而过，只入埃及人家击杀了。

犹太人唐以前即来中国，宋时聚居开封者有十七大姓，建有寺庙，称为“一赐乐业教”。“一赐乐业”为希伯来语

Yisāēl 的对音，即以色列也。明末乱后，开封犹太居民只存七姓。一八四九年伦敦的“对犹太人布道会”派人来调查，寺庙虽存，却已破败，七姓人的体貌和语言也都汉化了。我在马大丘和山上水手在南京所见者，岂非明末或更早从开封十七姓中播迁出来的苗裔耶？

现在想知道的是，过了五六十年，不知马大丘还保存“洒血于门”的风俗没有？别地方是否还能见到类似的情形？真希望熟悉的人能告诉我一些，对于我来说，这是比什么文学名家学术大师的动态更加值得注意的。

【补记】 后阅清人《汉口竹枝词》，卷五中有一首写妓院腊月过年时风俗的：

> 各房接得有情郎，姊妹终年检帐忙。多谢喜神常照命，好将鸡血洒门框。

原注：“腊月谢神如此，或取红喜之意，曰检帐，曰下水，曰拖条，皆云雨廋语。”则门上洒鸡血似是性交的隐喻，并无民族和宗教的意义，而只有行业的意义。但我怀疑这只是嫖客们的解释，洒血于门的风俗还得找更多的资料来诠释。

胡君里

（1999.6）

和胡君里相识于七十年代的洣江茶场，时称湖南省第三劳动改造管教队，犯人约数千名。胡与我都是这数千分之一，因所属分队不同，接触并不很多。在不多的接触中，他却给我留下了不一般的印象。

第一个印象是他的年轻。年轻犯人其时并不罕见，曾与我同组邻床的一名反革命犯只有十三岁，乃是耒阳偏远山乡之人，因听不明白广播里的普通话歌词“东方红，太阳升”，跟唱唱成了“冬瓜藤，菜花心”，于是判刑十年，投入劳改。胡的年纪比这个耒阳伢子大得多，但他告诉我，他也是一九五七年的右派，因翻案而“犯罪”的。一九五七年我二十七岁，在《湖南日报》社五十几名右派中算最年轻的。胡却比我还小九岁，也就是说，他十八岁就成了我的同科，这就不能不使我惊诧他的年轻。

第二个印象是他的才艺。劳改队当然不是给人表现才艺的地方，但胡确是一个多才多艺的人，即使在劳改队这样的“血糊袋子”里，“其末”也还能“立见”。记得在“评法批儒”时，忽然叫犯人们评《水浒》。胡和我当时曾趁此机会将陈老莲的《水浒叶子》复制成册。我用描图纸从《水浒全传》上描下四十个人物图像，又在油印蜡纸上摹出；胡再将蜡纸放在钢版上用铁笔刻成，然后油印、装订。这套油印的《水浒叶子》，我保存了下来，一九八四年拿给李一氓看，李听说是犯人在劳改队里的作品，也感叹不已，说："陈章侯数百年后有这样的知己，可谓难得。"因为胡的工艺才能，我到出版社工作后，曾想请他来搞装帧设计，他却因为妻子不能离开株洲谢绝了。

由此生发出我对胡君的第三个印象，便是他对妻子的钟情。大家都知道，出版社的工作条件，比小学校和市文联要好得多，我劝他来时，同他讲过这一点。他的答复却是："当右派，当劳改犯，能熬过来，是我的妻子支持了我。过去我欠她和孩子的太多，我想我不该为了自己的发展，牺牲和家人团聚的时间。"这话使我失望，同时也使我感动。知识分子中，过去对"温情主义"批得太多，家庭骨肉之间把政治看得太重（现在则是把金钱看得太重），刻薄寡恩被视为当然固有，如胡君者并不多见。这一点，从他的回忆录《苦乐年华》的文字中，也感觉得到。

《苦乐年华》不属于那种以文采自炫、以痛苦骄人的作品，它的姿态是低的，这一点我很欣赏。老实说，经历过四十年风雨的我们这一辈，苦都吃过不少，苦中作乐、先苦后乐的体验多少都有过一些，回味自然容易引起共鸣。要紧的是当以痛定思痛、推己及人的态度出之，勿作态，勿矫情，勿渲染，勿以为人间痛苦都集中在自己一个人身上，别的人不是鬼子便是汉好。那样有些话说起来虽然痛快，结果反而把自己和同类的距离拉远了。《苦乐年华》中还写了劳改管教干部中秦建新那样的好人，这不仅没有冲淡历史的气氛，而更能够使人看出可怕的并不是几个执行者，意义更加深刻。

往事忆谈

（1999.9）

《走向世界丛书》的编辑工作，开始于二十年前(一九七九年)我到湖南人民出版社当编辑以后。第一种《环游地球新录》于一九八〇年八月由该社出版，我在《丛书》的总序中写道：

> “洋为中用”是我们今天的主张，也是十九世纪先进的中国人的主张。“师夷长技以制夷”，不也是“洋为中用”吗？当然，随着接触和认识的逐步深入，人们慢慢地看出：仅仅学一点“长技”，搞一点坚船利炮，还是不行的。要救国，只有维新；维新行不通，就只有革命。伟大的革命先行者孙中山，用他自己的话来说，也是在一八七八年出国以后，“始见轮舟之奇、沧海之阔，自是有慕西学之心，穷天地之想”，才树立了推翻清朝建立民国的大志和信心。历史无情亦有情，后人的思想和事业肯定要超越前人，但前人的足迹总可以留作后人借鉴，先行者总是值得纪念的。

《丛书》第一辑三十六种出齐是一九八六年的事，去今已一十三年。我离休已好几年，再来谈它，迹近炒冷饭，恐怕没有多少人愿听。但这篇总序因为收入了自己的文集，像老疮疤似的，有时却不禁要摸摸。重读上面这一节，心潮仍不免起伏难平。二十年前编辑出版这套丛书的目的，到底达到了没有呢？

当然，经济建设的巨大成绩是有目共睹的，长沙市里的马路也拓宽了，修多了，路旁的高楼大厦立起来不少。我自己所在的单位便拆掉了原来矮小的办公楼（《走向世界丛书》就是在那座五十年代盖的房子里编成的），建成了一栋三十层的住宅，电梯、空调都很现代。我虽非“厅局级”，却也在二十层上分到了一套四室两厅，即将爬上去。但是，前辈们“走向世界”的梦想，即把德先生和赛先生请到中国来，究竟完全做到了没有呢？

《丛书》前几种出版后，钱锺书先生要董秀玉女士领我去他家见面，建议我将总序和各篇叙论（导言）印成一册，并破例为之作序。序中最有趣的一段文字，是把改革开放比作在屋子里打开门窗，说：

> 门窗洞开，难保屋子里的老弱不伤风着凉；门窗牢闭，又防屋子里人多，会气闷窒息；门窗半开半掩，只怕在效果上反而像男女“搞对象”的半推半就。

这“半推半就”的说法，正好是对我的形容。说老实话，我这个人是惊弓之鸟，“为天下先”的勇气是不足的，也没那个本事。编《走向世界丛书》，亦不过是“半推半就”地想为改革开放吆喝一声助一点力而已。

今天编者先生叫我来炒这盘冷饭，说明还有人能体会我当年编书的用心。二十年了，至今还有人记得这部书，这是我不能不感激的。还记得李一氓先生看到《丛书》第一辑后，曾写信给我道：

> 这套书这样一弄，真可以传之万世了。你写的那些导言尤有意义。可惜搞改革、搞近代史的，多没有注意及此，是否再搞些宣传工作？

我向来不喜作宣传，当时亦无暇及此，辜负了他的关心，此则不能不表示遗憾。

偶然

（1999.10）

一九四九年八月考新干班，在我全出于偶然。读书时唯愿进大学学地理或考古，没有想过弄文字，更没有想到会以文字为职业，在新闻出版界干一辈子。

使我偶然这样做的唯二(不是唯一)原因，是我偶然结识了两个人，梁中夫和尚久骖。

我志不在学文，而喜看课外书，不只是看小说之类的文学书，而更喜欢看《亚洲腹地旅行记》《克鲁泡特金自传》这样的书。除了书的内容外，亦为它们的文字所吸引，觉得实在比许多小说的文笔还要好。我自己作文的成绩马马虎虎，低班中却有个广东同学谷士钧，常用“金驼”的笔名在“学生版”上发表诗和散文。就是他，有次把我带到报馆，介绍我认识了编“学生版”的梁中夫，后来才知道他是地下党“新闻支部”的书记。

梁中夫第一次和我见面时，穿一条灰色西装裤，系一副尼龙(当时叫“玻璃”)背带。背带通常是高个子系的，梁的个子比我和谷士钧两个中学生还矮，又瘦，却系了副背带。也许就是这点异常的感觉，使我将第一次见面的印象保存到了今天。

我从小喜交友，但以有共同兴趣共同语言者为限，谷士钧即是其一。人一天天长大，交友范围逐渐扩大到了外校，其中有周南女子中学的尚久骖。尚又介绍我认得刘国音(刘音)，称之为“周南的萧红”。刘国音和谷士钧一样，已经在长沙和上海的报刊上发表过不少文章。由于他们的影响，我也开始用笔名“杨蕾”在壁报和油印刊物上写东西，有篇《河之歌》，从壁报上取下来，谷士钧拿去给梁中夫看，几天后便在报上登出来了，接着又登出了《牢狱篇》：

窗，
安放在
坚实的牢墙上。

从窗中，
每天
有受苦然而倔强的眼睛
永恒的在守候。

窗，
是狭窄的；
而窗外，
有着广阔光亮的明天。

有窗，
囚犯们，
就有希望。
…………

《河之歌》和《牢狱篇》的发表给了我意外的喜悦，这种幼稚的然而却是强烈的激情，居然使得我愿意亲近起文字来。其实班上在“学生版”发表文章多的同学还有位曹修恕，他以“如心”为笔名，写过不少评论社会政治的杂感。有次梁中夫对我说：“其实你也可以试着写点如心那样的文章。”那次他急着要上理发厅去，未及多谈。他说：“生活上我一切都不讲究，只有理发是例外，小剃头铺子实在太脏。”

那时我们特喜欢写信，一九四九年上半年，我和尚久骖的通信频率，已经差不多每天一封。我也和别的男女同学通信，刘音来信署名“里澄”，有几封偶然保存下来，五十年后她自己也见到了。这时候，除了上课、看书、游行、喊口号，许多时间全用在看信和写信上，写时还带着十八岁少年的感伤。梁中夫叫我写稿，我却写得很少，有次学如心的样写了篇短文《滚向太阳去》，自己觉得写得还不如《河之歌》，但老梁仍然将它登出来了。

我忙于写信时，同班的地下党员宾新城(初中时的好友，是我帮他代考，把他弄到本校来的)批评我自由主义太严重，太浪漫。梁中夫也对我说：“你的小布尔乔亚情调太浓，这不太好。”他的态度，倒比只大我两岁的宾温和得多。

解放后，父亲是民主人士，兄姊都成了干部，我本可继续读书。但一则受了批评不服气，二则尚久骖来对我说，新华社和报社办了个新闻干部训练班，她已由团组织介绍报了名。于是，谷士钧叫我同去找梁中夫，我立马就起身。

报名、考试，无须细说。“发榜”之前，报上先登出一则“代邮”，叫我（锺雄）和宗柏生等四人即去招生处一谈。尚久骖、谷士钧和我猜测是怎么回事，谷说：“可能是我和尚久骖已经录取，你却要补考，快去吧！”我匆匆赶到，负责人对我说：“报社急于要人，你就去报到，不必来受训了。”他写了个纸条，折成方胜状，上写“经武路二六一号李朱社长”，要我立刻去。我问尚久骖和谷士钧录取没有，他查了一下，说“尚久骖取了，谷士钧嘛，也取了”。我放了心，随即往报社报到，领了一套制服和一枚证明身份的证章，第二天便跟柏原、柳思、刘见初四人一道下了乡。

后来才知道，尚久骖录取后，家里不让她来。谷士钧榜上无名，老梁安排他到新华分社学译电，他没有去。少年时的好友，就此分散了。

偶然的遇合，就这样决定了人的一生。五十年前的往事，回想起来，真如一梦。

念楼的竹额

（2000. 3）

“念楼”二字为知堂手书，刻竹者容园叶瑜荪也。

植物中我最喜欢的是竹子。少时寄居山村，住北屋中，丈外便是后山的竹林。从窗户中望去，虽不见全景，但几枝数竿，无论在什么光线下，都要比画图中的好看。湘北冬季严寒，雪落竹子驼，枝梢上的冰凌迸落有声，对于独坐中的我，往往是难得的惊喜。夏天风雨时行，竹林会奏鸣出丰富的和声，且多变化。让这种天籁伴随着入梦，十分愉快。

屋主人的祖上做过学官，后代虽已破落，宅子中仍挂有不少旧的联额。有的对联是将大竹一分为二，上面刻的文字用石绿填出。有一联“细雨园林梅结子，春风篱落竹生孙”，落款“道州何绍基”。另一联“文章千古事，花柳一园春”，隶书写得很好，落款是谁却记不清了。

也许因为喜欢竹子的缘故，我觉得用竹材制作对联非常之好：第一是南方多竹，取用不难；第二是易于奏刀，高手可以逼真地再现书法的神态和气韵；第三是竹材的纹理、色泽和质感，有一种木石所没有的韵味，特别宜于文房。但不知怎的，进城以后便很少见到竹制的对联，近几十年更可说是完全绝迹了。“文革”前长沙和邵阳等地还残存着一种叫“翻黄竹刻”的工艺，那是在木胎板上贴一层薄薄的竹黄，做成茶叶盒一类小物件，上面也刻点字画做装饰，但全是成批生产的匠作，绝无“春风篱落”之雅致矣。

如今时行“文化搭台”，园林亭阁修得很多，挂上联额的地方不少，竹制者却寥寥无几。岂非因为在竹上刻法书非工匠所能，没有文化修养便不行，而其人又得爱竹而精工竹艺，所以便十分难得的缘故吗？

十年前，因笺释周作人《儿童杂事诗》，得识为作插图的丰子恺氏的女公子一吟，因又得识桐乡叶瑜荪。叶君是个文化人，有《分心堂随笔》和《写意丰子恺》等作品，历任市文化局、市文联、市政协等处职务，却在“插队落户”时即喜欢刻竹，尤喜摹刻郑板桥、丰子恺的书画。从一九七九年起，刻竹逐渐成为其主要创作手段。他的浅刻和留青作品已享誉国内外，上海陈从周教授称为“当今竹人之魁”。一九九五年，联合国教科文组织授予他“民间工艺美术家”称号。这对一个学生出身不曾拜师学艺的人来说，实在比拿高级职称更不容易。

几年前，我请叶君制了一枚臂搁，刻的是周作人写的一首诗。周氏不以书名，字却特具书卷气。叶刻能保其神韵，三方图章(“周氏知堂”一方是摹刻的，“叔河珍赏”和“容园刻竹”两方是加刻的)尤其耐看。几年来我和老妻抢着用，已经快要用“熟”，变成老麻将牌背面那种颜色了。

去年搬入新楼，在第二十层上，稍为宽敞，好几个窗户中都可以眺望不远处的公园，园中绿色倒有很大一片，美中不足的便是少见竹子。成都望江公园多竹，辟有“读竹苑”，是个好去处。湖湘植被与巴蜀相同，此处却不多栽竹，不知何故，只能以杀风景视之。

有楼望竹，可以读书，一直是自己的梦想，现在总算实现了一半，也就应该知足了。室内无法种竹，便去乞叶君再为制一竹额，把楼名刻上去。前些时已经寄到，“念楼”二字从《儿童杂事诗》手迹中集得，落款则本是知堂从前手写给我的，算是移用，却非伪造。虽然小字经过放大，看来仍神气生动，显示了用刀如笔的功力。

大家知道，中国人在竹上作字的历史本来长久，杀青、汗青等词语至今还在使用，都是所遗留的痕迹。但将名人法书刻到竹上作为艺术欣赏始于何时，一时却说不上来。元末陶宗仪在《辍耕录》中说：

> 詹成者，宋高宗朝匠人，雕刻精妙无比。尝见所造鸟笼，四面花版，皆于竹片上刻成，宫室、人物、山水、花木、禽鸟，纤悉具备，其细若缕，而且玲珑活动。求之二百馀年来，无复此一人矣。

可见南宋和元时竹刻还极稀罕，但詹成似乎并不刻文字。《古今图书集成》草木典竹部纪事引明人杨循吉《居山杂志》，在叙述并山美竹后写道：

游人多爱刻名其上，题迹可经数年不坏，久之益若虫书古篆可观。

这是在竹上刻字了，却是业馀的一时乘兴。虽然题刻数年后“若虫书古篆可观”的，绝不会是如今到处乱画“某某到此一游”之流，也还不是专业的竹人。

后来到了晚明，江南文风盛文人雅事多的地方，竹艺才发达起来。张岱《陶庵梦忆》写到的江南竹艺：

一帚一刷，竹寸耳，勾勒数刀，价以两计。……

嘉兴之腊竹，王二之漆竹，苏州姜华雨之箖箓竹……皆以竹与漆与铜与窑名家起家，而其人且与缙绅先生列坐抗礼焉。

仍然没有谈到刻字，但这些“与缙绅先生列坐抗礼”的名家作品会有款识，这就和书法沾边了。

大约要到《竹人录》(书成于嘉庆十二年即一八〇七年)时代，书法和竹艺二者才完全结合起来，竹制的楹联便挂上了文人的斋头。谁知一百五十多年后又遭浩劫，幸而有如叶君者在力求恢复，作为爱竹之人，真得谢谢他。

取斋名室名是过去文人的雅事，我并没有资格学遗老，而是因为住的这栋楼有二十八层，户户外貌咸同，来客记楼层和号码不易，尤其是老年朋友，常有走错门的情况，于是觉得还是做一个标识挂在门上为好。既要做，则当然想用自己喜欢的竹子，想请自己欣赏的叶君来刻。楼名也别无深意，因为——念楼者，即廿楼，亦即二十楼也。

看黄永玉

（2000.8）

我第一次在故乡开画展，您有空请来看看。

黄永玉的请柬，就这一句话，本色、朴诚，又特具对乡人和友人的温情。

请柬是电视台一位同志代为送来的。他说："黄先生刚到，说有几个朋友是一定要请的。我知道您的地址，就托我送来了。"

画展的事，在头几晚的电视屏幕上就知道了。我很想见到他和他的画，却并没打算开幕时就去。既然是画展，来人一定多。虽然画家本色朴诚的性格我早知道，不喜欢和大人先生们套近乎的脾气也早知道(北京的画展，说要剪彩，他就请了位老花匠来剪)，他总是画展活动的中心，作为主人待客的应酬亦不可少，何必急于去凑热闹。

去夏他来长沙，约我到蓉园见面，相谈甚欢，以手书长幅为赠，写的是在湖南做过官的乾隆进士左辅的《南浦》词：

浔阳江上，恰三更、霜月共潮生。断岸高低向我，渔火一星星。何处离声刮起？拨琵琶、千载剩空亭。是江湖倦客，飘零商妇，于此荡精灵。　　且自移船相近，绕回阑、百折觅愁魂。我是无家张俭，万里走江城。一例苍茫吊古，向荻花、枫叶又伤心。只琵琶响断，鱼龙寂寞不曾醒。

我想，在画名如日中天，求画求字者不绝于前的时候，画家的内心恐怕有时还是会和“无家张俭”一样的寂寞吧。此种寂寞不是声名热闹所能排解的，这些东西恐怕只会使寂寞的心情更加寂寞。所以，几个月后，当他被请到岳麓书院登坛讲学时，我仍没有去凑热闹。虽然我承认在魏默深、郭筠仙等人做过学问的地方，于文艺界中请他比请海派文人来讲更为适合；我也承认作为朋友，对于“万里走江城”还乡的他，不去观场应该说是一种失礼。

正想找一个和他安静晤谈的机会，这机会说来就来了。画展开幕的头天下午，颜家文君忽到，谓黄先生邀往相见，遂欣然同往。

“《山鬼》会展出吗?”略谈几句以后，我便问他。

“画是十三日运到的，我上午去看了，偏偏这一幅没有运来，真气人。”

《山鬼》是他的新作，写《九歌》词意，我是从今年六月《寻根》杂志的封二折页上看到照片的。我不懂画，只凭直觉而喜欢它，以为用前人评李贺歌诗的两个字评论它正好，那便是“古艳”。

他的画法极新，却善写古意，多带装饰风格，色彩也很奇丽，而大笔淋漓，大气磅礴，表现出一种跨越古今的精神，也就是现代的精神。《山鬼》中的人物造型，使我联想起洋文书《爱经》和《渔人和他的魂》的插图，但的确又是我想象中“折芳馨兮遗所思”“怨公子兮怅忘归”的形象。画风属于现代，会心者所得到的却仍是二千三百年前感动了屈原，二千三百年后又感动了我的，那种求之不得的深深的寂寞。

这些话并没有说出来，当然也用不着说出来。我又继续问到了《山鬼》：

“是纸本吧？”

“是的，已经裱好了。”

“我以为，这样的大幅，这样的题材，作壁画最合适。”

他未置可否，只说：“我还想画湘君、湘夫人。”

“那更宜于作大幅壁画了。照我的痴想，如果湖南为你建画馆，将湘君、湘夫人用壁画形式永久陈列起来，才好。”

他只一笑。我接着说道：

“《九歌》是湖南永恒的题材，《山鬼》当然也最好由爱读《楚辞》的湘人来画。徐悲鸿画的《山鬼》，裸女肉感，黑豹狰狞，和我想象中的《九歌》氛围有些距离。”

他说：“‘乘赤豹兮从文狸’，到底赤豹该是什么样子，文狸又该是什么样子呢？所以把它画成半人半怪了。”

“本来就是想象的、神话的东西嘛！”我说，“闻一多也在他的诗剧中想象过，我看还不如你画成半人半怪，希腊神话中的半人马也要追女人嘛。如果你再画湘君、湘夫人，还可看看古人的注疏，看看古人是如何想象的。《山带阁注楚辞》你有没有看过?”

他说他没有此书。我说我有一本，可以给他，那是“文革”前的印本，定价只几毛钱。

说到这里，他忽然起身入室，拿出个大信封，说道：“这是给你画的一幅画。寄是不行的，只能自己带来，没有用彩色，你看。”一面说一面将它抽出来摊开，乃是一张四尺三开的画，画的是香山与鸟巢禅师问答，纯用白描，墨线细处如须发，画上还有二十多行题记，上款是“叔河一笑”，字画浑然一体，各尽其妙。我连忙收下，他却笑嘻嘻地又说了一句：

“没有彩色。”

我当然知道，以“铁线描”画人物，楷书作题记，比起彩墨小幅来，其难易为何如，反正无法回报，只好愧领了。

大约因为《山鬼》没有来，彼此都觉得遗憾。他便说，这次有一尊“准提观音”，也可以看看。原来他凤凰旧居旁有座准提庵，后来被毁，他便建议重修，并为此塑造了这一尊，翻成了铜像，准备送到凤凰去。造像吸收了北魏风格，他说，有人听不懂“北魏”是什么，于是解释说，北是东南西北的北，又因而被讹成了“北味”，引起我笑了。于是我也把“大托铺的笑话”讲给他听，他也哈哈大笑起来。

因而又谈到写旧诗，谈到聂绀弩和郑超麟，谈到“琅玕珍重奉春君”，谈到叶恭绰、王世襄、朱家溍，又谈到张伯驹，不知不觉过了近三个小时，谈兴仍未少衰。想起他比我还大七岁，明天又要开展，不能不稍微节劳，这才起身告辞。

临别时，我建议他作自己的画传，提到解放前吴柳西译过北欧某画家所作的一册。他立刻记起了是古尔布兰生的《童年与故乡》："的确是妙不可言，好得很。李辉将它重印出来了，我要他给你一本。"

我与曹家

（2000. 8）

先父昌言公（字佩箴）一八九八年入时务学堂为外课生，与曹二先生陶仙之父耔谷丈（典球）同学。一九〇四年，昌言公在湖南大学堂（后改名湖南高等学堂，今湖大的前身）毕业，经省学务处介绍到郴州教书，又与耔谷丈同事。

父亲五十多岁才生我。一九四七年他七十岁时，我才考高中。他叫我去考文艺中学，说那里教师好，校舍好，校长又是他的老朋友。临赴考时，他给耔谷老校长写了封信，叫我面呈。结果我考取了第三名，入学后被叫到新落成的从心草堂，老校长笑着对我说："故人有此佳儿，凭本事考尽够可以了，何必写信呢？"

我在文艺中学读文科高三十八班，英文老师是余志通先生，二先生（陶仙）没教过我的课。三先生（修懋）当教务主任，我年年都是前三名，可免缴俸米若干，须到教务处办手续，所以找三先生的时候多一些。三先生谦谦君子，即之也温，单独相对时常说："令尊是我世伯，你我之间，就不必讲客气了。"

老校长对我尤为关切。一九四八年端午节，那时称为诗人节，他曾以屈原为题，作诗赠我。诗云：

救国深心托九歌，欲征湘士荷吴戈。楚虽三户亡秦必，何事怀沙赴汨罗？

当时我犯严重的“左倾”幼稚病，是罢课游行的积极分子(这和保持前三名似乎矛盾，却是事实)，高喊要民主要自由，有点不要命的样子。老校长此诗，可能有箴规我的意思吧。

那年放寒假时，我照例到从心草堂向老校长告辞。他正在写字，又给我写了一首七律，中有一联：

无聊只自钻牛角，知味何曾食马肝。

题云“自遣一首赠锺生”，意思也很深长。

解放以后，老校长被安排在省文史馆当副馆长，昌言公为馆员。后来陶仙先生也进了文史馆，却是二老先后逝世以后的事情了。

我和陶仙先生直到“文革”中才有一次接触。那是在市立一医院的候诊室里，他急于弄得一张有病的证明，才能不去挖防空洞。我找医院一位姓欧的医生给他开了一张，他再三道谢，客气得简直有些过分。

其时我住教育西街，二先生住司马里，相去并不远。可我是一名右派分子，怕影响到他也影响到我自己，不大敢去看他。他倒是到教育街来过几次，留字条要我帮他找OU医生。

一九七〇年我被捕，关了九年。及至平反回长，二先生已经老迈。我恢复工作后也忙了起来，只到司马里看过他一两次。言及老校长及文艺中学旧事，彼此都不禁唏嘘。

后来他移居河西，我们便没再见面了。

二先生是一位畸人。凡和他相识的人，都会留下不易磨灭的印象。可惜如今我也老了，又患脑疾，已难刻画，略述数语，聊为纪念。

巴旦杏仁的功效

（2000. 11）

黄一九君送来新出版的《湖湘名医典籍精华》一部，凡九巨册数百万言，其“方剂卷”中收有清道光中善化人鲍相璈“校雠不倦，寝食与俱，盖二十年于兹”所成的《验方新编》，开卷如见故人，引起了我的回忆和联想。

从小学到初中这段时间，正值八年抗战，我是在湘北山区的故乡度过的。那里本来闭塞，加之内战外战连年，兵凶战危之地，新的图书绝难见到。八年之中，老家旧存的一些木刻本线装书，成了我假期中主要的课外读物。其中留下较深印象的，除了《史记菁华录》《唐宋诗醇》《植物名实图考》《阅微草堂五种》以外，就要算《验方新编》。

《验方新编》并不在老家藏书之列，只是一部家常日用之书，等于如今的医药应用手册。我素喜看有关动植物和人事的记载，故其中所述各种病症和药物，很引起我的兴趣。被虎咬伤可用猪肉切成薄片敷贴，青皮橘子百枚九蒸九晒后能止气痛，还有“若要小儿安，须带三分饥与寒”的歌谣，至今都还记得。

被虎咬伤的机会难得，青橘子九蒸九晒的实验亦颇难做，但我十一岁时有次久咳不止，确实是“验方”治好的。那次咳嗽的原因，据说不是受了寒，而是“风火”。老家长辈们便照《验方新编》指示，买(?)来一种迥异寻常的大颗粒杏仁，在“擂钵”中研磨成粉屑状，加冰糖放入盖碗，用沸水冲了叫我候水温时喝下。小孩子怕吃药，这一味“单方”却既好吃又好闻，我喝得不亦乐乎。喝了几天，咳嗽便告痊愈，又可以放开喉咙大喊大叫了。

日本投降后出外上高中，从此不再回乡，课外书一变而为《人和山》《昆虫记》……，《验方新编》的印象便逐渐模糊。很快又染上了“左倾”幼稚病，一心要把“祖传丸散、秘制膏丹”全都踏倒，听到骂中医“全都是有意无意的骗子”只觉得痛快，不过对于巴旦杏仁能治咳嗽仍然深信不疑。只可惜商店公私合营以后，市面上便很难见到，直到改革开放后它才重新露面，人称“美国杏仁”。其实在《本草纲目》里，它的名字是叫巴旦杏仁的。李时珍曰：

> 巴旦杏出回回旧地……树如杏而叶差小，实亦尖小而肉薄。其核如梅核，壳薄而仁甘美……西人以充方物。止咳下气，消心腹逆闷。

“巴旦”乃波斯文 badam 的音译，是它原产西亚的证据。但既成《本草纲目》中的一味，则其归化历史亦已悠久，早成“西裔华人”了。由此可见，中医中药也不是在和外界绝缘的状态中存在的，也曾经实行过“拿来主义”。

迨年岁稍长，又读了几本讲世界文明史的书，才知道古时中国医药并不比希腊罗马落后，遑论阿拉伯印第安。又知道在哈维、巴斯德以前，世界各地都是靠传统医药治病救人，维持人种的生生不息。几百年前英国的安妮女王，一生诞育十七胎，竟夭折了十六个，即足以说明当时英国医药卫生的总体水平并不比中国高。

我们汉族人的生存环境，似乎没有多少优越性(当然不能只跟雪地里的因纽特人和沙漠中的贝都因人比)。但历经几千年的病疫灾荒战乱，却能不衰不灭，不曾接受同化，也不曾整体衰亡，根本原因就是繁殖力强，耐受力强，人口总量大，这当然和医药有直接的关系。汉人终于成为古文明中种族绵延至今的唯一，成为当今全世界按人数多少排行的老大，追究其原因，以“尝药辨性为人皇”的神农氏作象征的中医中药，实在是最大的功臣。

不能不承认，和别处的传统医药一样，中医中药也有它不科学的地方，更有它尚待进行科学整理，或者需要作出科学诠释的地方。举例来说，万一像上海某司机那样，在野生动物园被老虎咬了，当然还得急送创伤外科，不必切了猪肉来贴。但这并不会改变中医中药曾经为中华民族兴旺发达作贡献的事实，也不会改变中医中药还在为全民卫生保健作贡献的事实。巴旦杏仁的功效，我以为是永恒的。

《本草纲目》收药一千八百九十二种，其中植物及其制品达一千二百种，其馀部分也多是自然界所生成，非人工合成物。

有蔑视中医的人说，“草根树皮，何能治病”，我则说这正是中医中药的优势。有种治食道反流的新出西药，其价甚昂，我遵医嘱购服，似有疗效；后来得见美国药物及食品局公告，谓此药服后使人心跳过速，可以导致严重的心脏病，已下令制药厂限期停产，不禁大惊，连忙停用。似这类有机化学产品，问世时间大多数不长，它们或者会有的危害性，在中国人吃过千百年的“草根树皮”中是绝对不会有的，即使是乌头附子，也早已“遵古炮制”，去毒存性了。

听说中药正在大量出口，发达国家用作原料，制成药剂，有不少又返销到中国来，卖得比我们的中成药贵几十倍甚至几百倍。看来，作为传统文化一部分的中医中药，确实面临着一个如何适应现代化的问题。中医典籍的刊行，应是为这件大事提供资料的准备，故有其重要的意义。中国地域辽阔，地方医药各具特色，故于地方医药古籍的发掘整理尤当注意。《湖湘名医典籍精华》这部书，即使只为了《验方新编》，我也愿将其放入容量有限的书架。

善化故地在今长沙、望城二县南境，唐时为长沙、湘潭二县地，北宋元符元年(一〇九八)置县，清代与长沙并为湖南省治。这里在近代出过瞿子玖、皮鹿门、黄克强等人物，当时即被称为“瞿善化”“皮善化”“黄善化”，长沙市郊至今还留有“长善垸”等地名。

民国元年(一九一二)将善化并入长沙，人民共和国仍析长沙为二县，却放着现成的善化这个名字不用，偏要把市郊望城坡这个小地名“升”作县名。更滑稽的是，望城坡却一直属于市区，从未成为县治。这实在是一大败笔。

【补记】 曾国藩女纪芬《崇德老人自订年谱》(民国铅印线装本，不足珍贵，但我这本有“小弟聂光坻敬赠”下款，即老人之子也)记云：

> 余以欧阳太夫人晚年多疾，时须斟酌药饵，常阅《验方新编》。是书为中药家用之集大成者，凡延医不便或服药久不效，得此足为宝筏，近数十年几家有其书矣。初印本不久即罄，故丙午丁未之间，复锓板于长沙。

儿时读书从不注意版本，不知老家的那部《验方新编》是鲍氏初刻本，还是曾氏的重刊本，反正不管是什么版本，都早就和老家的屋场一起灰飞烟灭了。

小西门

（2001.7）

长沙市已经将小西门规划为“历史文化风貌保护区”，到底历史文化风貌还存在多少，保护得如何，恕我无法去看，不大清楚。

但过去的小西门我还是略知一二的，经坡子街直下小西门正街，再转弯进河街去看堆在路边的黄鸭叫的情形，几年前曾经写过篇文章。我还听父亲说过，辛亥革命后黄兴首次回湘，从小西门进城，当局盛大欢迎，并将小西门改名黄兴门，坡子街改名黄兴街。但随即便喧起了反对之声，老同盟会员陈荆偏要在热烈欢迎时祭奠他的朋友、辛亥前被杀的禹之谟，将白布挽联挂在坡子街上：

> 生死见交情，故人剩有陈荆在；
> 英雄论成败，举国争言上将功。

时黄兴新授陆军上将，举国争夸，陈荆觉得相形之下，对禹之谟太冷落了，为之不平，终于帮他争取到了公葬岳麓山的待遇。先父辛亥后任省政务厅科长，躬逢其盛。后来“二次革命”失败，小西门和坡子街又改回原名，叶德辉还兴致勃勃地写了篇《坡子街光复记》。

这些都是小西门在近世历史文化激荡中风貌的剪影，知道详情的人恐怕已经不多了。

追溯得更久远一点呢？此刻我案头正放着一本《广阳杂记》，作者刘继庄于清朝康熙年间旅行湖南，对小西门有如下描写：

> 长沙小西门外，望两岸居人，虽竹篱茅屋，皆清雅淡远，绝无烟火气。远近舟楫，上者，下者，饱张帆者，泊者，理楫者，大者，小者，无不入画。天下绝佳处也。

这才是小西门真正的“历史文化风貌”。

三百多年过去，社会发生了巨大变化，在我留有印象的六十多年前，小西门即已成阛阓喧阗之区，难见竹篱茅屋了（水陆洲上和河西对岸还有）。此乃是历史的进步，不必因而感伤。但保存一点古老的记忆，使今后的长沙人和到长沙旅游的人，能知道小西门历史上曾经是“负绝世之学”的刘继庄笔下的“天下绝佳处”，也还是有点意思的。

前几天雕塑家雷宜锌到舍间小坐，说是在朱张渡准备造朱熹、张栻的像。朱、张当然是文化名人，但我对于理学家素无好感，总觉得他们的像要放也该放到岳麓书院去。湘江边古渡头还不如塑词人姜白石的像，像座上可以刻上他那首有名的《一萼红》中的警句：

南去北来何事，荡湘云楚水，目极伤心。

因为这首词的小序明明写着：

丙午(按即南宋淳熙十三年)人日，余客长沙别驾之观政堂……野兴横生，亟命驾登定王台，乱湘流，入麓山。湘云低昂，湘波容与，兴尽悲来，醉吟成调。

乃是货真价实小西门的创作，放在湘江边上并不是附会，更不是捏造，正可为长沙生色。

辛弃疾也在长沙待过，虽然他比姜夔大十五岁，二人也并未同渡过湘江，但都是南宋词人，都有在此地作的绝妙好词传世。梁任公曾集二人句为联，从中截取两句：

更能消几番风雨；(辛弃疾《摸鱼儿·更能消几番风雨》)
最可惜一片江山。(姜夔《八归·湘中送胡德华》)

居然是一副好对子，便请张中行和黄裳各为我写了出来。为什么要写两副相同的呢？借用白石引桓大司马“树犹如此，人何以堪”句时所说，只因为——“此语予深爱之”也。

《西青散记》的文章

（2001.11）

教六年级国文的张先生（当时我们不叫老师叫先生），本人是因抗战辍学回乡的大学生，家里是平江县的世家大族，故能自己掏钱石印一些文章给我们做“补充阅读教材”，第一篇是叶绍钧的《伊和他》，第二篇是郭沫若的，题目已经忘了，只记得开头一句是：

楼外的川上江中的溪水不分昼夜地流。

我被指定站起来朗诵，是这样读的：

楼外的川上，江中的溪水，不分昼夜地流。

先生马上说错了，因为“川上江”不能断开，那乃是日本的一条河，在看惯了长江大河的中国人眼里不过是条小溪，所以才说“川上江中的溪水”。先生的这番教诲，至今仍未能忘。

还有篇丰子恺的《忆儿时》，是写他母亲在家里养蚕的，读来很是有味。文末引《西青散记》里两句诗，“自织藕丝衫子嫩，可怜辛苦赦春蚕”，给我的印象很是新鲜，大异于《千家诗》里的“问渠那得清如许，为有源头活水来”，也一下子便记在心里了。

六十年前的往事，正如川上江中的溪水，不断地奔流过去了。先生教我的好文章，却一辈子也没能学得做出一句半句来。老来幸得离休，薪水不愁，可又不会钓鱼不会打麻将，更不会偷闲学少年去跳交际舞，于是只好找点本子薄些(厚了卧读时手酸)文字浅些(深了自己看不懂)的旧笔记一类东西，装装读书的样子。几年来胡乱翻过的，大概也将近上百种，早在心里挂了号的《西青散记》却几次拿起又放下了。因为对写才子佳人、仙凡遇合、奇闻异事的书已经失去了兴趣，想知道的只是一点普通人们生活和思想的状况，连文词佳妙与否也并不特别在意。正如老年人的舌头，早被酸咸苦辣弄得麻木了，对于儿时垂涎的糖果便不会再如何思念，而宁愿噙一枚青果，或者啜一口浓茶。

《西青散记》里的诗词有些也许写得不坏，但我想，难道女仙们都是李冶、鱼玄机修成的吗？从卷二开始出现的“双卿”，据说是个农家女，嫁给了仅能“看时宪书，强记‘月’‘大’‘小’”的粗笨男人，自己还只一十八岁，却能在芍药和玉兰的叶片上用水粉写出《浣溪沙》“暖雨无晴漏几丝……”和《望江南》“春不见，寻过野桥西”送给《散记》的作者，说什么：“妾生长山家，自分此生无福见书生，幸于《散记》中识才子，每夜持香线望空稽首，若笼鸟之企翔凤也。”这就不仅使我肉麻，也不禁怀疑起它的真实性来了。

十八岁的村妇一出场就庆幸“于《散记》中识才子”，这便泄露了才子们的心理，也泄露了这位“双卿”和纷纷临坛的众女仙一样，大概都是才子心里制造出来的。可笑古今中外不少文人，却偏要讨论“双卿”是何方人氏，真实姓名云何，史悟冈地下有知，岂不会笑脱牙齿？我之所以提不起对《西青散记》的兴趣，除了厌见女仙和准女仙以外，对于这类“研究”觉得厌烦也是原因之一，其实此与《散记》本身无关，而是自己的迁怒。

但转念一想，我的阅读兴趣也太偏了。如果不把《西青散记》作笔记看，干脆当成是小说，那么制造亦即是创作。女仙和“双卿”既是白日梦中的模型，用笔将她们写出来，又充分发挥自己的想象，寄托自己的感情，便可视为十八世纪前期出现的一部个性化小说，甚至可以说是中国早期的“意识流”作品，这倒有了文学研究的价值。可惜我于此道全未入门，不能冒充里手说什么话。

《西青散记》的文章本来没得说的，若要欣赏古典美文，其中颇有好材料，如卷一“饮饯于城南之折柳亭”一节：

> 负濠面野，市声已远，蒹葭杨柳，新翠蓊然，渔村田舍意也。竹阑外方池为密萍所漫，鱼唼喋呴萍隙，不得见。池外野水数湾，漉沙者步水中如鹭，亭上人衔杯望之，彼则自顾其业耳……各道客况，离家几何时，道路几何里，旅游相识几何人，老亲与稚子别至今又益几何齿；

身无岁不为客，梦无夜不还家，囊中钱赠何人，笥中衣典何处；发某年白，病某年滋，视某年昏；地所历孰多，游所至孰远，名利心孰淡，倦游欲归意孰深。相告太息，酒寒忘饮。

又如写“先生之自娱也奚为最”：

迩者幼儿学步，见小鸟行啄，鸣声啁啾。引手潜近，欲执其尾。鸟欺其幼也，前跃数武，复鸣啄如故焉。凝睇久立，仍潜行执之，则扈然而飞。鸟去，则仰面嘲哰而呕呢，鸟下复然。观此以自娱也。

这样的文章，传统的古文中不可得见，晚明笔记小品中稍有之，亦无此细致，而落拓文人寂寞萧散的心情描写如画，甚难得也。卷二写段玉函客行中听姑恶鸟：

自横山唤渡，过樊川，闻姑恶声。入破庵，无僧，累砖坐佛龛前，俯首枕双膝听之。天且晚，题诗龛壁而去。

姑恶者，野鸟也，色纯黑，似鸦而小，长颈短尾，足高，巢水旁密篠间，三月末始鸣，鸣自呼，凄急。俗言此鸟不孝妇所化，天使乏食，哀鸣见血，乃得曲蟺水虫食之。鸣常彻夜，烟雨中声尤惨也。

写人物从细小动作中具见性情，写鸣禽出自目击的印象，均迥非古来文人但凭耳食抄经书可比，又特别注意鸟声在人心中引起的感受，这些都值得佩服。又如记叙自己在田野中的经历：

> 八九岁，独负筐采棉，怀煨饼。邻有兄名中哥，长一岁。呼中哥为伴，坐棉下分煨饼共食之。棉内种芝麻，生绿虫，似蚕而大，撚之相恐吓，中哥作骇态，蹙额缩颈以为笑。后虽长，常采棉也。采棉日宜阴，日炙败叶，屑然而脆，粘于花。天晴每承露采之，日中乃已，……
>
> 前岁自西山归湖上，携稚儿采棉于村北。秋末阴凉，黍稷黄茂，早禾既获，晚菜始生。循田四望，远峰一青，碎云千白，蜻蜓交飞，野虫振响，平畴长阜，独树破巢。农者锄镰异业，进退俯仰，望之皆从容自得。稚儿渴，寻得馀瓜于虫叶断蔓之中，大如拳，食之生涩。土蝶飞掷，翅有声激激然，儿捕其一，旋令放去。晚归，稚儿在前，自负棉，徐步随之，任意问答。遥见桑枣下，夕阳满扉，老母倚门而望矣。

此种描写，不知比陶渊明“晨兴理荒秽，带月荷锄归”何如，我看至少要更曲折生动一些，因而也更能使人觉得亲切。此不仅是散文与诗的区别，时间相去一千三百多年，后来者毕竟也该有些进步吧。

看来看去，觉得上面抄的这几节，即使放在上品的笔记当中，亦堪称佳构，因为它们正是人们生活实相的若干侧面，自具情趣，而写来文情并茂，能给人以美的享受，即张岱《陶庵梦忆》、龚炜《巢林笔谈》亦无以过之，可惜只是太少了。但少而佳总比多而不佳好，就凭这一点，读读《西青散记》也是值得的。

书中游览名胜的记述亦可读，虽然我觉得反不如写普通"平畴长阜"的好。至于关于女仙和"双卿"的部分，自己不能欣赏，不去欣赏也就是了。古人云，开卷有益。各取所需，不亦宜乎？

我这个态度，在许多读文章的人看来，正是所谓买椟还珠也不一定。但我对于这个椟确实是喜欢的，珠则留给识货的人去买也好。百年心事归平淡，对人对事皆当力求宽容，于古人亦何必苛求。凡是能让我读到几节好文章的书，还有人，都很值得感激，因此又忆及六十年前国文先生的恩惠，真不能忘。

学《诗》的经过*

（2001.11）

> 子曰：小子何莫学夫《诗》。《诗》，可以兴，可以观，可以群，可以怨，迩之事父，远之事君，多识于鸟兽草木之名。

《论语·阳货》这一节，是孔子对《诗》的评价，也是孔子对“小子”们的期待。作为“小子”的我，对之却只有惭愧。

“七七”抗战军兴打破了在长沙进小学的梦，六岁的我被送回湘北山村老家。方圆十馀里内，只有教《三字经》和《包举杂字》的村学，读书人家不会送子弟去。于是耽搁些时后，便让我到同时避难在乡的李洞庭先生家去学《诗》。

李先生的诗文都有名，当过何键的秘书，解放后被聘为文史研究馆馆员，可称名师，但他却确实未能引起我学《诗》的兴趣。本来我从小便对鸟兽草木的事情好奇，他却连“关关雎鸠”是什么鸟都不说，只大讲其“后妃之德”，这岂是连男女

* 戴维《诗经研究史》曾用作代序。

之别都搞不清的幼童所能了解的呢？一味地要求死记硬背，更使我产生反感，觉得什么“窈窕淑女，君子好逑”，还不如看牛伢子唱的“人之初，摸泥鳅；性本善，捉黄鳝；狗不叫，打起叫”有趣。

李先生是进过“优级师范”的老秀才，更可能是碍着和我家的“世谊”，并不打学生。为了拉住我不去跟看牛伢子玩，他真费了不少心，“君子恶居下流”不知对我说过多少遍，但终于还是“孺子不可教也”，便对父亲说，“世兄聪明有馀，沉潜不足，还是以送进学堂略加拘束为好”，叫我不要再去了。学《诗》学了小半年，匆匆点完《国风》，《小雅》只开了一个头，便告结束了。

既为名师所弃，又有长辈管着，无法去从牧牛儿游，只好每天若干时坐进自家书房“用功”。我究竟也还不是那样地不可教，从长沙带回来的读本和课外书，有些还是愿意读的。当“鸡兔同笼”把我搞得头昏脑涨时，有时也拿起堆在旁边方桌上的《毛诗》诵读几页，作为调剂。没有李先生那口巴陵话在耳旁灌着，自己读起来还顺口些，渐渐居然有了些兴趣。

《豳风·七月》八章，章十一句，篇幅最长，我却最常读它，最早能够背诵。这却全不是由于督责，而是它的音调铿锵，节奏明快，读来似乎有种快感，故并不觉苦。“四月秀葽，五月鸣蜩，八月其获，十月陨萚”，和当时农村生活还相仿佛。“昼尔于茅，宵尔索绹”，与冬日所见农民白天上山，砍了茅草捆起一担担挑回来，晚上在堂屋里用松光照明，将茅草掺稻草搓成绳索或编成草鞋，情形更是一模一样。“绹”，郑笺云，绞也，平江话则只指用绳索系牛羊。古今语演变小孩不能究其异，却能识其同，亦足以满足好奇心。尤其是“五月斯螽动股，六月莎鸡振羽，七月在野，八月在宇，九月在户，十月蟋蟀入我床下”这几句，一步一步越来越近，颇有动感。而旧家墙外便是田野，蚱蜢子踢腿纺织娘扇翅膀，是捉在手里见惯了的。七月秋风起后到草丛中抓蟋蟀，再冷则野外渐难寻觅，“灶趋趋”接着便在屋里登场了。这些都是乡下儿童游戏的重要内容，《七月》写的正是这活生生的情景，一旦明白了，自然觉得亲切。还有“十月获稻，为此春酒”，读到这儿往往便会想起年头各家各户“办春酒”的情形，这在平江乡下是极普遍的习俗，沦陷时期亦是如此。平常主要以红薯充食的人家，到春月也要杀一只鸡，砍几斤肉，弄一尾鱼，加上豆腐百叶干菌干笋，当然更少不了自家蒸的谷酒，邀亲邻聚一餐。今天你请我，明天我请你，等于集体改善十天半个月的伙食，补充一点长年作苦的体力。我虽出旧家，亦早成寒素，大鱼大肉等闲不容易吃到，这时便可代表不在家的父兄列席去大嚼几回，迄今思之犹有馀味，八九岁时当然更不禁口水满腔。

如果这也算是在无师以后继续学《诗》的话，学到流口水想吃酒炒鸡的程度，真可谓无出息了。但说也奇怪，倒是这样“学”过的若干篇，至今却还有印象，甚至记得。

十一岁入学后，国文课一直没有教《诗》，自学也没再学它。直到“参加”后开始领薪水，自己买书买了部《四部备要》，中有“据相台岳氏家塾本校刊”的《毛诗》，字大悦目，有时才又读一读，亦不外《蒹葭》《兔爰》《黍离》《风雨》《七月》《无羊》《谷风》这几篇，基本上还是在原来熟悉的圈子里。目的亦只在追求主观的感受，毛传郑笺从来不看，《备要》别本《注疏》七十卷和《传笺通释》三十二卷，更懒得去翻。严格说来这当然更不能算“学”，只是随便看看罢了。

我以为，对于我辈非学者的普通人，老祖宗传下的古典这份遗产，其实际的价值本只有两点，一是欣赏，二是寄托。欣赏不限于自家的东西，外国的也是一样，也许因为新奇，还更觉可喜，这和“老婆别人的好”同是一理。寄托其实也差不多，希腊先贤即是孔孟诸子，尼罗便等于秦皇帝，人情物理固无分古今中外也。不过我们究竟不懂希腊拉丁文，即英法语亦难通晓，“风雨凄凄”这类句子却能望文生义，至少四个字总还认得，故于本国的古典占有优先享受的权利。不能或不愿欣赏古典固然不会妨碍做国民，国民要能欣赏古典亦须具备一起码的条件，这就是觉悟(即自觉和悟性)，而研究能力无预焉。拿《郑风·风雨》三章来做例子，“风雨凄凄”“风雨潇潇”“风雨如晦”的自然现象谁都见过，却只有孤独寂寞的人这时才会特别希冀感情的慰藉，写出这种希冀便成了诗，它的力量是超时空的，故能于千载而后引起我们的共鸣，这就和《诗序》所云“乱世则思君子不改其度”一点不相干了。好端端的文学作品，偏偏要给加上教化的意义，历来的诗教便是如此，我所厌烦的也在于此。

后来读周作人《郝氏说〈诗〉》，得见郝夫人王照圆瑞玉对《风雨》三章的解说：

《风雨》，瑞玉曰，思故人也。风雨荒寒，鸡声嘈杂，怀人此时尤切。或亦夫妇之辞。

首章注又曰：

寒雨荒鸡，无聊甚矣。此时得见君子，云何而忧不平？故人未必冒雨来，设辞尔。

这些注解我觉得比毛传郑笺孔疏朱注都要好，好就好在只将“君子”看成故人或爱人，反正是生活中的普通人，“风雨”也只是烘托创作气氛的“设辞”，别无象征乱世的微言大义，看似平淡无奇，却全合人情物理，不以意识形态为准则，故最难得，亦深得我心也。这是不是在学《诗》呢，我不知道。不过在感谢郝氏之馀，又悟到历史上正统经师之外各家关于诗学的论说，其实也可以看看，如郝懿行王照圆夫妇的见解，若无周作人为之发扬，我便不会知道了。周氏还在《读〈风〉臆补》文中叙述他学《诗》之效道：

不佞小时候读《诗经》，苦不能多背诵了解，但读到这几篇如《王风》“彼黍离离”“中谷有蓷”“有兔爰爰”，《唐风》“山有枢”，《桧风》“隰有苌楚”，辄不禁愀然不乐。同时亦读唐诗，却少此种感觉，唯“垂死病中惊坐起”及“毋使蛟龙得”各章尚稍记得，但也只是友朋离别之情深耳，并不令人起身世之感如《国风》诸篇也。兴观群怨未知何属，而起人感触则是事实，此殆可以说是学《诗》之效乎？

拿周氏的这些体会来和自己比，岂止上下床之分，简直有天渊之别，这也就是他博览群书广涉诸家的结果（像《郝氏说〈诗〉》这样的文章，他就写过多篇）。我们当然无法像他读得那样多书，但能有他写的这种文章读读，或可聊补于万一乎，非所敢望矣。

爱因斯坦通俗著作《狭义相对论和广义相对论浅说》的自序中说，他想将书写得尽量浅一些，使没学过高等数学、高等物理学的人看得懂，故将读者层次设定为“具有接受高等学校入学考试的程度”。我的学《诗》，是否“具有接受高等学校入学考试的程度”呢？自己的答案只能是否。本来我是中学还没有毕业的，以此种程度来说《诗》，当然没有资格，但说说自己学《诗》的经过总是可以的吧。

因何读书

（2002.8）

我因为寂寞，所以读书。

东坡云："岁行尽矣，风雨凄然，纸窗竹屋，灯火青荧，时于此间，得少佳趣。"如今正是暑天，到岁尽还早，住在水泥楼房的二十层上，虽有空调，电灯开着总嫌太热。但读至此节，少时冬夜在油灯下看书的情景立刻重现在眼前。那昏黄但裹着一层蓝青色光焰的冉冉跳动的灯火，灯下那几行刚好看得清的大字，偶尔抬头所见投射在墙壁上的自己巨大的影子……这些早已成为遥远的东西，一下子又显得亲近起来，于是心情便渐觉清凉，电灯也好像不那么熠人了。

我因为怀疑，所以读书。

从前读书不知选择(亦不许选择)，什么"三纲者，君臣义""三民主义，吾党所宗"，被灌满了一脑子，原来全是废话。二十世纪五十年代接受了苏联"人类征服自然"的宣传，为"开垦处女地"唱过赞歌，后来才清白这原来是灾害的根源，如今又喊要"退田还湖"了。古人云，行年七十，方知六十九年之非，如果不想带着个充满谬误的脑子进坟墓，还是找些真正讲科学讲道理的书看看才好，至少在死后可以做一个明白鬼。

我因为无知，所以读书。

人的一生，读书的时间本就不多，又不幸在听废话念废话上浪费了好多光阴，像我这样，结果便是无知。而求知却是人的本能，不为名不为利，只是为了满足一点好奇心，也得找点书读读。一读，才晓得有些事物原来自以为知，其实所知甚少。比如宋徽宗当俘虏以后的情形，印象里总是穿着青衣小帽在为金人行酒(不然岳飞怎会拼死命要救他回来)。近读《靖康稗史七种》，始知在五国城的几年之中，他仍和陪伴的女人们生了六个儿子，八个女儿。金人封他为昏德公，昏字虽不太好听，毕竟还是公爵，比爱新觉罗·溥仪当的政协委员，待遇可能还高一点，而其生殖力之强，后者更是望尘莫及。

我偶思小憩，所以读书。

老实说，读书是用心甚至伤心的事，带来的不一定都是快感，往往是伤感，甚至痛感。但人毕竟是人，不能光喝苦茶，吃苦瓜，有时也得噙一颗青果什么的，换换口味。所以散文随笔、杂志副刊，有时也要看一点，作为小憩。《中国国家地理》和《文物天地》两个刊物，一本十六块钱、一本十块钱，虽说贵一点，因为有图文并茂的好文章，如扬之水的《宋诗中的几件酒具》，不仅教给我古器物知识，那朴素的文字配着精美的荷叶杯蕉叶盏照片，又给了我美的享受，所以每期必买，买了必看。鲁迅诗云，“无聊才读书”，是挖苦租界上的阔人的，虽然他自己也住租界，也阔，仍不失为好句。如今的阔人无聊时未必读书，读书者岂不正该是我辈吗？

念楼说

（2002.9）

念便是廿，念楼便是我住的二十楼。桐乡叶瑜荪君为镌二字直额，堪称竹刻佳作，因恐损伤竹材，不敢用钉子钉，遂将其陈于客厅。另求雕塑家雷宜锌令手下人为模铸一件，固定在门上。

有友人见到这两枚题额，望文生义，问是不是为了纪念某个人，或者某件事情。答以不是，只是廿的换一种写法。

这本是真话。但转念一想，如果只是如此，何不径写廿楼或二十楼，岂不更为简明。那么自己心中原也以为“念”字比“廿”更为可取，更有意思一些吧。这也是真话。

到底念字有哪些意思更可取，自己本来也不很清楚，说不大出，于是便来翻字书，先翻《说文解字》，第十之下：

> 念，常思也。

而思字篆文上为囟（不是田），下为心。《说文》云：

囟，头会脑盖也，象形。

今人仍将婴儿头顶骨未合缝处称为囟门，正是“头会脑盖”。囟字恰像四瓣头顶骨合成一个天灵盖，装着整个人的脑子，此即所谓象形。上为脑（囟），下为心，可见思是用脑用心的事。念为长思，更得长用脑，长用心了。

再翻《汉语大字典》，二四三四页念字的义项有八：

一、思念；怀念。

二、思考；考虑。

三、念头；想法。

四、怜悯；怜爱。

五、念；诵读。

六、同“廿”。

七、佛教用语，指记忆。

八、姓。

后四项系专用，此处不必说。前四项中二项和三项是智力活动，用的是脑子；一项和四项则属于感情，用的却是心。下面就分别从用心和用脑两个方面来找例子看看。

心里放不下，感情上念念不忘的例子，可以举出李清照的《凤凰台上忆吹箫》：

念武陵人远，烟锁重楼。

惟有楼前流水，应念我终日凝眸。

两个念字，一往情深，真是辗转缠绵，不能自已。但用情须有能交流的对手，三生石上的缘分可遇不可求，两情相悦而才智又堪匹敌的，更邈矣乎难得。李清照这一片深情，怕只有赵明诚差能领受，张汝舟便不够格，等而下者“更隔蓬山一万重”，女词人就只好“守着窗儿，独自怎生得黑”了。

用脑子想事情，想去想来终于千虑一失的，也可以举出一个有点特别的例子。《史记·淮阴侯列传》记齐人蒯通往说韩信，劝他脱离刘邦，避免兽尽狗烹的下场。韩信听了以后，对蒯通说道：

先生且休矣，吾将念之。

对于性命攸关的大事，智如韩信，岂有不念之理。一念就念了好几天，“后数日，蒯通复说”，而韩信念的结果，却是“不忍倍(背)汉，又自以为功多，汉终不夺我齐”，谢绝了蒯通。

韩信这一念之差，对刘邦来说，是天上掉馅饼，大大的好事；对于韩信自己，却完全错误，简直错到了底。

李氏之念，念之在心，用的是情。韩信之念，念之在脑，用的是智。李的情商和韩的智商，较我辈凡夫，高出岂止百倍。而实际的情况却是，李不幸佳偶中殂，再嫁又遇人不淑，感情生活乐少悲多；韩则被戮于钟室，还夷了三族，使得一千九百多年后的郑板桥犹为之痛哭高歌“未央宫里王孙惨”。可见智商和情商再高，念得再多，结果亦未必有益，甚至还会有害。马克思有言，“思考使人受难”。连全世界无产阶级的伟大导师都这样讲，可见念之深思之切未必是什么好事，用“念”字来作楼名，真的还不一定十分妥当呢。

好在早已故去的爹妈给我的脑子并不灵，心思也不活泛。儿时初学四则应用题，就蠢到了极点，居然去问父师：“谁会把两只脚的鸡往四只脚的兔子笼里赶，再不怕麻烦去数多少头多少脚，这样的题目何必做?”事实上我也确实很少做对过，气得老父亲翘起胡子大骂“下愚不移”。一不移就不移到了现在，自己也年逾古稀，本就不灵敏的脑子和心思更加懒得多用，料想总不至于再惹什么麻烦了吧。“念楼”二字既已刻上铸上，也就不想再改了。

吃油饼

（2003. 2）

过去长沙人把经手钱财从中克扣贪污叫做“吃油饼”，油饼也确是长沙那时的美食，是普遍清贫中的一点膏腴。我从小生活在长沙，一九四六年起开始进茶馆面馆，但学生零花钱有限，消费水平以“一糖一菜”(两个包子)和“一碗肉丝”(面)为限，油饼通常是可望而不可及的东西。一九四九年参加工作后收入增加，才有了吃油饼(不是“吃油饼”)的机会。

油饼馅分糖、肉两种，而以糖馅为多，糖内加桂花之类香料，还要拌入切成细颗粒的肥膘肉。饼从热油锅里出来，馅的糖和肥膘油融合成半流质，十分香甜。更好吃的则是包在馅外的分成若干层的“壳子”，这须以面粉和油揉捏“起酥”，师傅的手艺也主要表现在这一点上。

茶馆做的油饼个小，长三寸许，宽约二寸。有的茶馆油锅放在店门口，过路的人可以买得吃，有荷叶或裁成小块的报纸垫着，才出锅的油饼也不烫手。

面馆和餐馆里做的才是正宗油饼，而尤以火宫殿最为著名，此种只供应堂上，可依食客多少而定大小。大者盈尺，或八寸，或六寸，上桌时已切成若干“剁”，以便分食。还有一种叫做“鸳鸯油饼”，一边是糖，一边是肉，我以为制作时原是整个的糖或肉，切成两半后再分别拼合的。那肉馅的味道也特别好，胜于肉包子和盖在面碗上的肉丝。

吃油饼在“三年自然灾害时期”成了真正的高级享受。有一次我从奇峰阁店门前过，见人们正在抢占位子。那时年纪还轻，手脚麻利，疾步向前抢坐上了。没占到位子的人就站在幸运者的背后，一对一，准备坐第二轮。

大堂内十几张桌子坐满人，人后面又站满了人之后，服务员才慢慢地一桌一桌来收粮票和钱，一面呵斥站着的人让开些，说是不一定有第二轮供应。无论是站着还是坐着的顾客，此时态度都十分恭谨，唯唯诺诺，满面笑容，绝无一人敢顶撞的。而每桌八人中，亦早有热心者负责将粮票和钱收好，小心地交给姗姗来迟的服务员。

有次和我同坐一条凳的是位退休教师，交出钱粮后等油饼来的时间显得特别长，都想寻点话说，他就将“狠准稳”加上“等忍哽”，成为一个“排队等吃六字诀”：

站死也要等，骂死也要忍。
挤位子要狠，出筷子要准。
夹要夹得稳，吞下喉咙不怕哽。

及至油饼上桌，即无暇再谈，狠准稳哽当场就兑现了。

当时我谋生之处隔奇峰阁不远，自从发现此处不定期有油饼供应，便着意联络，注意信息。有次得信，匆忙赶去，而全堂已满，被友好的服务员安排到楼梯下面堆杂物的“保管室”中静候。同时受优待的还有几位，一位坐在储藏食物的大缸沿上，竟然将缸盖坐破，弄得一屁股卤水。

改革开放以来生活改善，人们渐渐不喜欢吃重糖重油，油饼早已从美食的宝座上下跌，近几年简直少见了。老来脚软，面馆少进，茶馆则变成了年轻人关起门谈爱的地方，供应的已是咖啡西点。前几天女儿一家邀我和老伴去吃点心，据说是长沙市内花色品种最多最好的一家，陈列的几十样中有金钩萝卜饼、土豆饼、南瓜饼、葱油饼……却没有见到过去熟悉的油饼，大概它真同奇峰阁楼梯底下的日子一样一去不返了。在街头的摊子上，偶尔还看见有近似过去茶馆所制小油饼那样的东西，却已沦为糯米糕和糖油粑粑一流，无复当年的身价。现在贪污受贿也不再称“吃油饼”，大概起码也得“吃燕窝鱼翅”了。

老社长

（2003.6）

南下干部进城，写信写通知，往往随便找张纸，写好后先折成一指宽，再叠成方胜状，写上收件人名和地址。一九四九年八月三十一日下午，我拿着往报社去报到的，便是这样一封介绍信，外面写的是：

经武路二六一号李朱社长

李朱连写，如“林罗”“刘邓”，乃是解放区解放军带来的风气，我则初见，所以到了传达室，便说：

“找李朱社长。”

“李社长还是朱社长？”

这才知道“李朱”原是二人。

经武路是民国初年在原城墙基址上修成的一条马路，现已拓宽成了芙蓉路的一部分。二六一号原为国民党新一军军长潘裕昆的公馆，还记得二楼大厅门首，木板上刻着的联语是：

门有骅骝开道路；
座看鹰隼出风尘。

当学生时从这座新建的红砖洋房前面走过几回，见有卫兵站岗，很是气派。（经过风雨苍黄五十年，比起如今我自己滥厕其中的老干楼，它就大为逊色了。）当天在门房中接待我的，已是身穿解放军军装的传达同志。他领我去见朱九思社长，朱即叫我跟B、L两位记者一同下乡采访，第二天便出发。

李社长就是李锐，当天并未见到。

下乡也就是去几十里外的椝梨市，后来又到了望城坡，两月后便回报社了。一回来才知道，那时候的李社长，真可说是整个《新湖南报》的重心和中心，牢牢地吸引着大家的注意。报社里几乎每天都有人讲起他，无例外用的都是欣羡的口气。大家讲的故事，其实不过是他每天工作和生活中的一些小事。

比如说，院子里准备搭凉棚，几年后当了社长的D负责这件事，几天过去，不见动静。李锐询及，D说，怎么搭还没考虑好哩。李锐便问："你自己会搭吗？""不会。""那就请会搭凉棚的木匠师傅来考虑嘛。你只会生小孩对不对？小孩倒是会生，也生得蛮好，这该不必请师傅吧。搭凉棚，自己不会，就要请师傅，交给会做的人去做。当个区长，也要懂得领导方法嘛！老D，我看你，当个区长还要费力哩。"

又比如，女记者Y写了篇新闻稿，李锐到晚班编辑室看大样时，觉得没有写好。上晚班的都是男同志，李锐便用过去长沙男学生开玩笑的"口标"说："Y这条新闻，真是鸡巴没抓到，只抓到一把鸡巴毛。”正好 Y 推门进来，听到这一句，也听到了当场爆发的哄笑。李锐一抬头，觉得失言了，连忙说：“小 Y 不要误会，我说的是，鸡婆没抓到，只抓到一把鸡婆毛。”大家更加笑得一塌糊涂。

又比如，某次吃饭时，易子明说当时不在场的 Z“抢菜”，说个没完。那时实行供给制，经武路楼下楼上大厅都作饭堂，八人一桌，另有机动席。李锐吃小灶，但偶尔也在大厅和别人一道吃，听到了这话，便笑道：“你说 Z 吃饭抢菜，他当然是抢菜的。但别人认为你也抢菜呀，Z 却从来没有在你背后说过你抢菜，这大概就是你和他在抢菜这件事情上的优劣之分吧!”

这些故事，多是事后听来，可能有些走样，越说越走样恐怕也不可避免。但是说者眉飞色舞，听者津津有味，而说者听者当事者都能持认同以至欣赏的态度，这就十分难得。盖一九四九、一九五〇年间机关的气氛本来如此，而李锐的个人魅力，也是使得大家能够如此的重要原因。他首先是才足以服众，又能将自己置于和员工水乳交融的状态中，故能坦荡直率，以赤子之心相待，使大家毫无反感，即使话说得有点过火，或者出于戏谑，也就都能够善意地接受了。

◇

我之所以对李锐产生好感，也是由于事后听说的一件小事情。

那是在我下乡期间发生的事。下乡一行四人，两“老”两新，先在梨梨市附近搞了个把月，后来一分为二，我跟“老”中之一L到了河西望城坡。在那里，L写了一篇通讯稿寄回报社，我也学着写了一篇，照L的样投了邮。

几天后，我那篇稿子便用了L和我两个人的名字登出来，在乡下也看到了。回报社后，才知道它的见报经过了一番小小的曲折，情形大致是这样的：

李锐上晚班看大样时，对L写的通讯稿不满意（这种情形是常有的），说：“题目是好，文章却没写好；撤掉它吧，又舍不得这个题目。”旁边有人见他踌躇，便说：“同样题目的稿子，倒还有一篇，是不是用它代替?”李锐要去一看，说：“就用这篇，赶快去排。”

这篇就是我写的那一篇。刘音其时还在新干班学习，见到登出的通讯后，高兴地给我写了一封信。这封信我一直保存着，直到一九九九年新干班五十周年纪念开会见面时，才还给了她。

上晚班看稿有什么意见，李锐常用红笔批在大样上，第二天在饭堂里贴出来。听说，关于这件事，李锐批了很长一段话，意思是选用稿件要看文章，不要看作者的名字；老同志的文章未必都好，新同志的文章未必不好，云云。

“文章自己的好，老婆别人的好”，对上半句话我一直表同情，虽为此受过讥讽，仍不想改口。文章除了被迫写的以外，总要自以为弄好了才会拿出来，别人认为好不好是别人的事，能够说好自己当然会高兴，此亦人之常情，用不着矫情或故作不情吧。

在知道了这番经过以后，我对李锐便有了一种个人的好感，也就是知己之感。但我却从未对李锐(和别人)谈到过，更未借此主动去接近他。

李锐在《新湖南报》大概只有一年多不到两年的时间，便调到省委去了。我只留下一本《毛泽东同志早期在湖南的革命活动》的“送审本”，可说是他的纪念物。这本书只在报社工厂排印了几十本，是“征求意见稿”，牛皮纸封面，大十六开，版心却是小三十二开的。作者在“前记”中写道，上下左右多留空白，是为了让审读者批注；还开列了为写此书采访过的人的名单，其中有我父亲的朋友陈书农(即陈启明，与毛泽东同为新民学会发起人)，一九五八年我被逐出报社后便租住在长沙市教育西街十七号他家院子里。书可惜在“文革”中被拿走了，不然倒是李锐著作的“珍本”，大约连他自己也未必还保存得有。

三十年后，我从劳改队平反出来，第一件事是要找回流落到内蒙古达尔罕茂明安联合旗去的女儿。她在那边已结婚生子，一家人弄回来有很大的难度。我作过许多努力，在湖南仍无法解决。为此，已调北京的柳思去找了李锐，之后告诉我：“谈起你，李锐同志还有印象。他说，这完全是反右派斗争和‘文化大革命’造成的问题，应该落实政策嘛。周惠现在在内蒙，我给他打电话，锺叔河这个问题一定要解决，也是他该还的一笔账。你叫锺叔河写份材料来，能来北京的话，也可以到我这里来一趟。”

于是，一九八〇年初，我便由柳思带着，到木樨地“部长楼”重见了阔别三十年的李锐。此时他已调中组部，正管着落实政策方面的工作。原来在报社里，一十八岁的我看三十二岁的他，是后生仰望高明，企慕却无从亲近；如今五十岁的我看六十四岁的他，层次虽仍悬隔，却因同历沧桑俱生白发，可谈的话反而多些了。我正在编辑《走向世界丛书》，郭嵩焘、曾纪泽等人的出国载记都包括在内，这几个湖南人又都是近代思想启蒙的重要角色，关于他们，李锐和我都有说不完的话。还是柳思先提起我女儿的事，给周惠的电话便是当着我的面打的，问题因而得到了解决。

◇

上面谈到李锐为我做的两件事。批发通讯稿，在他不过是日常工作中一小事(我曾多次见到他批过的大样，四个版上密密麻麻好多字)，也许事后很快便忘记了，却给了我做文字工作的一点自信，本来没准备在报社待多久的，这时却打定主意待下来了。至于李朱走后连年挨整，那是在别人手下的事情。为我找回流落到内蒙的小孩，在他也觉得是落实政策应该做的，妻和我却治好了心头深刻的创伤，实在难忘。

我不大能够旅行，二十年中仅到过北京四次，但只要李锐在京，必定要去看望。他到长沙，也总要着人通知我，设法相见，无所不谈，并请我吃过几回饭(我则对不起，没请过他一回)，既畅且欢。这时的我，总不免忆及魏武《短歌行》“契阔谈宴，心念旧恩”的句子，不过嘴上没说出来罢了。

李锐在湖南出书，我没有帮半点忙。但是我想要他的字，他即写了裱好寄来；想要他的照片，他即上照相馆拍照。相形之下，也只有惭愧。

若要评说李锐其人，此时反而好像无从谈起。想来想去，概括得最好的只有朱正寿李锐八十岁的那副对联：

> 庐山雾瘴巫山雨；
> 吏部文章水部诗。

吏部和水部都是李锐做过的官。中委、中顾委按理说不是官，地位却更高。作者却不是因为这个官才恭维他，而是因为此吏部有文章，水部有诗。不然的话，历届委员、吏部、水部，名字多得记都记不清，数也数不全，何必提起。至于在省里时当过的社长、部长，则群“道”如毛，更不足数，虽然二十年来我们一直称他“老社长”。在这里还得说句不大恭敬的话，这文章和诗其实也未必写得如何特别好，可贵的是从庐山雾瘴中来，看破并揭穿了这重雾瘴；巫山的雨汇成大水，泛滥成灾，滔滔者天下皆是也，却能挽狂澜于既倒，即使力有未逮，凭这份心志也就算得上中流砥柱了。但对于我这个不贤只能识其小的人来说，特别欣赏的还是诗文中有时捎带的“只抓到一把鸡婆毛”和“功劳盖世罪恶滔天”之类教人哭笑不得的警句，正所谓“善戏谑兮，不为虐兮”，于是我心目中的李锐何止可钦，简直可爱矣。

管同有云：“古之所谓三不朽者，首立德，次立功，又其次乃立言。”李锐以研究毛泽东晚年而树立了他学术上的地位，全世界都承认他，历史上也站得住脚，这是为中国和中国人做的大好事，也就是立了德；我却是个不研究政治，尤不喜谈政治的人，于此没资格评论。在事功上，李锐的大贡献是论三峡工程；我又不是学工程的，虽然从一九五八年到一九七九年整整画了二十一年工程画，若不如此折腾，真不知会多读好多书，多写好多字，但不过借此挣钱活命，故亦无说话之资格。我所能够感知的，就只剩“又其次”了。

即使在立言方面，我也没有本事像别人那样讲出许多大道理。最为拜倒的文章，却是他最近的一篇“上书”。“上书”为昭明太子所定文体之一，《文选》编为第三十九卷，当然可以算是“言”。尤其是文中那两句“改唐诗”，刻画拼命争宠卖乖、力主大干快上的人，真是淋漓尽致，够得上《长恨歌》原作的大师级水平了。读后不禁莞尔而笑，原来“老社长”尽管风云际会成了政治人物——政治学者，骨子里却依然同我一样，还是个喜欢耍笔杆子的书生，有那么单纯，有那么不怕祸隙，有时候也还有那么一点子顽皮。

六宫粉黛无颜色；

三峡工程有问题。

作得出这样一联无情对，真是够损的了，此其所以为李锐欤，未可知已。

◇

对于李锐的妻子和孩子，我的所知却几乎等于零。一九四九至一九五〇年在经武路，李锐住在楼上的一套夹正房里。我从一九五〇年三月起，即在楼上和楼下饭厅吃饭，在楼上一间正房中做事，每日见到李锐的次数不少。他很得意地从地主家书中发现了“买的买点，占的占点，骗的骗点”这段霸占田产的自白，拿来作土改宣传的好材料，具体的发稿工作便是我做的。他对下属工作上要求极严，语气却不乏幽默诙谐，日常生活也不高高在上，我却没有听他谈过自己的妻子和小孩。

那时范元甄也住在报社，但我极少见到她，偶尔碰面，亦未留下“美人”的印象，更没见过她和小孩在一起。“六指子”(李南央的哥哥)时约四岁，倒常在楼下各处转悠，抱在通讯员手里时居多。有些同事喜欢抚弄他，虎头虎脑很懵懂的样子。我素不喜“呵”小孩，更不喜“巴”领导，所以一次也没有去逗过“六指子”，更不要说小妹妹了。其实李锐和我乃是平江同乡，他的姐姐又是我两个姐姐的体育教师，要套近乎的话，还是有话可说的。

在通讯员和部分南下的女同事中，有时也悄悄传说过“李社长怕老婆”之类的话。这和我心目中李锐的形象联系不起来，偶尔想想，也许是“一物降一物”吧。

李锐调北京后，有次在《人民日报》上看到一篇《大鱼网主义》，署名“孙元范”，我知道是李锐的笔名，“孙元范”斟个头，不就是“范元甄”吗？看来李锐还是很喜欢他老婆的——至少在取笔名和用这笔名写文章那会儿。

后来知道了李锐和范元甄之间的“恩怨情仇”，我的态度是，“清官难断家务事”，也懒得去断。但李南央的文章确实写得不坏，看过以后，我对朱正说：“李锐有后矣！”对一位老人来说，恐怕这就是最大的安慰和最大的奖项了。

“老社长”今年八十四，最近读到他的新作，自称耄耋，应该说他也真的老了。我今年亦年满七十二，早过了可以称老的线，身体则远不如他，脑出血一两立方厘米的情形已发生过两回，医生说再发就性命难保，很可能先他而去。我又从来怯于旅行，即使不溘先朝露，恐亦难有再相见时。这篇文章早就想写，想写得像样些，便拖了下来；而毛血日益衰，志气日益微，只怕越拖越难得写好，故此次决心应周实之邀匆匆下笔。文章当然还是写不好，意思却是真诚的，刊出后“老社长”自己总会看看，如有错讹，也好纠正。

我为去世的唐荫荪写过《做挽联》，为健在的张志浩写过《今夜谁家月最明》，这回又写了这一篇。真希望还能为在这个世界上曾经存在过和现还存在着的友谊再写点什么，趁彼此都还来得及的时候。

天窗

（2003. 7）

从前住土墙瓦屋，除了有天井内院的人家，关上门往往得靠开天窗采光。那时的天窗，多是在人字形屋架两面坡屋顶的背风坡上开一豁口，另支小屋顶以遮雨，豁口以平板遮蔽，板可活动，上系一绳，需要采光和出气时拉开，冬天或暴雨时则可关上。

后来到了长沙，有两年住在开天窗的屋子里。这天窗却已简化为两块玻璃瓦，只能采光，不能打开出气了。少年多绮思，沉睡乍醒，望着天窗洒下来的光越来越明亮，总有好梦难留的一种怅惘在心中，苦于无法排遣。假日遇大雨不能出门，又常常仰卧着看雨水从明瓦上迅速地流过，联想到韶华易逝人生无常，不禁生发出少年人常有的感伤。

有一个冬夜，一觉醒来，满屋漆黑，连屋顶上原有的一点微明也消失了，真是伸手不见五指，本来熟悉的上下四周忽然变成遥远而不可知，不由得害怕起来，有点觉得窒息，钻进被窝再也睡不着。好不容易挨到外屋的人起床，一开门觉得特别明亮，原来夜里下了几寸深的雪，看来晶莹洁白的雪其实并不透光，居然将天窗完全遮死了。

我想，人类学会开天窗，给闭塞黑暗的洞穴引进光明和生气，确实是一种技术的创造和文明的进步，是猴子变人过程中很重要的一步。

由于历史变迁，“开天窗”到后世却有了另外的意义，明郎瑛《七修类稿》：

今之敛人财而为首者克减其物，谚谓开天窗。

民国夏仁虎《旧京琐记》：

朝殿试卷忌错落……应试者多习打补子，以极薄之刀将错处轻轻刮去，复于本卷闲处刮取纸绒匀铺于上，以水润湿，使之粘连，殊有天衣无缝之妙。但艺稍生疏，或下手微重，穿纸成洞，又谓之开天窗，虽有佳卷，势难前列。

黑吃黑吞财和试卷打补子，这就不好说是文明进步不是了。

民国时期言论不自由，有所谓新闻检查，报纸和刊物常常整篇整段被删，普通的做法是“删掉的地方，还不许留下空隙，要接起来，使作者自己来负吞吞吐吐，不知所云的责任”（鲁迅《花边文学·序言》）。但是，也有检查者偶然疏忽、被检查者躲懒或消极抵抗的情形，于是版面上便会出现成块的空白，这也叫做“开天窗”。

关于这种“开天窗”，有一个有趣的故事。大约在蒋介石一九四九年元旦引退前不久，某报曾辟一专栏评论每日时事，读者颇为欢迎，每天都争着看花边围起的这一块。某日新闻检查官严令：这次的文章太不像话，不准见报。当时正值白色恐怖高潮，谁都不愿意碰在枪口上，只得钦此钦遵。报纸印出来后，花边围着的一块果然开了“天窗”，留了空白，只在原该是标题的地方印着一行小字：

今日无话可说。

买旧书

（2003. 8）

六十年前，长沙的旧书店占满了半条府正街和整个一条南阳街。那时习惯将刻本线装书叫做旧书，以区别于铅印洋装的新书。

学生当然以读新书为主，但有时看看旧书的亦复不少，教本和讲义也有线装的。一九四八年冬天我正耽读巴金译的克鲁泡特金和罗稷南译的狄更斯，但仍常去旧书店。叶德辉在长沙刻的《四唐人集》十分精美，其中《李贺歌诗编》尤为我所喜，却无力购买。有次侥幸碰见了一部也是“长沙叶氏”所刻的《双梅影闇丛书》，因为残破，四本的售价只有银圆二角(一碗寒菌面的价钱)，便立刻将其买下了。

土改后几年是旧书最不值钱的时候。农民分“胜利果实”，最没人争要的便是地主家的书，只能集中起来用人力车或木船送到长沙城里卖给纸厂做原料。街头小贩担头挂一本线装书，一页页撕下来给顾客包油条或葱油粑粑，成了早晨出门习见的风景。这真是有心人搜求旧书的大好时机，可惜我那时正因为爱看旧书不积极学习猴子变人受批评，年年鉴定都背上个大包袱，正所谓有这个贼心没这个贼胆，眼睁睁地错过了机会。

一九五八年被赶出报社“自谋生活”，反而有了点逛旧书店的自由，当然这得先干完活计挣得日食。只可惜这时的古旧书店已经全行业公私合营，成为新华书店下属门市部，全长沙市内只剩下黄兴南路一处，而且线装刻本是一年比一年少了。但晚清和民国时期的石印本、铅印本还相当多，我所读的胡适和周作人的书，便差不多全是从这里书架上找得的，薄本子平均人民币三角钱一本。初到街道工厂拖板车时，月工资只有二十八元，一家数口，拿出两三角钱并不容易。后来学会了绘画做模型，收入逐步增加，三块四毛钱十本的连史纸《高太史大全集》才能到手。

最值得一说的是买得了“民国二十五年八月初版”的饶述一译《查泰莱夫人的情人》，时在一九六一年秋天，正是“苦日子”里。当我在古旧书店发现了这本久闻其名的书时，却被旁边另一位顾客先伸手拿着，一时急中生智，也顾不得许多，便一把从他手中夺了过来。他勃然变色，欲和我理论，我却以和颜悦色对之曰：“莫急，莫急，我只拿这本书问一个小小的问题。”一面迅速走向柜台问店员道：

“你们收购旧书，看不看卖书人证件的？”

“看，大人看工作证，居民看户口本，学生看学生证。”

“学生怎么有书拿得来卖，还不是偷了家里的书？这本书便是我儿子偷出来卖给你们的，我要收回。”

“不行，对店里有意见可以提，书不能拿走。”

“好吧，意见请你转达，这本书就按你们的标价，一块钱，由我买回去，算是没有教育好儿子的报应好了。不过你们也确实不该收购小学生的书，是吗？”

店员原以为我要强行拿走书，作好了应战的准备；结果却是我按标价买走这本书，店里无丝毫损失，自然毫无异议，立刻收款开发票，《查泰莱夫人的情人》便归我了。

先伸手拿书的那位顾客站在一旁，居然未插一言（也许他本来无意购买，只是随便看看；也许他比我还穷，口袋里连一块钱也拿不出来），这时便悄然离去了。

这件事我一直在朋友和同事中夸口，以为是自己买旧书的一次奇遇。二十多年后，我在岳麓书社工作，专业古籍出版社不便重印译本，便将它拿给湖南人民出版社去出，索要的“报酬”是给我一百本书送人，结果酿成大祸。有位从前听过我夸口的人，便写材料检举我，标题是“如此总编辑，如此巧取豪夺的专家”，以为可以把我推到枪口上去。但这位热心检举的人终于还是失算了，因为《查泰莱夫人的情人》毕竟是公认的世界文学名著，并非淫秽读物，出版社错只错在“不听招呼”，扩大了发行范围。而买书时的我，不过是街道工厂一搬运工，并未当总编辑，当然更不是什么专家，“巧取”容或有之，“豪夺”则根本谈不上也。

如今我仍然不是什么专家，总编辑也早就不当了，不过旧书有时还是要看一看，翻一翻的。古旧书店早已名存实亡，古旧书便散到了清水塘地摊上。近年来在地摊上翻得的，有《梅欧阁诗录》，是张謇在南通开更俗剧场，建梅欧阁，请梅兰芳和欧阳予倩前往演出的纪念诗集，线装白棉纸本，非卖品，以一元五角购得。有《杜氏家祠落成纪念册》，是民国二十年(一九三一)杜月笙在浦东高桥修家祠举行盛大庆典时，由上海中国仿古印书局承印，赠给来宾作纪念的，线装上下二册，由杨度编辑，章士钊写了后记，价三元。还有一册光绪十一年乙酉(一八八五)八月刊刻的《杨忠愍公集》，深为张宜人“请代夫死疏”所感动，以为这是从另一角度对专制政治残酷统治的揭露，花二元四角钱买了下来。本亦只以普通旧书视之，可是后来见到进入《世界记忆名录》的“首批中国档案文献遗产名单”，第十项明代谏臣杨继盛遗书及后人题词，正是此本。虽然那应该是真迹，此只是刻本，但一百一十八年前的刻本流传至今，也弥足珍贵了。

我在地摊上翻得的旧书都很便宜，进入新世纪后就越来越贵了。一月前在地摊上见有《新湖南报反右斗争专刊》合订本一册，第一页便是“蓝岗揭露唐荫荪、锺叔河同人报右派集团”，索价五百元，几经讨价还价，才以二百五十元得之。假如没有自己和朱纯的名字在上头，我还真正舍不得当这一回“二百五”呢！

记得青山那一边

（2003. 11）

少时崇拜革命家，巴枯宁和克鲁泡特金的形象在我心中十分崇高。我以为，伟大的革命家应该和他们一样，同时又是伟大的道德家，政治道德和私人道德都要好；绝不应该是张献忠和希特勒一类人，不应该是无法无天的暴徒和说话不算数的流氓骗子。克氏《我的自传》曾是我最爱读的书，译《我的自传》的巴金，也成了我所感谢的译者。

那时有一种传说，说“巴金”这个名字，是为了纪念“巴”枯宁和克鲁泡特“金”而取的，这也增加了我对他的好感。

但真正使我从内心亲近巴金的，却是他译的德国作家斯托姆（这是一九四三年文化生活出版社初版的译名，一九九七年《巴金译文集》改作斯笃姆,《中国大百科全书》又改作施托姆了）的小说《蜂湖》。巴金在后记中写道：

十年前学习德文时，曾背诵过斯托姆(Theodor Storm，1817—1888)的《迟开的蔷薇》，后来又读了他的《蜂湖》。《蜂湖》的中译本(即郭沫若先生译的《茵梦湖》)，倒是二十年前在老家里读过的。我不会写斯托姆的文章，不过我喜欢他的文笔……我不想把它介绍给广大的读者，不过对一些劳瘁的心灵，这清丽的文笔，简单的结构，纯真的感情，也许可以给少许安慰罢。

这段话曾引起我一丝疑惑：既然喜欢斯托姆的文笔，认为它可以给劳瘁的心灵以安慰，为什么又“不想把它介绍给广大的读者”呢？中学生的我当时不明白，但其实也用不着明白，只要“这清丽的文笔，纯真的感情”，给了我年少易感的心以温存和慰抚，便已经足够了。

《蜂湖》的故事的确很简单。儿时的来因哈德和伊丽莎白是很好的玩伴，又是同学。他为她在一本老书册空白处写下了自己的第一首诗，这时“年轻的诗人眼里含着泪水”。这些诗渐渐加多，开始他还守着秘密，后来终于被她看到。她读后十分高兴，送了一朵石南花让他夹在书页中。后来他到外地读书，两人便分开了，但她依然是“他的青春时期中一切可爱的和神奇的事物的象征”。再后来，伊丽莎白的母亲却把她嫁给了另一个有许多处田庄(蜂湖便是其一)的同学埃利克。埃利克也是来因哈德的朋友，却不知道来因哈德和伊丽莎白之间曾有过朦胧的初恋。几年之后，埃利克邀请来因哈德来家中做客，于是来因哈德和伊丽莎白便在与他俩少年游钓之地只隔一道青山的蜂湖上重逢了。

重逢在两人心里漾起了波澜，这里面有留恋，有悔恨，有复苏的萌动，更多的是无可奈何的克制。斯托姆和巴金用哀婉的笔墨，描写两人单独在一起时几次相顾无言的情形，可说达到了抒情的极致，尤其是下面这一节：

……来因哈德弯下身去，在地上生长的野草中间摘起一枝什么来。他再抬起了头，他的脸上露出一种非常痛苦的表情。“你认得这朵花吗?”

她惊疑地看了他一眼。“这是石南。我常常在林子里摘过它们。”

“我在家里有一本老书，”他说，“我从前常常在那上面写下各种各样的诗歌；不过这已经是很久以前的事了。书页中间也夹着一朵石南；不过那只是一朵枯萎了的。你知道，那是谁给我的?”

她默默地点点头；可是她却埋下眼睛，凝神地望着他拿在手里的草。他们就这样立了好一会儿。等她张开眼睛看他的时候，他看见她的眼里装满了泪水。

“伊丽沙白，”他说，“我们的青春就留在青山的那一边，可现在它到哪儿去了呢?”……

我们的青春就留在青山的那一边，可现在它到哪儿去了呢?

记得青山那一边，初飞蛱蝶正翩翩；多情书本花间读，茵梦馀哀已廿年。

在被囚禁的日子里，在极端的孤独和苦闷中，我写过几首“惜往日”，这就是其中的一首。

诗中说的“多情书本”，即是巴金译的《蜂湖》，我则更愿意叫它《茵梦湖》，虽然我并不喜欢郭沫若那半文半白的译文。

我不懂外文，如果没有巴金，没有他那和斯托姆一样清丽的文笔，我便不能读到如此多情的书本，从而使我粗糙的感情体会不到、笨拙的笔墨表达不出的东西，能够从阅读中得到感应和宣泄，使自己的泪水得以痛痛快快地一流，稍微抒解郁积在心里的馀哀。

所以，我感谢巴金。

也只有到这时，我才懂得，巴金为什么不想把斯托姆的小说介绍给广大的读者。因为不会伤心也没有伤过心的人，是不可能真正理解它清丽的文笔下看似淡淡其实深深的哀愁的；而巴金却不愿使太多的人伤心，不愿使太多的人哀愁，这正是克鲁泡特金作为伟大道德家的精神。

我一直难忘，老亦难忘《我的自传》和《蜂湖》——《茵梦湖》，在巴金百岁诞辰的时候，我想请求他接受我深深的谢意。

酒店关门我就走

（2003.11）

小时听讲佛经，“生、老、病、死，是为四苦”，不明白生怎么是苦，后来尝到了人世的辛酸，才慢慢体会到一点。本来嘛，只须想想谁都生而会老，会病，会死，恶如秦皇汉武，善如甘地佛陀，通通无法例外，那么这生也就够苦的了。

老到疲癃残疾的程度，生活不能自理，其苦可知。病则无论大小，一上身便是苦，因病而死更是痛苦的历程。无疾而终的死，死者当时也许并不特别痛苦，但越是神志清明，越难割舍世间的爱，这便是大苦楚。尤其是未死者，眼睁睁看着自己的亲人死去，即使他并未宛转悲啼，那种永诀时的无力、无望、无助的感觉，真是人生最悲痛的苦情。至于本人，如果世间之苦都已吃尽，到头来的死倒成为一种解脱，若是能够想得开也就是明智一些，至少在“等死”阶段总可以少点恐惧，少点挣扎。

凡人没有秦皇汉武那样的条件去求不死药，通常只希望慢一点老，少一点病，晚一点死。殊不知任何生物的老、病、死，十之七八决定于种性遗传，十之二三才决定于生活方式，而最合理的生活方式便是顺其自然——勿倒行逆施以促其死，亦勿胡思乱想妄图长生。古诗云，“服食求神仙，多为药所误”，不说希望过高失望更苦，早晨四五点钟起来到马路上去白跑也是自找苦吃。

好几年前游美国红木（Redwood）公园，一连几十里参天蔽日的红杉，树龄至少在两千年以上，有的树身上凿个大洞过汽车，仍然枝繁叶茂。而朝生暮死的蜉蝣，即使幼虫时全喂它人参鹿茸，羽化后也绝对活不到第二天。

既然如此，既然老、病、死反正要来，何不像一九五七年六月八日《人民日报》社论《工人说话了》发表以后那样，就等着他来问“这是为什么”好了。在等待期间，想吃还是吃，想玩还是玩，顺其自然，不亦可乎。兰德诗云：

> 我双手烤着，生命之火取暖。
> 火萎了，我也准备走了。

说得多么平静，多么旷达啊，此即是顺其自然的生活态度。还有领导英国人民打赢了二战的丘吉尔，九十高龄时有人问他对死持什么态度，他回答得更干脆：

> 酒店关门我就走。

真是警句，无怪乎他拿的诺贝尔奖是文学奖。《因话录》中也有一节写裴度的，谓度不信术数，不求服食，每语人曰：

鸡猪鱼蒜，逢着便吃；

生老病死，时至则行。

“时至则行”译成白话便是“到了时候就起身”，这和丘吉尔、兰德的意思都一样，却比他们两位早说了一千多年，所以更加难得了。“鸡猪鱼蒜，逢着便吃”，比起现在有些老同志为了多活几天（其实这亦不过是一厢情愿的幻想罢了），这也不敢吃，那也不敢吃，望着碗里咽口水的可怜相来，不仅态度潇洒可以加分，也着实多享了不少口福。

裴度为中唐第一名臣，史书说他“用不用常为天下重轻”，曾率师平定吴元济叛乱。曾国藩受命统帅四省时写信给弟弟道：“东南大局，须用如唐之裴度、明之王守仁，乃可挽回，非一二战将所可了也。”他和丘吉尔一样是打过大仗看透了生死的人，故深知生老病死要来就来，唯一明智的态度只有“时至则行”。火萎了，酒店要关门了，赖着不走也是不行的。所以还是顺其自然，“鸡猪鱼蒜，逢着便吃”为好，这实在是最省事最明智的办法。裴度活了七十六岁，死时“神识清明”，不仅比秦始皇和斯大林死得晚，也死得有尊严得多，舒服得多。

吃笋

（2003.12）

听人谈美食，总离不开豪华餐厅、高级宴会。我印象最深的美食，却是五十年前在桃花江上一户农家吃笋。

桃花江是资水的支流，两岸丘陵上全是竹林。三月间正是发笋子的时候，我去采访一位姓龚的“种田模范”，留宿其家。清晨起床，见老龚扛着锄头往外走，便问他：“这么早就去田里?”他答道：“先去挖只笋子。”

屋后便是竹林，我跟着他走进去，立刻闻到了竹子和露水的清香。出土的新笋，有的高有的矮，有的刚刚迸出一个尖子，得用心从浅草中去找寻。老龚告诉我，笋子在天亮前长得特别快。还告诉我，笋子只长直，不长横，出土时笋多么粗，以后的竹子便是多么粗。

“给你吃，就要挖一只大的，大的甜些。”

“那就挖这只。”我指着一只大的说。

“不，出了土的就不好吃了。”他边走边说边四处朝下望，忽然把锄头一放：“咯只还大。”我忙凑了过去，却不见有迸出的笋尖。他便拉着我蹲下去，只见湿润的泥土已经微微隆起，并且开了细细的坼："这就是啰。"

挖出来的笋子是个圆锥体，大头粗约六寸，长却不到八寸。拿回家后，他又从灶上头取下唯一的一块腊肉，特别声明这是去年冬至那天杀的猪，又熏透了，所以不会变味。我知道肉是准备留到插田时给来帮忙的人吃的，托辞不爱吃烟熏肉，叫他别取。他却说："不放肉，笋子就不好吃，不甜。"

将笋和腊肉交给堂客以后，他便带我离开厨房，坐到堂屋里来继续谈他的作田经。不一会儿，一阵一阵钻进鼻孔的笋香，便令我食指大动。等到他堂客喊吃饭，把一满钵带汤的炒笋丝(腊肉顶多只占十分之一)端来放在桌上，我就开始真正的享受了。那鲜甜，那爽脆，那清香，都是我过去(不，还包括以后)吃笋子(不，还包括一切美食)所不曾尝到过的。

近日重翻李笠翁《一家言》，其中言蔬食之美有五，曰清、曰洁、曰芳馥、曰松脆、曰甘鲜，而笋五美皆具，故堪称"蔬食中第一品"。又言以笋伴荤，宜肥猪肉，"肉之肥者能甘，甘味入笋，则不见其甘，但觉其鲜之至也"。又言取笋为肴"断断宜在山林，城市所产者，任尔芳鲜，终是笋之剩义"，而又以"山中之旋掘者"最妙，"此种供奉，唯山僧野老得以有之"。

回想起五十年前那一次吃笋的经验，拿来与笠翁之言对照，若合符节。真想不到，我二十来岁当干部时，居然享受过"唯山僧野老得以有之"的供奉，真有口福。

美国的超市和大商场都不卖春笋。年头年尾，华人店里间或有冬笋出售，价钱贵且不说，只看那一副干瘪相，便知它漂洋过海饱经风霜，早已没有生气，跟浸在玻璃瓶中的(这倒常年有得买)差不多了。还有我爱吃的寒菌，也绝不见踪影，终于只得辜负女儿女婿留我们多住些时的心意，赶回长沙来吃菌子和笋子。虽然我知道，桃花江上那种“山中旋掘”的笋子，肯定再也吃不到，那就将就吃点“城市所售者”算了，总比玻璃瓶子里的好吃些吧。

望过年

（2004. 1）

“细人子望过年”是一句湖南话，回想儿时，确实如此。

儿时望过年，首先是渴望年节的吃食。平江人家过年炸“发肉”（也许该援“牛奶法饼”之例称为法肉，或称滑肉），用鸡蛋将灰面调成糊，加胡椒、香葱、盐和一些肥肉丁，搅匀后用调羹舀起，下油锅炸熟（须用茶油），成为金黄色不规则形的块子，趁热吃比九如斋的点心还香。

“发肉”制作不难，材料也易得，不知怎的家里却一年只炸这一回。好在过年解除了小孩不得入厨房的禁令，允许我站在油锅旁看，哪一块色最老（我喜欢吃炸得老的）或者样子最有趣，起锅后便吃哪一块。这样的吃法，比从桌上盘中夹起来吃，更加有味得多，而且更香。这时母亲对我也特别宽大，顶多喊应一下不要烫了手和嘴巴，不要吃得太多等下吃不进饭，再不像平时斥责我贪吃那样疾言厉色。

和母亲厨房里的态度一样，整个家庭对我的督责和拘管，从腊月二十四过小年以后，都大大放宽甚至暂时取消了，因为要过年啊！这才是我更大的快乐，最大的快乐。

因此，望过年的我，最渴望的恐怕还不只是吃食，不只是玩具，不只是儿童图画书，而是家庭中这种平时没有的气氛。这种气氛充满了一切空间，笼罩着一切事物，上街买年货呀，收拾房子迎客呀，试穿新衣新鞋准备去亲戚家拜年呀，这气氛给所有这些添上了一层神秘的色彩，在我幼稚的心中引起了深深的好奇和无穷的想象。

平凡的屋顶下平凡的日常生活是单调的，如果寒来暑往一十二个月三百六十五天不过一个年，童年的我真不知会如何的寂寞，如何的不知道快乐，我的心智可能会变得不健全，甚至会成为一个对社会更加无用的人也说不定吧。

所以，我望过年。做小孩时望过年，尝过成人的甘苦做了父亲后还是望过年——为了自己的孩子。如今须发已白，成了退休老人，也还是望过年——为了孩子的孩子。

从前年到去年，在美国女儿家闲住。美国人很礼貌地保持着人与人之间的距离。他们很爱儿童，孩子们在自己家里玩得天翻地覆，却绝不会踏入别人家半步，包括没围栏的草坪。可是到了过“鬼节”(万圣节)的晚上，每家的孩子一个个都化装成“鬼怪”模样，一面喊着“呸！呸!”一面去叫别人家的门，索要糖果。前后两三个小时，女儿家的门铃响了好几十次，当然每次都得立刻去开门并“打发”。我看见不少小孩都是父母开车送来的，太幼小的孩子，父母还得陪着他下车，甚至抱起他来按门铃。孩子们的鬼怪服和鬼怪帽也各出机杼，看得出父母的特别用心。

科学普及文明发达的国家也要过“鬼节”，还不是因为风俗习惯，因为孩子们的快乐吗？美国的孩子们望过万圣节、圣诞节，还不是和咱们中国的孩子们望过年一样的迫切，一样的满怀期待吗？

春节是我们自己的节日。《七月》诗中写农夫一年劳作，最后给自己的慰劳，便是“为此春酒，以介眉寿”，三千年前的风俗即已如此。两千多年前的杨恽写道，“田家作苦，岁时伏腊，烹羊炮羔，斗酒自劳”，描写更加具体(炮字原作炰，就是油炸，想必和炸“发肉”差不多)。可见春节乃农业社会的产物，为“田家”劳逸结合调剂生活所必需。美国的万圣节、感恩节，也是从初到新英格兰的农民中兴起来的，和我们的春节一样，无所谓哪一个土哪一个洋。

润泉纪念

（2004. 2）

一种风流吾最爱，南朝人物晚唐诗。

——大沼枕山

润泉走了半年多了。一位可与谈艺论文的老友的逝世，像一本翻熟了的旧书突然被从手中夺去投入焚炉，转眼化作青烟，再也无法摩挲重读了。时间过去得越久，书中那些美好的、能吸引人的篇页，在记忆中便越是鲜明。

这便是润泉的才情。

我忻慕润泉的才情，是五十年一贯的，即使在我们生气吵架的时候(亲兄弟不也有生气吵架的时候吗)，亦是如此。这种忻慕，可以用一个日本人写的两句汉诗来形容："一种风流吾最爱，南朝人物晚唐诗。"真是说得恰好，质之润泉，想必也会点头微笑的吧。

润泉的才情，在他印成的《湖南饮食丛谈》等书中，看不大出；倒是在他写给我和别个朋友的书信中多有流露。为了纪念他，现在便来摘抄一点，也好作上面两句汉诗的注脚。一九九九年九月十九日信云：

购得新房一所，已经迁入。记得九二年由十二中迁河西，作《祝英台近》有句云："谷深沉，迁乔木，欣看庭前树。长年只是低飞，浅水平平处。"蒙兄称好，评为性情中人。其实性早没了，情亦随去矣。……

新干班文集，以刘音致兄书最为压卷。以前我略有所知，睡在狱中乒乓球桌上你也说过，居然见到实物，倘写儿女英雄传，可入新编矣。

此时润泉因切去声带失语近二十年，"长年只是低飞"，但心境还是高旷的。信的文字简洁，仍不忘调侃，此即"南朝人物"之风格。二〇〇〇年三月二十九日信云：

近日春笋不贵，十分好吃。李渔列笋为蔬食之冠，但要及时。现在是阴历二月末，是吃春笋的最佳季节。择其一公斤以下一匹者，尚未分节，鲜嫩无比。到了三月就开始分节，五月始硬，六月就变卦了。我现在已为无齿之徒，只能取其尖炒肉啖之。朱正的母亲很会制春笋，与雪菜同炒，这已经是四十多前的事了。笋子旧称"刮油"，与今之减肥正合。但所含草酸钙，易为泌尿系统结石之患。我于一九九六年体检发现肾结石，尚无症状。现仍拼死吃河豚，图一快耳。

叙述名物，娓娓道来，不避琐屑，而委婉有致，这实在是一则绝妙的短文。同年十一月二十日信云：

> 胡坚学长来我家，要我为他的咏物诗集写读后，说你给他写了一首诗，写得真好。但他不能背诵，请你抄给我作参考。胡与我同班，当时班上写诗的只有熊兆飞，我偶尔也写一点情诗，全班五十人再无第三者，不料到了晚年，健在者无人不成诗翁了。……
>
> 一中二十三日开校友会，我决定出席，因行动困难，估计很难前来看你，比邻如隔天涯也。

淡淡的幽默，不细心便体会不出来，也是很高明的手法。润泉大学毕业广西，高中读省立一中，一中校舍就在我隔壁。他住教育学院，相距二十公里，只能同院中校友集体乘车来去，故所言如此。

二〇〇一年一月二十四日（辛巳春节）寄来《庚辰除夕九歌（录八）》，其五云：

> 避席文章本不多，老妻常怨太蹉跎。江山何必庸人说，梦里生涯梦里波。

注云："朱、锺两兄为余好友，著作累累。老妻常曰：你只抵得朱、锺一小脚趾吧，给他们提夜壶也不配的。按：新式便壶不须提携，只好下岗待业。"这仿佛是在自嘲，其实乃是自负。

从诗中可以看出，润泉从来没有看轻他自己，真正的老朋友也从来没有看轻过他。生而不能尽其才者，时也，命也，蹉跎云乎哉！二月十七日信云：

> 小诗蒙赞许，感谢。……我自己也认为，在才能上我与两兄并没有很大差距，但我性格上的缺点是太脆弱，这是从小养成的。……我这一生，教了三年书，中学一年，大学二年，胡言乱语，误人子弟。如贺铸词“踏青挑菜”，释为小菜贩子，现才知是用竹片和小锄去撬野菜。我们湖南人只知道用手拔，支离破碎。北方则用“挑子”，甚是也。

自承“脆弱”，这确实是润泉的弱点，但这也应由打击他的势力负主要责任。他于学问文章还是认真的，观其对“挑菜”一词的辩证可知。七月二十日信云：

> 我精读你的文章，佩服之至。但也有个别地方可以商榷，如《黄鸭叫》一文……“黄鸭叫”你的考证完全正确，即“黄颡鱼”，长江流域中下游皆产。我看到一篇文章，说鄂西神农架盛产此鱼，也是白煮，路边小摊极廉；下游贵一些，蒸熟煮稀饭或下面条均可。但你讲的“白鸭叫”，却绝非你所定的“黄鲴鱼”，只能是与黄颡鱼同科的“骨鱼”。骨鱼不产于湖南，要用飞机运来，摆个样子，开价六十元一斤。现剪呈两图，请评审。……兄虽受挫折，仍

重视科学，终为当代学人。我则萎弱不堪，只能捐献遗尸，以期对科学稍作贡献，已蒙批准矣。

这里表现出对考证名物的兴趣，也就是对世界对生活的兴趣。此信写得颇长，惜不能多引。信末谈到捐赠遗体，身后果然这样做了。二十八日信云：

谢谢你的回信，看来不去橘子洲头一次不行，只有眼见方知也。我寄你的两图，是图不好。你看黄颡鱼就不像“黄鸭叫”，因此骨鱼也不会像“白鸭叫”了。我估计是骨鱼，否则卖不到五十元一斤。……

捐遗尸是我久蓄之志，因为人死后已失去痛觉。倘有痛觉，火烧也总比五马分尸更痛些吧。李锐同志也参加了毛泽东发起的捐尸……周总理决心焚骨扬灰遍洒中华大地，现在平民也可仿效，但包一架专机扬骨灰据说要人民币一十七万五千元，我付得起吗?

像平时谈话一样，坦然地谈到捐遗体的事，说自己不怕“五马分尸”，顺便捎带一点冷嘲，也是《世说新语》里才看得到的笔墨。八月五日信云：

正如你所言，我的烹饪作业，耳食也。如与你相比，你在教育街炸的肉丸子，我就远不能及。你在洣江的泡菜坛子，也比我好十倍。但我残废以后，确实写了三百多篇谈吃的文章。……

现在也有一折八扣书，《曾国藩》三卷合《伟哥手册》每本一元五角，毛泽东的书一至五卷每卷一元。我用一元买了一本《全国小吃三百例》，长沙臭干子等不足道，但有一样十分有趣，名叫《怀石馒头》。是选些比鹌鹑蛋稍大的石头，洗净涂油做包子馅。包子蒸熟后，热气腾腾地掰开让石头脱出，中心空洞填入热的冰糖红烧肉，啖之真是妙不可言。

此间美食家，除使君外，唯我而已，但尚不如汪曾祺，他的油条塞肉确是一大发明。距我居五十米校门口有油条摊，我请保姆清晨买二三根来(很粗大，也不知放了尿素没有)，事先准备一点肉泥，趁油条尚热，用大竹筷扩大其孔，将肉泥塞入。到九点多钟，油条摊快收摊时，我亲临摊前，请其回锅，每根再付钱三角，任由慢火炸成深棕色，外酥里嫩……

烹鲜调羹是润泉晚年唯一的乐事，他发表的《饮食丛谈》虽然不免迎合，未能充分表现他的才情，但整个内容仍有不少价值，一部分也有实际体验作依据。说他全凭“耳食”，是我又一次对他不客气。这次润泉却没有介怀，来信仍然大谈食经，而且越谈越妙，为恐篇幅过长，兹不多述。

八月间朱纯种的昙花开放，她写了篇小文发表在十五日的《三湘都市报》上。润泉见后，写了诗寄来，我们却没有收到。九月初又接到了下面这封信：

前呈贺贵宅昙花盛开四首，想入尊览，请裁夺以便缮正抄呈，留一纪念。八月廿三日接到我高中同学黄美之寄来她的散文集《欢喜》，其中亦有写她家（台湾）昙花开放一文，兹剪下寄呈。佛说“众生有相”，台湾之昙花与展览馆路或亦不尽同也。黄美之曾在台湾以间谍罪入狱十年，著《伤痕》一书，是台湾的“伤派”。由于她又是基督教徒，主张爱敌人，故其言温婉，与大陆“伤派”不同。……

润泉近年给我的信，就抄到这里。二〇〇二年我和朱纯到美国去了，二〇〇三年五月回来，志浩兄告诉我，润泉元月六日还给他写过信，但几天后便发了病，当时似不太严重，住院八天就回家过春节。又过了一个多月，在三月五日又收到他的一封信，看得出情况已经变坏。此信似乎并未写完，署名、日期都没有，在最后只说要赶快寄安眠药去，接着病就大发，送进医院再也没有出来了。元月六日给志浩的信云：

承贺新年，已大雪封山，不能回拜也。空调暖气微微，而且十分耗电，因以烘篮煨炭丸子一枚补充之，兼以薄酒老姜御寒，尚能苟活。

叔河兄嫂去美国，行前一月即告诉我了。朱正兄嫂之公子在京，接两老去住，我是听别人说的。五十年代中湖南报社的“小四人帮”，唯兄与我尚在长沙。

去年六月，江西龙虎山张天师六十三代传人张光前先生云游长沙，为我算命，算定我将于二〇〇四年九月二十四日白日升天，张孝雍则能活到二〇二〇年六月十六日，到期再乘鸾与我会合，所以她待我十分宽厚。我已向湘雅医科大学捐献遗体，死后六小时通知收尸，火葬费八百元发给遗属，并发证书，我以为极好。如张天师算命准确，〇三年一月到〇四年九月我们书信相通，九月以后就梦里相逢算了吧！

张天师算命当然是鬼话，润泉以玩笑口吻说出来，还阳阳如平常。接着便谈捐献遗体，尤其是最后梦里相逢几句，感情充沛，却全是悲凉，现在看来，竟成谶语。

志浩三月五日收到的最后一封信，前半的字迹风格尚如常，在报告春节前入院出院经过后，还谈到五十年前在报社同读唐诗各有所好的故事，又一次表白了晚唐诗人李义山是他的最爱。这里需要谈谈润泉的旧诗，他学李义山，延续下来又学郁达夫，都能神似。六十年代初我们“小四人帮”在长沙以缮写、挑土维生，志浩弄到一部郁达夫诗词抄本，润泉通晚不眠，复写四份，装订成册，一人一册，并于卷首题诗一首：

> 赏心乐事人人有，数我抄书事最奇。隔宿有粮先换纸，
> 每朝无梦不亲诗。只缘偏爱元温句，却是伤心屈宋辞。
> 写罢富春才一卷，晓风凉雾入窗时。

这“元温句”指晚唐诗，没提义山是为了合平仄，不然的话，

"温李"本是现成，何必以元代李呢。信中拉杂写道：

在报社的小天地里，诗那时不成气候。我们这"小四人帮"，你喜杜，叔河喜李贺，朱正学李白太高，杜牧对他来说又低了些。我算什么呢？我喜欢李义山，他是现代朦胧诗的鼻祖，特别是他的卑弱、屈辱，与我相似……叔河挽尚久骖的诗，也寄了一份给我，拟和之尚未成。所作挽联则一般化，毕竟只是精神恋爱，没有上过床……我不知如何给朱正写信，你如有便告诉他一下，俞某死在旦夕，只有脑子还有一点微弱的波动。周艾从身体到底怎样？比我好一点？差一点？自己能吃饭吗？尚能饮否？

信写到这里似乎停顿了些时，下面又重新开头，字迹也大小不匀，潦草起来了，但风格依然是润泉的：

志浩兄：从现在情况看，我达不到张天师传人预告之期了……我写了篇《长开眼》，从元稹的诗说起，说到古代的"凌迟"。刽子手从后面以利刃从受刑人眉上划两刀，撕下眼睑遮住双目，使之见不到刽子手。刽子手然后坐下来，吃花生米下酒，慢慢地一刀一刀将一片一片肌肉割下，割三天，再剜出心脏……

现在提倡救死扶伤，救死可以不必，发几粒舒乐安定片，一片可睡一小时，总是人道主义吧。我要求你买几片寄来(估计每片人民币一角钱)，报社医务室有，要十片八片，直寄张孝雍转我，使我能睡几小时，不是自杀(一千片一次服下可以致死)……

至此戛然而止，既未署名，也没写日期。但看得出他最后的神志仍然是清楚的，而且风度依然，虽不想多受苦，却能坦然不惧，以幽默的态度对待死亡，真算得上是嵇阮一流了。志浩附笔告云：“我当即寄去安定十片，亦不知收到否。两次信中，他都谈到你和朱正，亦可见五十年祸福相依之不能忘怀也，特送上一阅，这一纸可能便是俞兄最后的遗墨了。”

于是我们夫妇便和志浩(还有黎维新君)赶往医院去看润泉。此时他已极度虚弱，仰卧在床，赖以传言的右手已全瘫，左手亦只能微动，但目光急切地望着我们，好像有话要说。我便将他扶着坐起，把一支圆珠笔塞在他左手中，复以一臂支着他的左手，一手托住个白纸本子，想要他写出来。润泉也努力想写，手却全不听使唤，抖了许久，才“写”出两张任何人都无法辨认的“字”来。两张都是直行“书写”的，每张纸上从左至右写两行，第一行四字，第二行三字。四加三等于七，每张纸上都是七个字。因此我想，他想写给我看的，并不是普通的遗言，而是两句七言诗。他耗尽了最后的心力，我却终于看不懂，悲哉悲哉，临死仍不得一吐胸臆，留两句绝命诗于天地之间，天何以厄润泉至于斯极耶？

润泉富于才，深于情，这从上面摘抄的信中可以看得出来。他生而具诗人的禀赋，有诗人的气质，当世却不能尽其才，使其情志压抑不舒，终不能不郁郁以卒，这对润泉真是太不公平了。

我摘抄了这十一封信，以为润泉的纪念，一面摘抄，一面忍不住心中难过。但抄到末了，又忽然觉得，先死者也许还是幸运的，因为还有后死者在纪念他。如果死在最后，曾经祸福相依又可与谈艺论文的老朋友都先走了，又还有谁来检点旧信遗诗，来追忆昔时的人物、昔时的诗酒和昔时的风流呢？

长沙的春卷

（2004.4）

春卷这种应时食物，南北都有，我觉得以我们长沙的最为讲究。五十年前，市上供应的春卷大体上可分三档，第一档是酒席上作点心的，馅用冬笋、鱿鱼、火腿和猪里脊切丝下锅炒出香味，再加入韭黄、香椿芽和香麻油拌匀，然后用特制的“春卷皮子”包起炸黄装盘上席；其质量高于第二档的是，笋必须是冬笋，肉必须是里脊，鱿鱼得用本店“发”的上等货，特别是得放香椿芽，这在初春是很贵的野蔬，一两的价钱差不多买得斤把肉。第二档则是茶馆里炸来供客的，个比酒席馆的大，长逾五寸，宽可寸半，最厚处约四五分，馅料用春笋不用冬笋，更不放火腿香椿芽，但也有一特色，便是常以腊肉代鲜肉，为我所喜；少时贪吃，最多时一次吃过六七个，其实正常人一碟四个也就够了。而酒席上的点心至少也有二色，如果上春卷，通常另一色则是甜的蒸点，每色每人两件，又特别小，所以总是不过瘾。第三档则是在街头巷口支着油锅炸的，馅以韭菜为主，略加碎肉和“水笋子”（笋干泡发切碎），但趁热吃仍然香脆可口。因为茶馆里早晨和上午只卖笼蒸的面点，不炸春卷，而且小摊上的价钱也更便宜，所以过客买吃的仍然不少。

立春后吃春卷，是过去长沙市民的习惯，几乎成了一种风俗。开头几天，茶馆门首总要打出“春卷上市”的牌子。茶馆平时最热闹的是“吃早茶”，这时则夜市更为红火，点心品种也比早上多，春卷之外，还有萝卜饼、鸳鸯油饼等等，价钱也比早上的“一糖一菜”(两个包子)贵了不少，大约这也是茶馆利市最好的时候。其实春卷的高潮亦不过一个月左右，以后即转为常供。到椿芽和笋老去，韭黄变成韭白，这种时令点心一年一度的风光遂告结束。

我说吃春卷是长沙的一种风俗，最有力的证明并不在茶馆里，而是在市民的家庭里。此地为著名米市，人们的主食是米饭，从不在家里做面食，要吃面只能上街，或者买挂面、筒子面来下(煮)，唯一的例外是春卷。用灰面做春卷皮子，很需要点本领，儿时常听母亲夸奖某家最会做，能在翻转来的瓮坛盖子上烫出又匀又薄的皮子来。及至时代变化，中产阶级生活下降，堂客们干家务无法过细，于是兴起了专门供应春卷皮子的行业，好像集中在东庆街一带，我家也去买过，回来包上自家拌的馅炸了吃。后来拆街修路，便不知分散到何处去了。

春卷皮子其实就是一种极薄的薄饼，比包全聚德烤鸭的薄饼还要薄而不易破碎。前人笔记中记春卷的不多见，关于春饼和春盘却说过不少。杜甫有句“春日春盘细生菜”，啥是春盘呢，清初成书的《帝京岁时纪胜》说的是“炊面饼而杂以生菜、青韭芽、羊角葱、和合菜皮”，有饼有韭芽，也就是春卷的雏形。道光时人作《清嘉录》云，“春前一月，市上已插标供买春饼，卖者自署其标曰应时春饼”。书中还有首《咏春饼》诗，“薄本裁圆月，柔还卷细筒”，简直就是在形容长沙东庆街的出品。

民俗很有研究的趣味。地方特色食物，尤其是有关时令的，希望都能就所知所见，把它们写出来。再过些时，像放椿芽的春卷这样的东西，只怕痕迹都难寻觅了。

记钱先生作序事

（2004.7）

《偶然集》出版后，寄了一本给杨绛先生。元旦过后收到回信，提到二十年前钱锺书先生为拙著《走向世界——中国人考察西方的历史》作序的事，有这样一句：

他生平主动愿为作序者，唯先生一人耳。

因而忆及钱先生对我的关心和帮助，真不能忘。

我与钱先生本不相识，八十年代初他看到《走向世界丛书》，发生兴趣，向《读书》的董秀玉表示愿意和我见面谈谈。一九八四年一月我到北京，董便将我带到钱家，让我第一次见到了钱杨两先生。我将丛书新出的几种送给了他们，钱先生则说了些鼓励我的话，认为各书的叙论写得不错，建议结集单行，表示愿为之作序。不巧我那天晕车，无法多请教，只表示希望他对书多提意见，便告辞了。

回湘以后，一九八四年三月下旬，就收到了钱先生所作序文的第一稿。开头一句是："我最初在《读书》里看了锺叔河同志《走向世界》的文章，感到兴趣，也起了愿望。”附信云：

弟素不肯为人作序，世所共知，兹特为兄破例，聊示微意。两周来人事猬集，今急写就呈上，请阅正。

两天后又收到序文第二稿，附信云：

今日稍暇，即将拙序改本誊清送上，请审定。我将把副本交秀玉同志。你有意见，通知我后，我会改。《历史研究》上大文昨晚细读，玉池老人有知当含笑于九泉也，甚佩甚佩。

这改本将开头一句中的“感到兴趣，也起了愿望”，改成了“感到惊喜，也忆起旧事”。类似的还有几处，都只是文字修改，虽然并不重要，亦可见前辈作文反复推敲再三斟酌的写作态度。

我比钱先生小二十一岁，学问相差更远，他却说“你有意见，通知我后，我会改”。此决非讲客气的门面话，而是学人虚受的真实表现，我当然更应该以诚敬待之，便去信对于序文中夸奖我的话，还有一处可能引起“骂影”（指着和尚骂贼秃）嫌疑的词句建议删去，请他考虑。我的信还没到北京，他又于三月二十八日晨寄来第三稿，附信云：

昨日寄上拙稿，想达览。今又在第一页和第三页上改动三处，请代在稿上誊正。

这第一页上改动的一处，便是将开头“我最初在《读书》里看见”这九个字，改成为“我首次看见《读书》里”八个字了。第二天又收到一信，云：

序中词句又小有修改，无关弘旨，忙中不暇录副送阅。如兄认为呈稿尚过得去，请便示，我即径交《读书》。

接着三月三十一日又有来信，是回我上次去信的：

拙序佛头着秽，邀君许可，甚喜。所嘱改两处，已遵命增正，勿念。弟交秀玉稿上又有字句修饰四五处，“文改公”之谥法，所不敢辞。

这“文改公”虽然是自嘲，却也是“纪实”。他对文章字句，即使“无关弘旨”，也要一改再改，务求合适，这是多么不怕麻烦、多么认真的精神啊。

以后在钱先生和我之间，关于我去信请他修改的两处，还继续有些讨论。四月六日来信云：

尊虑甚是，弟说老实话，而读者每以为曲笔微词。如弟序内人《干校六记》谓生平最不喜《浮生六记》，而美国人译本导言云：“钱某语多须反看，此句恐亦然”云云。……

“骂影”之嫌，于“采访发掘”下添“找到了很有价值而久被埋没的著作，辑成……”这样似乎可减少“春秋之笔”的味道。……“强称内行”云云，则当代号称“通晓中西”之大作家名学者所撰《漫步美国》之类，均不免此讥……

“大作家名学者”的“本事”，以及先生后来谈到的许多别的事情，都是文坛掌故，极有价值。我在序文中添增的一二字句，复印了寄他审阅，亦与先生之意暗合，来信云：

昨复一函，告遵示添一句，以免“骂影”之嫌，想达。顷得挂号函及复制稿，甚感。兄所代增两处，与弟已改两处，无只字异。盖弟虽暗中摸索，而葫芦未走样也。

对于我寄去请他阅示的我自己写的《后记》，先生也提了很中肯的意见，云：

大作《后记》甚好。知得力贤内助，尤使愚夫妇忻慰不已。有二处请再酌：(一)第一节中“我的杯很小……”后，宜插入“这是法国诗人缪塞的名句，也是我……”，否则太突兀，而显然此语为谁说并不周知也。(二)末节关于弟处太多，使我局促不安，亦非体裁所宜。且弟与李侃同志并列，而大讲钱，只字不及李，反冷落一边，务请削去此节。兄书卓然名家，不以弟序而重。……即如“杨宪

> 益先生的大手笔”语中“大”字，亦可省去，“借重”字亦太过。斤斤之愚，求免于俗，幸垂察焉。

都是设身处地为我着想，或帮我弥缝。《后记》中对钱先生表示感谢的话，其实只有一两句，并不“太多”，他却一定要我“削去”，无奈只能照办。改后寄去，先生看后才回信道：

> 读尊序(后记)改订稿，可谓毫发无遗憾矣。

于是这篇后记就这样印上了中华书局一九八五年出版的拙著《走向世界——中国人考察西方的历史》一书。此书一九九三年、二〇〇〇年和二〇一〇年三次重印，钱先生的序一直冠冕全书。

时务学堂何处寻

（2004.7）

一九四九年八月五日解放军入城以前，长沙城里有围墙有庭院有车库的私家住宅，原样保存至今并由原主人住着的，恐怕只剩下这一处——三贵街十七号陈宅了。

风雨苍黄五十年，人和宅子能岿然独存，必有其不同寻常之处。第一是人须活得久，屋主陈老先生今年已九十四岁；第二是还须有来头，他战前土木系毕业后即“下海”经营工商业，不到四十岁成了“省参议员”，建国后又当了全国政协委员，留下这栋私宅也是毛泽东特批的；第三是建筑质量高，而且还是梁启超题了字的“时务学堂故址”。

旧中国也曾尝试走现代化道路，最像模像样的一次尝试便是以“戊戌”为年代标志的清末维新变法运动。运动的思想领袖是康有为，其大弟子和助手即梁启超。运动的中心在北京，唯一的“实验省”却在湖南。

湖南当时的抚台陈宝箴，臬台黄遵宪，学台江标和徐仁铸都是新党，他们推行的新政，第一项便是开办时务学堂。这比京师大学堂(北大)建校还早一年，比北洋大学堂虽晚一年，但北洋只设理工科，这里却是以“时务”为名，以文科为主的。梁启超后来回忆道：

> 秉三（熊希龄）与陈右铭、江建霞、黄公度、徐研甫诸公设时务学堂于长沙，而启超与唐君绂丞（才常）等同承乏讲席。……除上堂讲授外，最主要者为令诸生作札记，师长则批答而指导之。发还札记时，师生相与坐论。时吾侪方醉心民权革命论，日夕以此相鼓吹……

如此的教学内容和教学方法显示着人文的色彩，充满了时代的精神，与只培养技术人才的理工科大学迥然不同。这是因为，办学和执教者除熊、梁、唐以外，还有陈三立（宝箴长子，著名诗人，此时在长沙做父亲的助手）和谭嗣同，都是主张变法的。在他们的鼓吹导引下，短短时间内，便培养出了蔡艮寅（锷）、范源濂（民国教育总长、北师大创办人）、杨树达（汉语言学家、民国中央研究院院士）等优秀学生，在教育史上留下了灿烂的一页。

先父昌言（字佩箴）为时务学堂二班外课生，几十年后与我谈及学堂的事，犹神采飞动。盖学堂实为湖南维新运动之中心，亦因此成了以岳麓书院为基地的守旧派“王叶二麻子”（王先谦与叶德辉）猛烈攻击的目标。据梁启超好友狄平子所记，他们甚至以梁氏讲授批答之语“为叛逆之据，谓时务学堂为革命造反之巢窟，力请于南皮（湖广总督张之洞）。赖陈右铭中丞早已风闻，派人午夜告任公，嘱速将课本改换。不然，不待戊戌政变，诸人已遭祸矣”。

戊戌政变发生，谭嗣同、唐才常先后被杀，陈氏父子和江、徐均革职永不叙用，黄遵宪也被“放归”。时务学堂则由旧派接管，改为湖南大学堂，旋又改为高等学堂和优级师范，迁往别处了。

三贵街南出小东街(后拓修成中山西路)，学堂故址在两街交会处迤西，系乾隆大学士刘权之故宅。刘权之亦文化名人，《四库全书》在事诸臣，正总裁皇六子、皇八子等，副总裁梁国治、刘墉等，总阅官德保等，也和现在一样，是只挂名不做事的。排名其后的总纂官、总校官和总目协勘官，才是实际工作者。总目协勘官负责各书校勘编辑，事最繁，任最重，刘权之为其首席，是《四库全书》的第一责任编辑。

入民国后，刘氏后人衰败。学堂迁走后，这里卖给商家，成了“泰豫旅馆”。一九二二年梁启超来长沙讲学，在这里留下了题记：

时务学堂故址

二十六年前讲学处，民国壬戌八月重游泐记，梁启超

陈老先生抗战胜利后在长沙从事营造业，买下了“泰豫”这片地产，建楼成立“中原公司”，并在三贵街西侧为自己盖了这栋私宅。最使他得意的是，以重金购得了梁启超的题记原件，摹刻成碑，嵌在私宅后园的墙壁上。

一九四九年八月以后的事无法详谈，这里只说三点：(一)

中原公司的楼早成了市粮食局用房，如今又成了职工宿舍；(二)梁氏题记原件已归湖南大学收藏，偏偏展示在戊戌时期最反对“时务”的岳麓书院里面；(三)几经周折，陈老先生对房屋的所有权总算得到了承认，遗憾的是“时务学堂故址”的地位却一直“妾身未分明”。

如今到处造“古建”，湖南修炎帝陵、舜帝墓尤其热心，而有案可稽、有字为证，在中国现代化历史上有纪念碑意义的这处故址，却一直不被重视，真不能不使人叹息。

我总希望有谁能拿出修炎帝陵、舜帝墓的百分之一千分之一的钱，将梁启超的题记刻石嵌在中山西路的“时务学堂故址”门前，再在附近广场建座照壁形式的浮雕，为梁启超、谭嗣同、唐才常、黄遵宪和陈氏三代名人造像，陈三立的背后可以站着陈衡恪(即劝齐白石衰年变法的大画家陈师曾)，手里可以牵着陈寅恪(办时务学堂时他只有几岁，比异母的大哥衡恪小得多)，学生则以蔡锷、范源濂、杨树达三人为代表。有此胜迹，长沙也不必劳心费力跟庐山去争朱熹，跟成都去争杜甫了。此事曾与陈老先生言及，他亦首肯。

陈老先生名云章，字思默，数月前曾偕仲兄往访，凭吊父亲早年求学处，并在“时务学堂故址”碑前摄影留念。

念楼自述

（2005.3）

我的籍贯是湖南平江，却只在七至十五岁即八年抗战期间在那里住过。其馀的时间，除去九年劳改以外，都可算是长沙人，也很少离开过长沙。因为从小怯弱，不爱热闹，所以怕旅行，也怕开会，连北京都只去过四回。既未读遍万卷书，更未行经万里路，浅薄孤陋，自然难免。

我的职业是做编辑，这乃是一九四九年八月间自找的，时年一十八岁。从一九五七年到一九七九年中断了二十二年，后又重理旧业，一直做到"离职休养"时为止。但编辑也并没能做好，未能做到各方面尤其是顶头上司满意。从一九八〇年起策划出版《曾国藩全集》，为此大受批评，说我"偏爱汉奸"，质问"如此家书有何益"；后来风向一变，曾国藩忽然吃香，出书大受表扬，却与我无关了。一九八七年决定印行周作人自编文集，印出十多种后成了所谓"出版三种人"之一，还有两"人"是《查泰莱夫人的情人》和《丑陋的中国人》，前者也与我有关。终于在八十年代末"落选"，不让干下去了。

写点小文章，在我只是业馀遣兴，自然也只是业馀水平。

别人跳舞，钓鱼，练气功，搓麻将，我都不会，只好随便看点书，写点小文，以消闲暇。离休以后，年老神倦，卧读时居多，厚重的本子实在搬不动，所看的多半是自家书架上的零碎小书。故近几年来，只给上海、北京等地的报纸副刊写点读前人短文的札记，如果有出版社要印，便印他一本，印成的有《偶然集》《念楼集》《天窗集》《青灯集》《学其短》《念楼学短》等。

念楼是我现在的住处。为何要取这么个“室名”呢？《念楼集》的自序中说过，“念便是廿，念楼便是我所住的二十楼”，此外并无别义了。

自己写的东西

（2005. 3）

自己写的东西，现存最早的是一卷《蛛窗述闻》，共四十一篇，弁言云：

> 予喜闻奇怪之事，而乐其荒诞不经。夏扇冬炉，父老聚谈所闻所见可喜可愕事物时，予辄挤坐其旁，欣欣然不肯或去。为时既久，颇多积累，惧失记忆，乃于课假中择其雅驯者述之。方丈小室，足不出户，唯尘窗老蛛，蠕蠕网际，一似为予伴侣者。既成此卷，乃弁数言，且命以名。（原无标点）

末署“民国丙戌夏六月下浣之七日”，即一九四六年七月二十五日，时年一十五岁，所以这实在可以说是我的第一部作品。此次从许久没打开过的旧柜子把它寻出来，将四十一篇重览一遍，觉得文字虽然幼稚，记述却还有些意思，如第二十七篇的《槐抱榆》：

启明女师校址，故县署也。有大院落，西北角一巨槐，苍干斑驳，大可数抱。中空而生一榆，大亦抱馀。二树柯叶，荫蔽全院。树下有碑，篆额四字云，“槐抱榆记”，记文则模糊不辨矣。

完全是纪实。几年前回平江,女师、古树和石碑却全都不见了。

一九四六年到长沙后，大量读的是新书，又做起新诗来，同时激烈地反对国民党，有一首《牢狱篇》发表在一九四八年的报纸上。牢狱虽然未进，在地下党组织领导的留校护校斗争中，脑壳却被三青团的军棍打破了。

从一九四九年八月起，还不满十八岁的我，便到报社以编辑为职业。这也是文字工作，跟文学却不搭界。但自己在业馀也写过些“作品”，《孔十爹》刊出于《长江文艺》后，还印成了薄薄一本。小说《季梦千》一发表，《新湖南报》的文学副刊《湘江》，却组织文章，集中进行严厉批评，冯牧说它“充满小资产阶级的情调”，林克还上纲上线，说它“宣扬人性，跟无产阶级党性是对抗的”。于是文学梦刚一开头，旋即破灭了。

但不搞文学，不等于不接近文字，便开始找各种各样的书和历史资料来读。一九五八年后引车卖浆为生，一九七〇年后又成了劳改犯，这方面的努力仍未停止，方式方法当然得不断地变化适应。

一九七九年平反改正后，不想编报改而编书，还是为人作嫁，这人却由“本报通讯员”变成郭嵩焘、薛福成、黄遵宪等人，后来还有周作人。这给了我明目张胆接触近现代文化的机会，自己想写点东西的愿望也有可能实现了。

上个世纪八十年代是专心编书的十年，先做编辑，后做总编辑。十年之中，自己主要编了三个系列的书，即《走向世界丛书》、曾国藩的书和周作人的书。

结合编书，自己也写了一些文章，收集起来成了几本书。《走向世界丛书》是早期考察西方的实录，一共出版了三十多种，作者包括容闳、王韬、郭嵩焘、曾纪泽、薛福成、黎庶昌、黄遵宪、康有为诸人，文学史上都是有名字的。我自己关于这些人和他们的时代的作品则有：

《黄遵宪日本杂事诗广注》，一九八一年湖南人民出版社出版，一九八五年岳麓书社再版。

《论郭嵩焘》，一九八四年《历史研究》第一期(特刊)。

《走向世界——近代中国知识分子考察西方的历史》，一九八五年中华书局出版，后又于一九九二和二〇〇一年两次重印，书名改为《走向世界——中国人考察西方的历史》。

《千秋鉴借吾妻镜》，一九八六年湖南人民出版社出版。《吾妻镜》为日本古史名，黄遵宪这句诗意谓日本史事可以作为中国的借鉴，乃用作书名。

《十九世纪旅西载记的历史意义》，一九八八年纽约《九州学刊》单行本。

《中国本身拥有力量》，一九八九年香港中华书局出版。

《从东方到西方》，一九八九年上海人民出版社出版，二〇〇二年岳麓书社修订再版。

以上这些，都是学术性的文字。

关于周作人，我有《儿童杂事诗笺释》，一九九一年文化艺术出版社出版，一九九九年起三年内中华书局三次重版，二〇〇五年岳麓书社增订重版。

《知堂谈吃》，一九九〇年中国商业出版社出版，二〇〇五年山东画报出版社重版。

《知堂书话》和《知堂序跋》，一九八六年岳麓书社出版，一九九七年海南出版社增订重版，二〇〇四年中国人民大学出版社再次修订出版。

编集有一卷本《周作人美文》(一九九八年香港明报出版社出版)，四卷本《周作人文选》(一九九八年广州出版社出版)，十卷本《周作人文类编》(一九九八年湖南文艺出版社出版)，十五卷本《周作人散文全集》(广西师范大学出版社即将出版)。

我不懂文学，却喜读文章。最喜欢的作者，古人中是张岱，近人中则是周作人。张岱之文极精彩，语语“皆未经人道过”，都是你想要说而说不出来的。周作人的特点则是平淡，毫不做作，正如司空图《诗品》形容的，“落花无言，人淡如菊”，“犹之惠风，荏苒在衣”，态度平和，启示却很深刻。这里好像在谈文体，重心却落在见识和思想上，事实本来如此。

六十五岁离休后，才开始写点随笔短文。妄拟前贤的野心是没有的，因为施子山说得好：“学平淡而无气，如死灰槁木；学雄健而无力，如举鼎绝膑。”我既怕骨折，更怕成死灰，只能老老实实，说几句自己的话。但自己的话，有些亦不敢说，不能说，或者觉得不必说，所以也要打几分折扣。不过无论如何，自己不想说的话是不会说的，投机趋时先意承旨的话就更不会说了。

离休前印行的个人文集，只有一本《书前书后》(一九九二年海南出版社出版，一九九六年重印)，那是当编辑时写在书前书后的文字，称之为编辑应用文并非自谦。这之后出的有：

《锺叔河散文》，一九九九年浙江文艺出版社出版。

《百家文库·锺叔河卷》，二〇〇一年湖南文艺出版社出版。

《念楼学短》，二〇〇二年湖南美术出版社出版，二〇〇五年重印。

《偶然集》，二〇〇三年凤凰出版社出版。

《锺叔河序跋》，二〇〇三年东南大学出版社出版。

《念楼集》，二〇〇三年安徽教育出版社出版。

《学其短》，二〇〇四年安徽教育出版社出版，二〇〇五年重印。

《天窗集》，二〇〇四年湖南文艺出版社出版。

我写的书，大约畅销是不会的，能够再版重印，说明还有几个人要看，没有浪费纸墨，便心安了。

【后记】 下面附录了两篇旧作。《河之歌》一九四八年十月刊《新潮日报》副刊，是和同窗好友金驼(谷士钧)合作的(他写了第二节《船夫》)，他未到中年便死于天津了。《孔十爹和积谷》一九五〇年三月刊《新湖南报》三版，是我单独署名发表的第一篇采访记。

【附录一】河之歌

（1948.10）

舵手

你，黧黑的壮健的舵手呵！凭着你那丰富的经验和有力的胳膊，你紧握着全船的命脉，而将它送上险滩。

水，逆流着，带着威吓的咆哮，在阻碍着船的前进；青铜色的礁石缝里，浪花如同暴怒的狮子，抖动着它银白色的鬃毛，一匹接着一匹地，在冲击，在扑噬……

你，却永恒地屹立在船尾的高端，凝然，勇敢。你那放光的眼睛，正视着任何可怕的前路；锻炼得生铁一样的臂膀，攀着舵，抗拗着逆流的冲击，而在水手中间领唱起船夫的歌曲。

酷热的阳光里，你屹立着；尖刻的寒风里，你屹立着；雨痛打着脸孔，狂风把河水刮起了惊涛，你还是屹立着。勇敢的舵手啊！无穷的日子和风沙，你的脸变得更枯干，你的衣衫变得更褴褛，然而你的胳膊也更坚牢，生命也更充实了。

啊！你船只的灵魂，你水手的领袖。当战胜了无数的逆流，克服了无数的险滩，挨过了无数的暴风雨，你在中途休息的日子里，燃起一支老旧的旱烟袋，用宁静然而欢欣的心情，向年轻的水手们讲述着行船的经历。然后，你又驶起了久经战斗的船，继续着漫长的航程了。

险滩是永不会平的，逆流是永不会静的，舵手的生涯也就是永不会没有搏斗的。自然，你会衰老，失败，死亡。可是，这里有更多年轻的水手，他们会接着抓起那乌黑的舵把，而人类的航程就永不会停。

船夫

在波涛上起伏了，顺着风，船直流长下。船夫们扯起嗓子高唱着，或任着自己的性子长啸。

也一次次的，船夫们在狂风里行驶，拼着汗，努力地向波浪中前进。远远地，你看不到帆，只听得见船夫们带喘的歌声。

风，是无常的，而船夫却永恒地前进。知道吗？他们不是英雄和伟人，只是生命在喘声中巨浪上前进的一个。

歌声

歌声响亮地在河水上旋转，像一把熊熊的火。船夫们就在这火焰中把他们的力量溶成了整个的个体，更奋然而前进了。

朋友呵！当你听见河中迸发了那混沌的，狂野的，雄浑的歌声时，你可知道，辛苦的船夫们，又在拼着生命和江流搏斗了吗？

你能够这样地想象吗？当赤褐色的河水挟着成堆的泡沫，嘶叫着，澎湃着，如亿万铁骑狂怒地奔腾；河身在倔强的岩石上爆裂，开花，卷成了剧烈的漩涡；狂风挟着巨大的雨滴，无规则地扫过天空和地面；晦暗的天幕上，乌黑的云堆在飞驰：而我们的航船，仍然在挣扎着前进。

风刮破了篷，浪打进了船，精壮的水手们，拼命地撑着篙，收着篷，打着桨，把着舵。他们的身子，变成机械一样的规律和坚韧。谁也不偷懒，谁也不散心，只是用力地支撑着。然而，歌声发出来了，是沉重的雄壮的力的节奏，鼓舞着搏斗中的心情。于是船夫们动作得更协调，船也前进得更勇敢了。

【附录二】孔十爹和积谷

（1950.3）

我们近来要搜集整理农村社会经济情况的调查材料，我和小罗负责公田积谷这一个项目。两个人都是刚参加工作的学生伢妹子，抓了这么个题目，有些干着急。碰巧长沙县的宣传干事老杨来了，同他谈起，他说："明天到我们那里来吧！我把孔十爹留在屋里，乡里的情况，不随你问？"

第二天，是个阴雨天。一路上拖泥踏水，我俩没有多说话，各自心里想着各自的事。走到长沙县县委会，在宣传部的屋子里等了没好久，老杨把孔十爹找来了。我跟孔十爹热烈地拉了手。他穿上了棉的干部服，还带上了支短枪，和去年九月在东边乡里看见他的样子，是大不相同了。老杨告诉我："十爹是我们县里的农会主席啦!"他笑笑："我干得么子事？——不过早就说过：只要我本钱还在（讲到这里，他轻轻地拍着自己的胸脯），生意那是要做的。"大家都笑了起来。那个年纪轻轻的通讯员笑道："十爹又要说书了。"

"我今天不是来听您老说书的。"我开门见山说明我的来意："我要您老告我一点长沙乡里公仓积谷的情形。"

“积谷?”孔十爹仿佛是吓了一跳的样子。

“那要找杨七爹。”年轻的通讯员又插嘴说，“七爹又下乡去了。”

“积谷。”孔十爹不管他的插嘴，端起茶杯喝了一口，说：“好吧，我就讲讲我爹死以前借积谷的事……”

小罗在这个时候掏出了她的本子，我也照样做了。

“我是记得清清楚楚的。我九岁那年，我爹分了家，七口人分石半谷，哪里够吃。没办法就找地方上的仓长借积谷，不晓得讲了好多好话，算是借了一石。——娘卖皮，地方吃纸笔饭、穿长褂子的，哪一个手里不是几十石。积谷供他们吃鱼吃肉，烂就烂在有钱的手里。”

“就是咯一石谷，到了期冇得还，——哪里有还嘛——，他狗入的仓长，派两个差狗子跑起来，坐在我屋里要。我只记得那天夜里，我妈妈一床被窝把两个差狗子盖了，我爹爹妈妈带起我硬坐了一夜。”讲到这里，我停了一下笔，望了望孔十爹的脸，那脸很红，额角上的筋暴暴的。他却没有望我，继续说下去道：“第二天，那两个差狗子要交差，把我妈妈一张陪嫁柜都抬走了。我妈妈就只一张陪嫁柜，她哭，我们也哭。我爹气得只是说：‘好！好！你们要抬就抬去，我人穷志不穷……’”

这时，孔十爹的眼泪流出来了。泪水流在他的老脸上，特别显得闪明。我和小罗交换了一下眼光，对勾起这位老人的伤心，都很难过。老杨在一旁，不住地说道：“你看……你看……他妈的……好恶……”

可是孔十爹很快就用手掌擦干了他的眼泪，又说：“我的爹没好久就死了，上个月报上说他是一石积谷气死的，那倒不止是咯一桩事。抬走柜不久，我一个老弟就病了，病了四十多天，请郎中开了付单子，要四十个钱去拣药，硬没得。单子放在屉子里放上十五天，我老弟硬病死了。我妈妈那时候哭得头在地上碰，我爹捶起胸口说：‘就是等他吃了这四十个钱的药再死，我心里也好过些哪！’没得十天，我爹又死了。”

有一会子没有人做声。我抬起头来望孔十爹，我以为他又哭了，但是孔十爹没再哭，他说道：“所以我告诉你听，我孔福生又没读过书，不认得一个字，何解我二十几年拼了命要搞农运？硬是我的脔心里头恨啦。我今日一讲起，就恨得发抖。他王八崽子，我！”他的喉咙越来越大，到最后拍了桌上一巴掌，“我死了只有一条命！”

更久的时间没有人做声。孔十爹回转身去对那个年轻的通讯员说：“等杨七爹吗？我只晓得河东他晓得河西？世界上穷人的命就是一条，哪一处地方不是一样。等么子？”

“对！”我说，站了起来，向小罗说：“我们走吧。”

“你们都问清白了吧？”老杨说。

“问清白了。”我们齐声回答。

回来，走在街上，小罗向我说：“情况是了解了一些……”

“不光是积谷的情况呢。”

“还有这个孔十爹。”

小罗向我微微一笑，很满意的样子。我也笑了，但随即又思索起来……

一张银票

（2005.9）

朱纯的姐姐今年八十五，姐夫姓李，出身溁湾市工商大户，去世时却是南京市的离休老干部。因为大户早已破落，所以姐夫才会年纪轻轻，便外出另寻出路。

这回姐姐来长沙，在我家小住时，有个李家的晚辈来看她，送她一张面值“伍两”的银票，说是老家从前印制的东西，经过几代人收藏，如今成了稀罕物，给她留作纪念。我不搞收藏，对这类东西不大关心，但银票正面的“溁市商钱局图记”，却引起了我的注意。

“溁市”即溁湾市，位于长沙城西岸，清属善化县，民国二年(一九一三)并入长沙县后于此处设镇，称溁湾镇。一九四九年前，我家就住在镇南二里半的朗公庙，打酒买肉都要到镇上去。难道这个一九四九年时商户不满一千的小镇，过去居然还发行过银票吗?

我生于一九三一年，第一次花钱是用一枚铜元买得一小筒炒豆。三枚铜元兑一枚“铜毫子”(分币)，那时的我还曾纳闷，为什么三个大钱才兑得一个小钱呢。十枚“铜毫子”兑一枚闪闪发亮的“银角子”（角读如牛角之角），后来才知道，这不是银的，而是镍币。十枚“银角子”则可兑一块“花边”，就是一“圆”银洋，这须得大年三十晚上分压岁钱，才能放在自己枕头下，但第二天起床后，又会由大人“帮”我“储蓄”起来，离我而去。

花花绿绿的“票子”到快要上学时才认识，那上面印着“壹圆”的，当时确实兑得到一块“花边”。但在“七七卢沟桥一声炮响”以后，票子便开始“化水”，法币、关金、金圆券，面值越来越高，从几十圆、几百圆印到几十万圆、几百万圆，“圆”的称呼始终没变。近几十年用人民币，也还是叫“圆”。像这种不以“圆”为单位而以“两”为单位的票子，七十多岁的我则不仅自己没用过，也没见别人用过。看古装影视，如果写官场，少不得提到银票，也没能让我真正看清楚一回。大概大官小官们贪污受贿，不会将票子展示在光天化日之下，这倒是古今一样的。

这张银票应该是什么时候在湶湾镇发行的呢？检阅了《长沙市金融志》，才知光绪以前，长沙城乡交易还全用铜钱和银两；光绪十年(一八八四)前后，民间钱铺和商家开始发行钱票和银票，凭票兑现，人皆称便；光绪二十二年(一八九六）“官票”发行，二十五年(一八九九）“湖南官钱局”成立，专管此事。我想民间“商钱局”的成立，该在“官钱局”成立之后，至少要到光绪二十六年庚子(一九〇〇)时，应是二十世纪初的事情了。

一九一二年民国成立，“外圆内方(孔)”的缗钱被铜元取代，银两却照旧流通。官钱局改名省银行，继续发行银票，“商钱局”的票子也一样通用。虽然谭延闿、汤芗铭、张敬尧、赵恒惕等人，为了推行官票，都曾下令禁止商票，但商票的信用有时比官票还好，总是禁而不绝，随禁随开。直到国民党北伐成功，一九三三年宣布“废两改元”，银两才被银元全面取代，分币（铜毫子）和角币（银角子）作为银元的辅币也是这时开始发行的。一九三五年又宣布实行“法币政策”，只准“中中交农”四家国有银行发票子，银票才完全绝迹。

“渌市商钱局”这张银票，我想印制的时间不会早于“湖南官钱局”成立的光绪二十五年即一八九九年，也不会晚于法币统一天下的民国二十四年即一九三五年。从纸张和印刷水平看，恐非当时长沙所能印，很可能是在日本至少也是在上海印的。最有意思的是银票背面的英文 Five Teals，把稍识英文的人都弄糊涂了。tea=茶，teal=野鸭，再加上个 s 成了复数，难道是“五只野鸭子”吗？原来是颠倒了一个字母，本来应该是 Taels。陆谷孙编《英汉大字典》释 tael 云“中国等东亚国家的衡量单位”，又是“旧时中国的货币单位”。如果不印错，Five Taels 正是“伍两”，那便对了。

银票加印英文，是清朝末年“向西方学习”的标志，当时国家铸币印邮票都是如此，未可厚非。设计制版时粗心大意，竟使“伍两”错成了“五只野鸭”，倒是初学新花样的老商号的一个失误，也可说是近代货币史上的一则掌故。

误读韩文

（2005. 10）

开始听到“百家争鸣”这个口号时，实在很佩服这用旧瓶装新酒的本领，却并不完全清楚此旧瓶的来历。“百家”出于《荀子》是听说过的，司空图的“肯争鸣而作怪”却相当生疏，能想起的只有韩愈那句：

大凡物不得其平则鸣。

当时自己心中也确实“不得其平”。新闻纸上不见新闻，整版整版全是领导开会，难道正常吗？选用来稿，不是先看文章，而是先向单位了解投稿人的政治面貌，有这必要吗？于是便“鸣”了两次，小组会上一次，座谈会上一次，加上希望《民主报》复刊后能过去，便成了右派。

后来重读《送孟东野序》，才恍然大悟，借韩文提口号本来就是一个“阳谋”。因为人们心中的“不平”，对于统治者来说，确实是一种“不安定因素”，是一种潜在的危险，所以要“引蛇出洞”，聚而歼之。“引”的妙法，便是借“物不得其平则鸣”这句颇有力量的话，诱导人们将心中的“不平”鸣放出来。正式的说法则是：

有屁就让他们放，——让他暴露，后发制人。

鸣了，放了，打右派也就有材料了。

韩愈的《送孟东野序》阐述了不平则鸣的意思之后，紧跟着又问了一句：

何为乎不鸣其善鸣者也。

可见光会争鸣是不行的，还得学会“善鸣”。接着它还举出了许多“善鸣”的例子：

其在唐、虞，皋陶、禹，其善鸣者也。

伊尹鸣殷，周公鸣周；凡载于《诗》《书》六艺，皆鸣之善者也。周之衰，孔子之徒鸣之，其声大而远。

“其声大而远”的大禹、周公、孔子这些人，既是伟大的领袖，又是伟大的导师，是天生的“善鸣者”。只有领袖和导师他自己，才是“天将和其声而使鸣国家之盛”的代表。

说是百家争鸣，其实谁能争得过他呢？那些不听指挥要鸣别调，甚至敢于唱一唱反调的人，发出的声音“乱杂而无章”，那就对不起，“天将丑其德莫之顾”，他们便只能够“穷饿其身，思愁其心肠，而使自鸣其不幸”了。韩愈有言在先，这又怪得了谁。

只怪得自己误读了韩文，看了头一句便忘乎所以，以为早春天气真的要来，可以稍微作点不平之鸣了。当时若是有现今重读韩文这点心得，努力学做一个“善鸣者”，一天到晚都来“鸣国家之盛”，虽然结果肯定还是鸣不好，苦头总可以少吃一点甚至于可以不吃的，我想。

【附录】朱纯《关于同人报》 （2005. 11）

一九九六年唐荫荪君逝世，叔河和我送了副挽联，出版社为他主办追悼会时，悬挂在会场上：

> 生太不逢时，五七年间，何必想办同人报？
> 死只是小别，两三载后，好去相寻往者原。

“往者原”为希腊神话中亡人游宴之所，“同人报”则是荫荪和我俩一生坎坷的根源。这副挽联，确实是我们夫妇想向荫荪说的真心话。

一九五七年九月五日，《新湖南报》一版用大字标题报道：“本报反右派斗争又获重大胜利 / 另一个右派小集团原形毕露”，“提要”云：

> 这个右派小集团由唐荫荪、锺叔河、郑昌壬、李长恭、朱纯等组成，他们猖狂地反党反社会主义，配合苏辛涛右派小集团阴谋篡改党报的政治方向，与民盟右派集团

共同策划创办反共反人民的“同人报”。

“同人报”三字始见于此。报上将这三个字加上引号，是想使读者相信，真有这样一张唐、锺、郑、李、朱等人要“策划创办”的报纸。

其实，唐荫荪和我仅仅是在省政协会上采访时，听杜迈之、严怪愚等几位民盟委员谈到恢复《民主报》的设想。锺叔河、李长恭则是对《新湖南报》的状况不满意，提改进意见不被采纳，想离此他图。于是我们便对《民主报》复刊发生兴趣，宁愿去那里当编辑记者。从始至终我们想的谈的都是恢复《民主报》，从来没有策划创办过什么“同人报”。

《民主报》由著名学者、民盟省委宣传部部长、共产党员杨伯峻任社长，民盟省委秘书长杜迈之任总主笔，由民盟省委于一九四九年八月七日创刊(早于《新湖南报》六天)，一九五〇年九月三十日停刊。我于《民主报》创刊时去那里工作，停刊后和几位同事调《新湖南报》，其他人则一部分到省政协，一部分到民盟省市委机关。毫无疑问，《民主报》是一张合法的报纸，从来不是“反共反人民的‘同人报’”。

我参加工作始于《民主报》，从业新闻亦始于《民主报》，对《民主报》有感情。《新湖南报》当时办得不出色，“布告牌”“黑板报”之类批评声不绝于耳。主事者的不会办报只会整人，更使我们几个二十几岁的年轻人觉得难受，真不想在这里搞下去了。这时听说《民主报》有可能复刊，我作为《民主报》的旧人，想调回原单位工作的心思确实是有的，但说这就是“反共反人民”，帽子确实太大了一点。

一九五七年的省政协会议，开始于五月中，结束于五月底。唐荫荪和我都是《新湖南报》派到会上采访的记者，和政协委员、民主人士们接触，听取他们的意见，乃是我们的工作。锺叔河、李长恭等原来并不认识杜迈之、严怪愚等人，这时也并未去过政协会场和委员住所，报纸报道却说：

> 唐荫荪是民盟右派集团安放在本报的坐探。朱纯一直与民盟右派头子杜迈之等人关系密切。郑昌壬、锺叔河、李长恭都表示要加入民盟。

完全是不顾事实的瞎说。

至于说这五个人如何研究办报纲领，决定人员组成，策划报纸版面，甚至“连报纸的出版经费、机器、纸张、发行等问题都作了安排”，更是弥天大谎，是把我们平日对《新湖南报》负责人 G、M 官僚主义、宗派主义的批评，加以断章取义、夸大渲染而成的。

事实上政协会只开了半个月，三十一日会议闭幕前，唐荫荪听省委宣传部部长答复魏猛克、杜迈之说，“要集中力量办好《新湖南报》，不必恢复《民主报》了”，我们的“书生空议论”立刻烟消云散。这短短十几天内，我们五人都有繁重的采访、编辑、发稿任务，八小时之外加班是常事，我还有三个小孩得兼顾，试问有多少时间和精力来“策划创办”？我们所关心的只是《民主报》能不能恢复，即使能恢复，自己能不能过去还是问题；如不能恢复，单凭几个一无政治地位，二无经济实力，三无社会影响的二十几岁的青年编辑记者，要凭空“策划创办”一张报纸，岂非痴人说梦？难道我们五个人一个个都患上了妄想型精神病吗？

可见，所谓“同人报集团”，不过是我（五人中只有我是《民主报》旧人）从唐荫荪（五人中只有他是民盟盟员）口中得知，民盟有几位政协委员，准备在政协会上提出恢复《民主报》的建议，对此感到兴趣。锺、李等人听说后也有兴趣，从内心里希望省委能够接受这个建议。《民主报》如能恢复，我们倒确实想离开《新湖南报》去那里工作，如是而已。

为什么当时我们会认为《民主报》有复刊的可能呢？

最重要的，不，应该说唯一的原因是：听了三月召开的中央宣传工作会议的传达。向我们传达的，除了毛泽东的两个讲话之外，还有毛泽东在其他场合对报纸工作发表的一些意见，比如批评《人民日报》办得不好，是“死人办报”；表扬《文汇报》办得好，说他自己只看《文汇报》《新民报》和《光明日报》，最后才看甚至根本不看《人民日报》和其他党报。在表扬《文汇报》的同时，毛还大肆赞扬辛亥革命前詹大悲办《大江报》办得好，有一篇社论《大乱者，救中国之良药也》，“旗帜鲜明，直截了当，一点也不含含糊糊，吞吞吐吐，四平八稳”如此等等。

大家都知道，《文汇报》从来都不是党的机关报（虽然有共产党员在实际主持），而是一张由非党员当总编的知识分子报纸。一九五六年它曾经停刊，可是为了“鼓励鸣放”，中共中央又决定复刊，仍旧委托非党员徐铸成负责。这件事，不能不引起我的注意。在我心目中，《民主报》也就是湖南的《文汇报》。毛泽东尖锐批评《人民日报》办得不好，是“死人办报”。但在我心目中，《人民日报》还是办得不错的，至少比《新湖南报》好得多，邓拓的才华值得佩服，锺叔河也说他那句“葡萄色紫损红颜”写得好。如果说，连邓拓都被斥为不会办报的死人，那么，校对出身的《新湖南报》总编G又算是什么东西呢？既然毛泽东都抬出《文汇报》来，放在比《人民日报》高出一头地的位置，湖南又何尝不可以让《民主报》复刊，和《新湖南报》比一比呢？

这时，又碰上了谭震林到湖南来这件事。谭当时是中共中央书记处书记，到湖南来视察，报社记者陈望岳去访问了他，跟他谈到办报的事。陈回来说，谭也批评《新湖南报》是“死人办死报”，还说：“每个省可以办两个报纸，一个党报，一个在党外办，唱一唱对台戏。”

谭震林不是普通人，他的话当然有分量。这话在报社鸣放高潮中传开，许多人觉得他对《新湖南报》的尖锐批评十分中肯，其中也包括我和锺叔河。我对于“每个省可以办两个报纸”这一点，尤为心动。之后省里开政协会，唐荫荪和我被派去采访，才有我在前头写的那些活动。

由此可见，我认为《民主报》有可能复刊，完全是因为毛泽东（最先）、谭震林（其次）说了那些话。谭震林的话，我想也是从毛泽东那里来的。

锺叔河向来比我胆子大，他对G们的不学无术确实看不起，鸣放中也讲过些尖锐的话，但还没有直斥其为“死人”。锺也向来比我主意多，《民主报》如果复了刊怎么办，他也比我想得多些；但即使是他，也没想(更没说)跟党报“唱对台戏”，如谭震林说的那样。

反右斗争对我和锺叔河的打击，给我和我家造成的惨痛，此处不想多说了。在处理右派分子时，所谓“同人报集团”五人，除唐荫荪交监督劳动外，其他四人都被送劳动教养，锺、李、郑三人并被开除公职。当时我正怀着第四个孩子，无法去劳教，遂同锺叔河一道申请回家自谋生活。

说是“回家”，其实有家不能回，因为我们不想拖累老人，于是在街道上租房住下，打零工维生。后来租住到教育西街十七号，房主曾留学法国，很同情我们。打工慢慢也有了些经验，似乎可以苟活下去了。用叔河的话说：“书还是要读的，饭还是要吃的，要我们死是不得死的。”

但树欲静而风不止，“苦日子”很快到来，第四个孩子先送到内蒙的“国家托儿所”，后被一户无儿女的老乡领养，造成骨肉分离。锺叔河在一九七〇年又以“右派不思悔改，继续攻击伟大的无产阶级文化大革命”，被判刑十年。我凭自己一双手，学会了做木模，总算养活了三个孩子，送了锺叔河母亲的终，保全了这个家。

被整得最惨的是李长恭，因被送劳教，未婚妻被迫和他分手，劳教中又无辜地被判刑十二年，刑满后强迫留场就业，“文革”中受不了斗争虐待，跳崖自杀了。唐荫荪也直到“改正”后才结婚，因积劳成疾早逝。唐老实忠厚，李豪爽直率，是反右夺走了他俩的青春幸福，使他们早早和我们天人永隔。言念及此，不禁悲从中来，给唐荫荪的那副挽联便是在悲哀中写成的。

蓑衣饼

（2005.12）

儿时看小说，很注意所写的吃食。梁山好汉熟牛肉下酒，一吃好几斤，无法效仿；贾府上的茄鲞炮制为难，亦可望而不可及；只有《儒林外史》写的什么云片糕呀，肉心大烧卖呀，这类常见的点心对我才最有吸引力。

马二先生游西湖，一路上吃个不停，“橘饼、芝麻糖、粽子、烧卖、处片、黑枣、煮栗子，每样买了几个钱的，不论好歹，吃了一饱”。当时自己老是觉得零食吃不够，不仅不懂得小说描写的用心，反而对马二先生的口福十分艳羡。第二天他在吴山的茶室里，“见有卖的蓑衣饼，叫打了十二个钱的饼吃了，略觉有些意思”，这蓑衣饼更加引起了我的兴趣。

饼的形状，通常总是扁平而圆，跟吃米饭长大的我所熟悉的粑粑一样，无论如何不会像蓑衣。那么，这究竟是一种什么样子的饼，又是怎样“打”出来的呢？想来想去总不得其解，去问大人吧，又无法启齿……

成年人往往不会知道，儿童的好奇心若不得满足，其失望盖不下于游戏与零食之短缺，于身心都会有负面的影响。这蓑衣饼之于我便是一例，幸亏时间能冲淡一切，心中的疑惑慢慢也就淡化了。

十多年前离休后，陪从未到过下江的仲哥去游杭州，在吴山高处久坐时，脑子里忽然沉渣泛起，这里不正是马二先生吃蓑衣饼的地方吗？便到路旁一家饼屋去问讯，店员却一脸茫然。其实马二先生吃饼是在茶室，本该去茶室问，但这里的茶室和长沙一样，大白天也双扉紧闭，一副只许“前度刘郎今又来”的样子，老哥俩实在没有勇气去敲门，虽然那门上挂牌显示是“服务时间”。

于是，人虽然上了吴山，仍未能打听出蓑衣饼的究竟，未能解决五十多年前心中的疑惑。

近来无事乱翻书，关于蓑衣饼才略有所知。徐珂《云尔编》引《元和志》：“（蓑衣饼）脂油和面，一饼数层，唯虎丘制之。”施闰章诗：“虎丘茶试蓑衣饼。”汤传楹《虎丘往还记》：“予与尤子啖蓑饼二枚，啜清茗数瓯，酣适之味，有过于酒。”讲的都是苏州的事，徐氏遂谓此饼“苏州早有之”。

专门介绍吴山蓑衣饼的是范祖述的《杭俗遗风》，《龙灯开光》篇谓“城隍庙居山之中，其左右约里许……开设茶店甚多……茶则本山为最，饼则蓑衣著名”。《年市喧哗》篇引新年竹枝词之六云：

> 约伴同行各自忙，城隍山上闹瀼瀼。茶坊开水休思滚，一饼尝来便罄囊。

自注云："茶肆中均售蓑衣饼，其价不等，竟有每饼价值千文者，食主若不问价，即受其欺。尝闻有一乡老，见蓑衣饼，食之而甘，连食数枚，及结算，须钱五六千文。乡老瞠目结舌，倾囊中钱与之，不足，质以衣乃出。其欺生客如此。"

既然"其价不等"，则可大可小，可精可粗，欺生客可索五六千文，马二先生十二个钱也可以"打"。

《杭俗遗风》范序署同治二年（一八六三），去《儒林外史》成书只百多年。马二先生"戴一顶高方巾，一副乌黑的脸，腆着个肚子，穿着一双厚底破靴"，模样去"乡老"不远，打饼吃却只花十二个钱。看来，乾隆初年吴山茶社还不太"欺生客"，到咸同之际便"欺生客如此"，可见古风消失之快；又可见蓑衣饼也在不断升级，越来越上档次了。

蓑衣饼的"打"法，也是看袁子才《随园食单》后才知道的，乃是"干面用冷水调，不可多揉；擀薄后卷拢，再擀薄了，用猪油白糖铺匀；再卷拢擀成薄饼，用猪油熯黄。如要盐的，用葱，椒盐亦可"。这才恍然大悟，它岂不是长沙也有的酥油饼吗？难怪"苏州早有之"了。江浙话说"酥油"，外地人听来便成了"蓑衣"。那时旅游者大都读过几句书，作诗文不愿用市井俗语，"青箬笠，绿蓑衣"却是烂熟于胸中的，于是"酥油饼"便被写成了"蓑衣饼"。口头语上升为书面语言，也就取得了合法地位，弄来弄去，弄到杭州人自己笔下也写成蓑衣饼了（《杭俗遗风》便是一例），甚至还附会出好些"历史典故"来。

自己的推测毕竟不敢当真，只好打电话向杭州的友人请教。赵相如君转问好几处西湖名店以后，证实了"蓑衣饼"即

"酥油饼"。姚振发君更为热心，不仅详述制作过程，证明《随园食单》所说不错，还抄寄来清人丁立诚的诗：

> 吴山楼上江湖景，饮茶更食酥油饼。酥油音转为蓑衣，雅人高兴争品题。

"酥油音转为蓑衣"，这就是铁证了。

儿时的念想，在生活经验丰富的人看来，不过是幼稚的梦呓。但老来怀旧，蓑衣饼的疑问不解决，总不免遗憾。现在好了，这个"脚印"总算已经收掉，吴山也不必再上去了。

难忘结缘豆

（2006. 1）

在《结缘豆》这篇文章里，周作人说他很喜欢佛教里的两个字，曰业曰缘，又将写文章比作“煮豆微撒以盐而给人吃之”的结缘豆。他说：

> 古人往矣，身后名亦复何足道，唯留存二三佳作，使今人读之欣然有同感，斯已足矣，今人之所能留赠后人者亦止此，此均是豆也。几颗豆豆，吃过忘记未为不可，能略为记得，无论转化作何形状，都是好的，我想这恐怕是文艺的一点效力，他只是结点缘罢了。

这“几颗豆豆”，我吃过却不曾忘记，那便是抗战初期从旧书中读到的几篇周文，从此便和它结下了不了的书缘。

第一册书是《复兴初中国文读本(一)》，那封面上印有两匹奔跑的马，乃是比我大七岁的哥哥读过以后留在家中的。此类旧读本为数不少，而且不断增多，但用洋纸印刷又收了周氏文章的，却只有这一册。

因为抗战的关系，该进小学的我回到乡下老家，前两三年由长辈课读，后来没人教了，只好见到书拿来自己读，这本初中国文即是自己拿来读的。一读便喜欢上了书中的《卖汽水的人》和《金鱼、鹦鹉、叭儿狗》(过了很久才知道，这篇乃是《看云集·金鱼》的节录)，觉得比冰心、绿漪、朱自清等人的文章更耐读，更有意思。

还有一册名叫《作文与修辞》的书，作者是谁记不得了，只记得是“光明书局”出版的，绿色的封底上印有一个烛台，上插一支大放光明的蜡烛。书的外形留下的印象只有这一点，从书中我却读到了《故乡的野菜》：

> ……花紫红色，数十亩接连不断，一片锦绣，如铺着华美的地毯，非常好看，而且花朵状若蝴蝶，又如鸡雏，尤为小孩所喜。

这几句至今仍能背诵。

从此，我便爱上了周作人的文章，总想找得来看。可怜得很，最初能借到的只是些野鸡书店出的盗印本，换上一个新的书名；或是书商雇人编辑的“选本”，纸墨既劣，错字亦多。但它们毕竟也是周氏的文章，也是我得到的“结缘豆”。

抗战胜利后读高中，开始向报纸副刊投稿，得了稿费，陆续从书店买回了几种早就看在眼里想在心里的书，周作人的有《苦茶随笔》和《风雨谈》，都是北新书局战前所印，战后降价出售的。这是自己挣钱买书的开始，原版书捧在手里的感觉，毕竟和盗印本大不相同。

一九四九年后当了干部，周作人的书反而难得买到，也不大敢买了。从一九五〇年开始，年年鉴定都批评我不该耽读旧书。批评归批评，看还是要看，因为实在是喜欢，"缘"还是断不了。反右后被开除，跑旧书店倒少了些顾虑，周作人的书总是见到就买，但足迹不出长沙，仍难买齐。六十年代旧书便宜，每本平均三毛，也要花掉差不多一天的饭钱（在街道工厂拉板车月工资十六元）。有次很幸运遇到一本硬封面的《苦竹杂记》，因为是精装，要价五角，口袋里钱不够，只好将头上戴的呢帽脱下拿到书店隔壁旧货店去卖，店员出价一元，而上了一元卖者就得出示证件，我没有带，于是说"给九毛吧"，总算将书买到了。

六十年代和周作人通信，向他要过书。要来的和陆续买得的，和其他旧书一起，加上周氏为我写的两幅字，还有几张旧画，为了躲过"文化大革命"，寄存到一个来向我借过书的青年工人家里去，以为比较保险。谁知一九七〇年我被捕判刑后，他把一部分书送还给朱纯，却将周作人的书和写的字还有那几张旧画干没了。我平反出狱后去找他，却推说都已送回。朱正兄也有过和我类似的遭遇，不过那是另一位青年人。我们缺少对付这种人的本领，只好自认倒霉。不过后来朱兄和我都办出版社，又都写了一些书，印过不少周作人著作；他们两位虽仍和我们生活在同一座城市里，却不好意思再来找我们，问我们要书了。

我平反改正后，周作人早已逝世，但他的儿子丰一、儿媳张荚芳和孙儿吉仲仍和我有联系。他们信任我，委托我编辑周作人的书，丰一还曾将我当年写给周作人的一封信寻找出来，复印了寄回给我。现在，我编订的一十五卷(含索引一卷)近八百万字的《周作人散文全集》即将出版，也可以说是这一份不了的书缘之续。

我今年七十五，快“往矣”了。但我相信，无论是谁，吃过有真味的“结缘豆”都是难忘的。周作人留下的佳作何止二三，佛云法不灭则缘不灭，和他的作品结缘，想必不会止于一两代人，而会生生不息。

我们

（2006. 2）

“我们”一词由两个字组成，第一是“我”，第二是“们”。

创作本来是“我”的事。“我”将我之所见、我之所感、我之所思写出来，画出来，唱出来，便是创作。

但光一个“我”还不行，还得有“们”。有岛武郎说过，“我因为寂寞，所以创作”。周作人也说过，“写文章即是不甘寂寞，无论怎样写得难懂，意识里也总期待有第二人读”。一个“我”加上“第二人”，也许还有第三人、第四人……便成了“我们”。

陈亮等几个年轻人，编印了发表自己创作的刊物《我们》，看了寄来的头两期，很是高兴。人们都渴望创作自由和出版自由，这恐怕就是自由的春天初萌的绿叶。

我今年七十五，然而也曾年轻过，也曾做过自己的文学梦。这些，陈亮也许是知道的，至少是可能知道的。他不知道的是，五十六年前，长沙也有过一个“我们”。这个“我们”留存至今的痕迹，只剩下一张照片和几块剪报了。

照片上的“我们”二字是我的笔迹，题于一九五〇年元旦，距今已五十六年。照片中的五人都是同学，都爱文学，一九四九年八月后参军的参军，当干部的当干部，却仍以“我们”相称，但很快就被时代潮流卷得各散五方了。

右起第一人即《河之歌》署名之一的金驼，他本名谷士钧，但旋即脱去军装重当学生，毕业后到天津教中学，不幸早逝。第二人是我，《河之歌》便是我和金驼合作，由他拿去发表的。第三人去了外地，后来当了公安局局长、党校校长。第四人学了工程，结果在总工程师位子上退休。第五人最后成了黑龙江的一位中学校长，几年前我寄了本新出的小书给他，书中附印了一些老照片，他答以七绝二首，第一首全是表扬的话不必引，第二首却颇多感慨：

> 旧影新书沧海田，古稀岁月忆华年；如烟往事依依处，
> 已是舟行岸近边。

不错的，五十六年前的“我们”“已是舟行岸近边”了，陈亮的“我们”却还是刚下水的船。“长风破浪会有时，直挂云帆济沧海”，我为他们祝福。

送别张中行先生

（2006. 3）

张先生走了，走得像平时一样安详。先生年近期颐，已臻上寿，顺生应命，无疾而终，我辈本毋庸过悲，但想到寥落晨星又弱一个，心中的失落感仍久久不能释散。

先生名中行。《论语》子路篇："不得中行而与之，必也狂狷乎。狂者进取，狷者有所不为也。"可见孔子虽不薄狂狷，却对中行更为看重。如今盖棺论定，先生的生平行事还有文章思想，都说明他实副其名，称中行而无愧。

"狂者进取"，在青春如画如歌的岁月里，先生的"进取"精神确实稍嫌不足。如果他更"进取"一些，大街上会多一个游行示威喊口号的大学生，也许还会多一位后来的"三八式"，这当然是件好事；但如此一来，很可能就不会有《负暄琐话》，不会有《流年碎影》，不会有《佛教与中国文学》……了吧。韩愈《柳子厚墓志铭》云："以彼易此，孰得孰失，必有能辨之者。"这句话大概也可以用在这里。

"狷者有所不为"，张先生却曾为"六代之民"。他因为家庭拖累，"不得不扔掉逃出沦陷区的理想"，去当时的民众教育馆管图书，还到当时的北大国文系当助教。“吞声混瑕垢”的他，辛辛苦苦养育了几个孩子，使她们后来都能成为对社会有用的人；自己也利用管图书的条件，遍读了从古希腊罗马起直到近代欧洲各国名家名著的译本，这对于一位学人和文人恐怕也十分重要。

我有幸“得中行而与之”，其经过先生在《书呆子一路》文中写得很详细。文章我是在《读书》杂志一九九四年第一期上读到的，后来收入《负暄三话》，别人又给了我一本。此文开头说：

> 锺叔河先生住湖之南，我住河之北，相距弱水三千，只今年夏他北来，住东华门外翠明庄十许日，我们在我的城内住处景山之左见一面，招待他一顿晚饭。他著作等身，如果连编印的也算在内，就要“超”身，可是我手头只有两种，其一是周作人、丰子恺《儿童杂事诗图笺释》，是掏自己腰包买的，其二是《书前书后》，是他北来过访时当面送的。

“著作等身”是客气话，除此之外，都是纪实。

我和先生见面，这是第一次，也是唯一的一次。先生的著作，大都签名寄给了我，写到我的《负暄三话》却没有寄。“扬人之美，不可当面”，正显示出先生不示好不张扬的谦和内敛的本色，即所谓“书呆子一路”。我虽然也印过几本小书，总觉得拿不出手，只有选编的知堂著作，还有辑刊的《林屋山民送米图卷子》，知道先生会愿看，才寄去或托人带去。如今一十五卷知堂文集即将印成，而先生已不及见了。

上面说了这些，可见人之相与相知，并不在乎形迹。尤其是文字之交，鼎尝一脔，即已知味，更不必用作品相酬答。张先生长于我二十二岁，他对我奖掖逾恒，我在他生前却从未写过他，原因即在于此。我爱重先生，亦爱重和先生的交谊，故深惧同于流俗贻先生羞也。

在《书呆子一路》文章的末尾，张先生写到了我请他写对联的事情：

> 他截取了梁任公集的一副对联的上半，希望我写，装裱后挂在一幅画的两旁。我问什么语句，他说都出于宋词，上联是辛稼轩的“更能消几番风雨”，下联是姜白石的“最可惜一片江山”。……是两年以前了，我忽然也想集联，从小圈子里，《古诗十九首》。驰骋地很小，居然也有成，是“立身苦不早，为乐当及时”。

接着又是客气话。其实“风雨”“江山”亦不过说说罢了，我和先生境界的差距，正如宋词之于汉魏古诗，相隔真是太远。

先生随即便将对联写好，在北京装裱后装盒寄给了我，可能是为了节省字数吧，上款写成“锺叔河先生集稼轩白石句为楹帖属书”，将梁任公略去了，这却有些不很妥当，我以为。

辛姜二词都是在长沙写的。辛词调寄《摸鱼儿》，开头两句就是：

更能消几番风雨，匆匆春又归去。
惜春长怕花开早，何况落红无数。

有小序："淳熙己亥，自湖北漕移湖南，同官王正之置酒小山亭，为赋。"姜词则是一首《八归》，上阕末尾两句是：

送客重寻西去路，问水面琵琶谁拨。
最可惜一片江山，都付与鸩。

小序只有一句"湘中送胡德华"。时在淳熙丙午，去己亥不过七年，同时代的两位大词人似未能在长沙相见。文人遇合，亦有命有时，有幸有不幸。送别张先生时想到这些，不禁更加感到了寂寞。

萧沛苍题画

（2006.4）

曹霸画马，“斯须九重真龙出，一洗万古凡马空”。蒲永升画水，“夏日挂之高堂素壁，即阴风袭人，毛发为立”。曹蒲二人的画早已不存，因为杜甫写了《丹青引》，苏轼写了《画水记》，后人才知道他们，画史上才留下他们的名字。老杜和大苏，也就是早期的题画者。

曹霸和蒲永升应该说是幸运的。韩愈也写过一篇有名的题画文《画记》，云“杂古今人物小画共一卷”，“人大小百二十有三”，“马大小八十有三”，器物“二百五十有一，皆曲极其妙”，以为“非一工人之所能运思”。这不止一位“工人”，也就是此一卷画的作者，连一个名字也没能留下。

古时的画工画师不算士大夫，并不能文，以画为业，靠画谋生；士大夫则靠田租和官俸过活，能作文章，而视之为“千古事”，不会拿来换钱。他们彼此之间，存在着难以逾越的界限。画工们画人画马“皆曲极其妙”，《画记》却只有韩愈才写得出。

出于天性和天分，士大夫也有喜欢画，画得好的，如唐之王维，宋之苏轼，因此便有了“文人画”。但画工与文人的界限一时仍难消除，作画仍然只是文人的“墨戏”，“三绝诗书画”中画仍然只能排老三。苏轼可以为蒲永升、李永升们题画，对自己的画却极少留题。

一直要到实行“九儒十丐”政策的元朝，读书人成为“臭老九”，甚至沦落到了不能不用字画来“易升斗之粮”的地步，文人画才真正得到大发展。明清两代，画家便基本上都是文人，而且大部分都职业化了。“题画”慢慢成为文体之一，自题自画的也渐渐多了起来。这实际上是画家在创作上和人格上走向独立的过程。郑板桥本是县太爷，七品官，却敢于辞官不做，卖画过活，在自己的画上题道，“闲来写幅青山卖，不使人间造孽钱”。带有现代知识分子色彩的画家就由此诞生了。

我不懂画，却喜欢看看题画的小文，尤其是郑板桥的。他有一则《题画竹》：

> 江馆清秋，晨起看竹，烟光、日影、露气，皆浮动于疏枝密叶之间，胸中勃勃，遂有画意；其实胸中之竹，并不是眼中之竹也。因而磨墨展纸，落笔倏作变相，手中之竹，又不是胸中之竹也。总之，意在笔先者，定则也；趣在法外者，化机也，独画云乎哉！

不到一百个字，既写了“眼中之竹”的景，又抒了“胸中之竹”的情。从“眼中”到“手中”，谈的是画理和美学；“胸中”的意趣，则引出了人生哲学的根本问题。文字既清新，又波峭，不仅好读，而且耐读。

这幅板桥画竹我从未见过，连印本也无缘识面，恐怕它也不存在天地之间了。此一则“板桥题画”，却从六十五年前初见时起，即一直没有远离我的记忆，几年前撰《念楼学短》时又将其收留在里边。

画家本人的“题画”，在西来的油画上是见不到的。如今的画家无一不从院校出身，都可以说是文人，学的即使是油画，中国文人画的传统又为何不可保存一二？使我高兴的是，最近出版的《萧沛苍油画集·与风景同行》总算填补了这个空白。我不具备评画的资格，但萧君在一些画幅下写的《作画手记》，却深深地打动了我，这实际上便是他的“题画”，如《蕨》下所题：

> 一到春天，山沟中樱桃花开时，像粉末般撒下的细雨中，蕨苗也就拳拳地长出来了，齐崭崭地排着，一片连着一片，还真是好看，便想画它。蕨苗可食，伯夷叔齐首阳采薇，不知是不是就是这个？

《蕉》下则题道：

> 广东音乐曲牌中有《雨打芭蕉》，想必是春雨。雨打芭蕉的声音四时不同，其雨也每不同，而那感受，则多半又是由你其时的心境而定的。我喜欢芭蕉，它带给你的情趣是那样的丰富，尤其是它的绿荫将你的窗和阳台浸得一片

绿意的时候。

《出山》下又题道：

小溪的水很清很清，然“水至清则无鱼”，这也真切。不然，何以有人别出心裁要在溪边山田中挖个池子，放进鱼儿，让人在浑浊的水中钓鱼呢？小溪的水欢快地流，它要流出山去。不怕人笑我荒唐，我还真替它操份心。

已经摘抄了三则，不好意思再抄下去了。这实在是很美的散文，和郑板桥的可以相比，我以为。

萧君的画我自然也很喜欢，尤其是他画的山石，能使我感受到历史的沧桑和沉重，却苦于无法用“内行话”表达出来，于是只能就“题画”讲几句。买椟还珠，不免贻笑，不过这些话也是我本来想要说的，便顾不得那么多了。

说说黄裳

（2006. 5）

现代散文出现还不到九十年，胡适和陈独秀一九一七年发表《文学改良刍议》和《文学革命论》，用的还都是文言。习惯以三十年为一代，那么至今也不过三代人的光景罢了。

散文作者的第一代当然是“五四”前辈们，其作品则可以赵家璧一九三五年编的《中国新文学大系》中的两卷散文作代表。胡适评说“白话文学的成绩”，说“白话散文很进步了。……散文方面最可注意的发展，乃是周作人等提倡的‘小品散文’”。这话说得对不对呢？只须将《大系》搬来，看一看所选的小说一百五十三篇、散文二百零二篇、诗歌四百一十一首和话剧十八出中，有多少今天还有人要读，还有人要印，就能够完全明白了。

第一代的徐志摩和梁遇春，编《大系》时即已“作古”。到世纪末，叶圣陶和冰心成了最后陨落的星辰。但《未厌居习作》《寄小读者》还存在着，它们和《巴黎的鳞爪》《春醪集》一样地存在着。

第二代作品的出现，一般都要比第一代晚二三十年。黄裳的《锦帆集》出版于一九四六年，再过三年，中国就起了翻天覆地的变化，这真是“赶上了”。政治和社会的大变动，对于创作正由早期进入中期的作家来说，其影响是巨大的，甚至是决定性的。黄裳经历了这一切，并且以他的作品记录了这一切，即使是《珠还记幸》，一个“珠还”，一个“记幸”，也便是生动地记录了。正如阿·托尔斯泰《苦难的历程》卷首题词所说的，“在清水里泡三次，在血水里浴三次，在碱水里煮三次。我们就会纯净得不能再纯净了”。

黄裳将他八十年代在香港、九十年代在内地出版的散文集取名《河里子集》，河里子也就是鹅卵石，它“经过多少年的摩擦、冲洗，有的磨去了棱角，成为圆形或椭圆形……”，多少年才能磨成圆形，这就远不止三次了吧。

第一代散文作家的成功，是因为他们在打碎古文枷锁的同时，却能够充分吸取古时反传统反“文以载道”的思想和文章的长处(新诗就做不到这一点)，同时还能够迎来“德先生”和“赛先生”，接受两位先生的新思想。在这两方面，他们都是“有学有术”的。此术并非权术，而是写文章的本事，将自己的思想和学问表达出来而又表达得恰好的真正的本事；当然，思想和学问还是第一位的。

黄裳是第二代散文作家中“有学有术”的代表之一。我尤其佩服他的《绝代的散文家张宗子》，这真是“才、学、识”都臻极致的好文章，评述的重点虽在《梦忆》一书，称宗子为历史学家、市井诗人，却非有“得之于越东山中和丁氏八千卷楼”的宗子手稿和稀有刻本做底子，又下功夫研读过晚明文史者莫能为。他的文笔又极生动，如云：“张岱是秦淮河上的常客，他对这种生活是非常熟习的，但也只有他在热闹中能看出冷静，喧笑中发现眼泪。他有一双与众不同的敏锐的眼睛。”又说：“张岱实在是三百年前一位出色的‘新闻记者’。”均有颊上添毫之妙。黄裳自己也是写过《关于美国兵》的，故深知记事状物小文中亦有佳作，比借鄙薄“报章记事”表示自己高明的人有更高的见识和更广的胸怀。

不久前送别了张中行先生，第二代散文作者也如晨星寥落了。黄裳先生恐亦年逾八旬了吧，《珠还记幸》和《河里子集》会和叶、谢、徐、梁们的作品同样存在下去吗，我相信会的。

笔名的故事

（2006. 8）

笔名是 pen name 的汉译，而且是直译，但中国古亦有之。明清文人写作时常用的室名别号，如聊斋、玉茗堂、渔洋山人，其实就是蒲松龄、汤显祖和王士祯的笔名，不过当时没那么叫罢了。

新文学本是旧文学发展到近代，加上西洋和东洋的影响，才发生和长成的。周氏兄弟所用笔名戛剑生和知堂，跟旧时的百炼生和观堂看起来没多大不同。巴金听说取的是巴枯宁、克鲁泡特金的首尾，西谛则有可能是 CD 的谐音，这便有了“西来意”。到蒋冰之署丁玲，万家宝署曹禺，不仅易名，而且改姓，才是古之所无，开了生面。

有本书名《方生未死之间》，我出生在这个“之间”，故多少受过些旧的影响。十四岁时用文言写了一卷《蛛窗述闻》，署名“病鹃”，好像是在“为赋新词强说愁”，却又无此本领，只留下这点幼稚的痕迹。

抗战胜利后回城念书，一度想当文学青年，学着写新诗，写小说，刊出时曾用了个“杨蕾”的笔名。一九四九年后成了公家人，起初“杨蕾”还在做他的文学梦，但一九五〇年夏天小说《季梦千》一发表，《新湖南报》的文学副刊《湘江》立即组织公开批评，冯牧、林克都发表文章，说它“缺乏思想性”，“看不出怎样痛苦地和自己的旧思想作坚决的斗争”(原文如此，下同)。差不多同时，又收到了《人民文学》退回另一篇稿子的复信，说是“思想水平还不很高，没有写出我们的力量与曾经如何战斗”。我以为，“缺乏思想性”是肯定的，“思想水平还不很高”这一句则越看越像是嘲讽；这思想水平实在也无法提高，又如何写得出“我们的力量与曾经如何战斗”，还有“怎样痛苦地和自己的旧思想作坚决的斗争”来呢。于是只好将“杨蕾”从梦中喊醒，这笔名从此再没用过了。

与文学虽然绝了缘，文字工作却仍在做着，奉命写的短评社论不署名，有的文章却是要署名的，署过的有“柴荆”(财经)、“龚桥”(工交)、“辛文”(新闻)等等。最好笑的是，七十年代初以“右派不思悔改，继续攻击伟大的无产阶级文化大革命”的罪名被逮捕判刑时，判决书中这些笔名都成了我的“化名”。化名都有上十个，即使不是潜伏特务，也是“草上飞”一类江洋大盗了。

折腾二十多年，终于平反改正，到了出版社，着手编我的《走向世界丛书》。每种书前得写长篇叙论，这是学术文章，必须署名以示负责。可又有好心的同志打招呼：“我们这里，向来不赞成编辑搭车发表文章的，自己的名字还是不署为好。”此时我年近五旬，火气早已退尽，立刻从善如流，临时改署笔名，先后用过的有“谷及世”(谐音古籍室)，有“何守中”(倒读锺叔河），还有个“金又可”（锺叔河之半），这大概也可以算作关于笔名的一小故事。

一九八四年当了总编辑，署什么名没人再来管，从那以后，我便只用本名，再没用过什么笔名了。董宁文君上次叫写“我的笔名”，即以此辞之，这次又叫我写序，更不敢佛头着秽，免得玷辱名家名作。但董君的盛情实在难却，只好讲点从前的小故事，聊备一格。如果书稿已经按作者姓氏笔画编排好了，便请将其放在全书之末，作为迟到的最后一篇吧。

青灯

（2006. 8）

几年前写过篇小文《青灯》，开头抄了一首东坡尺牍，当然是照自己的“读”法“抄”的。文章连同所“抄”总共不到六百字，却居然改过好几回，越改越不行，所以如今存的依然是初稿：

“年将尽时，天气越来越冷，加上刮风下雨，无法出门。即使没有什么特别不顺心的事，也不免会无端地觉得凄凉。只有到夜深人静时，在竹屋纸窗下点上一盏油灯，让那青荧的灯光照亮摊开的书页。随意读几行自己喜爱的文字，心情才会慢慢好起来。渐渐便会觉得寂居的生活也有它的趣味，可惜无人与共，只能由我独自享受。——你知道了，也会为我开颜一笑吧。”

上面是东坡尺牍《与毛维瞻》——照我的读法。

文人写自己的读书生活，如宋濂之自叙苦读，顾炎武之展示博学，都很可佩服，却不容易使人感到亲切，“纯文学”作品“绿满窗前草不除”之类又嫌作态，总不如东坡之寥寥数语，写得出夜读之能破岑寂也。

东坡说“灯火青荧”，后来陆放翁又有诗云“青灯有味似儿时”，如今在电灯光下很难想象这种境界。抗战八年中，我一直在平江乡下，夜读全靠油灯。如果用的是清油(茶籽油或菜籽油)，外焰便会出现一层青蓝色，正如炉火纯青时。三根灯芯的亮度略等于十支烛光，读木刻大字本正好。可惜那时不够格看《东坡全集》，只在《唐宋文醇》中读过他的几篇“古文”，印象反不如尺牍小品深。光纸石印本的旧小说倒在灯下偷着看了不少，比七号字还细的牛毛小字把一双眼睛害苦了，弄得抗战胜利后进城读高中，就不得不戴上一副近视眼镜。

“青灯有味似儿时”的上句为“白发无情侵老境”，乃是放翁《秋夜读书每以二鼓尽为节》诗中的一联。诗句写出了一位老者深切的忆念，他觉得儿时的一切都是有味的，哪怕是夜读。其实古人儿时未必能够点起灯来看自己想看的东西，父师督责着不能不做的夜课则未必有味，放翁自己在另一首诗中，不是也承认“忆昔年少时，把卷惟引睡”吗？

周作人《苦茶庵打油诗》续作之八有两句：“未必花钱逾黑饭，依然有味是青灯。”后来又在《灯下读书论》中引申道：“我曾说以看书代吸纸烟，……书价现在已经很贵，但比起土膏来当然还便宜得不少。”所谓“土膏”即鸦片烟，亦即是句中的“黑饭”，这也是无可奈何中的一种消遣。周氏接着又道，消遣“以读书为最适宜”，但读书“既无什么利益，也没有多大快乐，所得到的只是一点知识，而知识也就是苦，至少知识总是有点苦味的”，但“无论如何，(要读书则)寂寞总是难免的，唯有能耐寂寞者乃能率由此道耳”。

我喜欢青灯，也就是喜欢它映照出来的一点寂寞。对此描写得最好的当然还是东坡的原文，“岁行尽矣，风雨凄然，纸窗竹屋，灯火青荧，时于此间，得少佳趣”。《灯下读书论》引此语后说，“这样的情景实在是很有意思的，大抵这灯当是读书灯，用清油注瓦盏中令满，灯芯作炷，点之光甚清寒，有青荧之意，宜于读书，消遣世虑”，真是深得此中三昧之言。大约总须在饱尝人生的苦辛，经历人世的风雨之后，才能领略此种情境，才能从寂寞中寻得佳趣，但寂寞还是寂寞的，因为这佳趣“无由持献”，只能独享也。

如今连煤油灯都成为收藏品，古老的油灯早已绝迹，水泥楼房玻璃窗户代替了纸窗竹屋，住在里面跟大自然差不多完全隔绝，风雨时也感受不到一点凄然之美，青荧的灯火更只能存在于记忆之中了。

但是，青灯并不仅仅是一盏“有青荧之意”的灯，正如我在《青灯》中说过的那样，它是真实的，我还曾经见识过。那是在抗战时期，我一直生活在湘北的大山中，那里本来没有电灯，乡绅家用过的“洋油”这时也断了来路，山民们还在以“枞槁”(饱含松脂的松材片段)照明，学校晚自习和家里夜读书全凭一盏油灯。如果用的是当地盛产的茶籽油，点上两三根肥白的灯芯，结了灯花随时剪去，冉冉摇曳的灯焰上部便会显出一层青蓝色的光辉。平时我们在暗室中用木炭取暖，燃烧极旺时，火焰的蓝青色也会极鲜亮，这“炉火纯青”的颜色便是青灯的颜色了。

学校里课桌相邻的两个学生共一盏灯，灯座是竹制的，上置贮油瓦盏。每班十多二十盏灯一排挂在和黑板相对的墙壁上，晚自习开始时自去取来点着，放在两张课桌中间。灯低亮少，坐在灯右的还好一点，坐左边的就苦了。为了争光发生口角的情形，在学生中是常会发生的。

瓦盏中贮的本该是纯净的茶油，庶务主任怕学生将它倒去炒冷饭吃，叫人在里面掺了桐油，甚至掺桐油的“油脚子”，于是烟炱特别多，灯火昏黄，不再青荧，而且发出难闻的气味，这时便没有什么“佳趣”了。加上训育员时来巡查，不准看功课之外的闲书，尤其是还要强迫背诵“知耻为勇敢之本”之类狗屁胡说，下自习的铃声又迟迟不响，更是难熬。

只有到满十四岁那年，因为第三次湘北会战辍了学，这时文言文稍能看懂了，在老屋楼上偶然寻得一堆巾箱本笔记小说，夜夜在自家的清油灯下看。书本小字也小，倦时眼睛自然会转向面前的那盏灯，只见裹着一层美丽蓝青色的灯焰不停地跳动着，像一件有生命的活物。望着望着，不知不觉便会陷入沉思，一颗心上穷碧落下黄泉到处乱窜，特别是在看了婴宁和黄英这些美丽的故事以后。直到风吹动门前竹木，或者下起了雨夹雪，或者窗外有人走动，一阵簌簌声才将我唤回书上，那边的漫游中止，这边的故事又接上了。

笔记小说中的故事，也有使人紧张甚至觉得恐怖的。这时青绿的灯光会增加诡异的色彩，如果有微风入室，身后墙壁上自己巨大的身影摇摇欲动，恍惚成了书中描写的异物，便不禁汗毛竖起，心跳加速。但大多数故事给我的总是新奇和快乐，还有初知人事时自然会有绮思遐想。应该说，我的心理和生理的启蒙和觉醒，都是在老家的青灯下开始的，虽然当时幼稚的我还远远谈不上进入夜读的境界，书中的苦味更体会不到。

总而言之，青灯给我的感觉，虽然有一些寒意，大半时候还是温郁的，它使我开始领略到读书的“佳趣”，开始接受了人生的光和热。时间虽然过去了六十多年，青灯下的生活依然有味，在我的心中，这盏灯永远不会熄灭。

平江人

（2006.10）

祖父家和外婆家，都是土生土长的平江人。我虽出生在外地，只从七岁到十五岁在平江生活过八年，但这八年却是我的“形成期”，是一生中最难忘怀的少年时代。所以，我一直认为平江是我的故乡，我真正的故乡。

幼时在长沙，听陌生的长沙人问父亲“贵县”，如果答“biáng gāng”，对方脸上便常露出一丝异样。因为“江”读作 gāng（缸）他还能懂，“平”读作 biáng 则长沙话里根本没有这个音节，他就不知所云了。

“县到县，一百二；府到府，二百五。”平江是长沙的邻县，相距比“一百二”远不了多少，但人们的感觉却一点也不近乎。长沙周边各县，除了平江，从前都属于长沙府。“长郡十二属”有地名歌诀云：“长（长沙）善（善化）阴（湘阴）浏（浏阳）醴（醴陵），潭（湘潭）乡（湘乡）宁（宁乡）益（益阳）攸（攸县），安化茶陵州。”长郡中学只收这十二个州县的学生，远在安化、茶陵的亦可负笈来游，相邻的平江人反无入学资格。

造成这种现象的原因，大概和水系分布有关。长郡范围以内的资、浏、渌、涟、沩、涞等水都是湘江支流，都是相通的。平江却只有条从东到西横贯全境的汨罗江，它来自江西修水，到磊石山入洞庭，前头就是岳州，与湘江并无关系。两地不通舟楫，徒步翻山越岭，往来相当不便。抗战胜利之初，我跟着一队挑夫，头天清早从平江县城出发，第二天傍晚才进长沙小吴门。挑夫们挑着重担，一路小跑，把我的两只脚都跑起了泡。

汨罗江是平江的源头，是平江人的血脉。平江话是汨罗江带来的赣方言，长沙话却属于湘方言，语言不通，感情即不免隔阂。平江(尤其是东乡)的风俗，也多同于江西的修水和铜鼓。共产党搞湘赣边界割据时，曾建立过“平修铜县”，可见这一带确实可以自成一域。一九四五年春节前，我随学校搬迁到两省边界上一处名叫“木瓜”的山村，亲见各户杀鸡宰羊，都将鲜血洒涂在自家门框门槛上，这便是只存在于这地方的古老民俗，听说曾经引起过研究犹太教“逾越节”历史的学者的兴趣。

旧方志说，“平邑民多劲悍，俗尚古朴，无纤巧之习，性耐劳苦，俭啬力耕”。这也许是各地山民的共性，但平江人的“俭啬”和“劲悍”也许更为突出。读高小时我寄食某家，主人的祖父当过县学教谕，家有恒产，他一件士林蓝布的长衫却极为珍重，通年难得穿上两三回，每日三顿吃的大半是茴丝(红薯刨丝晒干，还要洗出薯粉来卖钱，然后再晒干蒸食)，只给我另蒸一碗白米饭。平江的男丁除贫富两极外，大都学过一点“打”，平江不肖生笔下的“王拳范棍”并非虚语。省城的妙高峰中学多收平江旅省子弟，校中流传过这样的口头禅："长沙里手湘潭票，平江拳头捏得叫。"第一句意谓长沙人爱逞能，湘潭人好显摆；第二句则是说，长沙伢子湘潭伢子嘴巴厉害，拳头却不是平江人的对手。

但在故乡生活的八年中，感受得更多的却是平江人"俭啬"和"劲悍"中的温情。寄食的主家睡得早，我夜里无伴可玩，又无书可看。隔壁曾家有位六十五六岁的"浣干娘"("干"读如"官")，见我呆坐灯前或倚窗望月，常送来一杯热茶，当然是用极粗的"老妈叶"泡在大瓦壶里，再从挨着火塘的壶中倒出来的，不是什么香茗，有时还搭上点炒豆子或红薯片，这些带来温暖的东西，我都默默地接受了。父母亲来后，我不再孤独，她便没有再送。父亲有读书人的"格"，不许小孩随便接受别人的食物。我也羞于告诉父母这件事，于是忘恩负义地连谢谢都没有对"浣干娘"说一声，直到随父母离开这山村。

进初中以后，有个星期天母亲叫我到集上去买油豆腐。卖者是个彪形大汉，挑副大箩筐，一头是三角形金黄色的油豆腐，另一头是一杆秤、几绺稻草，和收得的钞票。此时我正全神贯注看好不容易借到的《三国演义》，走路、上集，眼睛都不离书。付钱秤了一斤油豆腐，请其用稻草穿成两串，一只手提着它，另外一只手还举着书看。回程走了一大半，猛然想起还没找回钱(母亲给我的是一张大票子)，这一惊非同小可，立马回头又往集上跑。幸亏大汉的油豆腐还没卖完，于是上气不接下气地向他说，还得找钱啊。"没找钱？不会吧？"开始他有点犹疑，便问我是张什么票子，一翻，筐里确实有这样一张。

此时生意还在做着，看热闹的人站拢来了好些个，说话好像都偏向着卖主。可是彪形大汉却不仗势欺人，他说：“一箩筐快卖完了，你才来说没找给你钱，老实说找没找我也记不清了。这样吧，我今天是二十五斤半油豆腐出的门，现在来对一对钱数，如果多出了钱，那就真的是没找钱给你了。”于是对数，数钱，结果果然多出了钱，虽然并不正好“如数”，他却仍然如数将钱找给了我。

卖油豆腐的彪形大汉，和白头发梳着巴巴头的“浣干娘”一样，都是我记忆中平江人的代表。但当时找回了钱，免于挨骂，喜出望外，急着回家，也连谢谢都没有说一声。

我怀念故乡，大半是怀念故乡的人和事。当然在故乡也遇见过不好的人，不好的事。但百年心事归平淡，回顾前尘，还是宁愿多想一想好的和美的，忘掉那些不好的和丑恶的。这倒不一定是害怕抚摸旧的创痛，或者有意为自家或别人隐讳什么，不过不想破坏垂暮之年难得的一点平静，死时也不想咬牙切齿地说什么“一个也不宽恕”了。

忆及“浣干娘”和卖油豆腐的人时，昔日十二三岁的少年已经满了七十五岁，得到通知可以领离休干部的“护理费”了。而他们两位，恐怕半个世纪前即已投胎转世了吧。我祈愿他们仍然在故乡生活着，俭啬而又仁慈、劲悍而又正直地生活着。我更祈愿在这块由汨罗江哺育着的土地上，还能有六十多年前那样的好事好人，越多越好。

神鼎山

（2006.10）

神鼎山在平江境，西距湘阴（汨罗）界十里，南距长沙界六里。山顶有三石鼎立，传说古时道士于此炼丹，丹成白日飞升，成了神仙。这神仙当然是虚构的，那三块大石头的样子却实在有些奇特，也很好看。可惜“大跃进”要用它烧石灰炼钢，弄来炸药炸得稀烂，钢没炼成，一处好好的景观却从此消失了。

从山中流出一条小河，流向一处叫鹅食盆的低地，然后汇入汨罗江。小河潆洄处有座“斑石庙”，供奉着“斑石神”，不知是否与山上那几块石头有关。但本地的石头确实多带斑纹，整体呈青灰色，斑纹却是黄的。河中的卵石亦多黄斑，扁圆而长，叫黄皮石；还有种游鱼，形状和颜色与黄皮石差不多，也叫“黄皮石”。这种鱼不好吃，人们很少捕捉它。“三年自然灾害”在当地留下的记忆之一，便是连河里头的“黄皮石”也全被捉光了。

小河和小庙都在神鼎山左边，山前田畴平衍，地名田坪，历来为锺姓聚居之处。五百年前的明朝弘治年间，有一户锺姓人家始于山麓造屋，自耕自食。过了好几代，这屋里才有人外出营生，家境渐好，便开始要子弟读书。可能是因为遗传因子的关系吧，读书的成绩却一直不好，不仅无人中举，连进学成秀才的都少有。直到清乾隆后期，这里才出过两位太学生也就是监生，肯定还是捐得的“例监”，犹如现在花钱买来的文凭，不必要去京城进国子监的。

监生要有钱才能捐，可见神鼎山终于“发”起来了，人口也繁衍了。曾祖父生了七个儿子，伯祖父参加后期的湘军，不断升官，在左宗棠征西、李光久抗日(甲午之战)时，都当了营务处总办(后勤部长)，也带过作战部队，以“军功”使曾祖父得到正三品封赠，并提挈我祖父(他二弟)成了湖南协标(军区直属部队)的一名“蓝翎尽先补用都司”，算五品武官，祖母向氏也得称“宜人”了。

祖父不如伯祖父能干，却喜欢“玩”。他后来干脆出钱在省城长沙开了家旅馆，让宜人和少爷住在老家，自己只年终回去一次。平时则长住旅馆，夜夜看戏，吃花酒，“玩”。祖母比祖父早死，她去世时最大的儿子即我父亲才十岁，亏得曾祖母还在，给照顾着。祖父并未再娶，两年后将父亲接到长沙来读书，自己仍很少管，还是照样“玩”，一直“玩”到老。他老人家的福气也真好，大儿子破例地“读出来”了，民国元年(一九一二)当上了省财政司的科长。于是他在旅馆“玩”完以后，仍有人承欢膝下，把钱给他“玩”。民国五年(一九一六)他寿终正寝时，老家分得的一份田产居然还“守业弗失”，这和“有子成材”同为他平生最得意的两件事。父亲后来告诉我，祖父的遗言就是这么说的。

三十九岁的父亲从祖父那里继承了神鼎山的一厢房屋，还有年收五十石租谷的水田。此时他本人的收入已远过于此，当然不会回去当地主，于是将屋借给族人居住，租谷亦请其代收代粜，将钱送来长沙。如是者近二十年，直到卢沟桥事变后，民国二十七年(一九三八)秋日军逼近湖南，他才将妻儿送回老家。

来到神鼎山，我才第一次见到生长在田土里的禾和菜，活动在屋场前的鸡和狗，游弋在池塘中的鸭和鹅；才第一次早晨醒来便听到禽鸣鸟语，夜里开窗便看见月色星光。这一切，对于我都是多么的新鲜而有趣。

六七岁不知道耳目所不及的事情，更不会为之烦恼，这真是人一生中最幸福最快乐的时候。在城里本该要上学了，神鼎山附近却没有学校。父亲此时年过六旬，还得不时去长沙料理事务，又潜心学佛，早晚诵经，虽然口口声声说要课子(教我和细姐，大姐和哥哥则离家上中学去了)，大部分时间却是叫我两个“自己用功”。细姐须帮母亲做家务，还真能自己用功；我则素性贪玩，屋前屋后新鲜事物又多，书房里坐不住，“自己用功”便成了自己游戏。

小孩游戏需要伴侣，神鼎山屋场很大，居住的人却很少，儿童更少。曾祖父名下七房，有四房人财两旺，已经另行择屋(或建屋)搬开。留下三房，我们算一房，另一房是堂兄念兹，其子女多已长成，只有个小女儿和我同岁，却非常怯弱，见到我一口一个三叔，不好同玩。还有一房因贫乏不能自存，已将屋卖给几户“同姓不同宗”的人家(卖给外姓是不许可的)，其中一户做“纸扎”的，有个比我小一两岁的女孩，很是伶俐活泼。我不时跑去看她家做纸扎，先用竹篾扎成屋架，再用各色纸张糊成房屋，家具用品，还有纸轿纸马，玉女金童，都是烧化给死人的。熟悉以后，便常常带着她到外头去看白鹅划水，农夫犁田，或者捉蜻蜓，摘野花。

野外大路边和田塍上，秋天最美丽的花是雏菊，浅紫色的花瓣，深黄色的花心，不断地在风前轻摇。雏菊的枝条经得起揉搓，用点力连枝带叶扯下一把来，可以随意编成花环或花束，这是我们最喜欢的游戏。摘花须得趁早晨露水未干时，才能玩上小半天，若在大太阳下摘，则很快会萎凋，不好看了。秋深露重，早晨到草丛中去会打湿衣衫，走近田边尤易带水沾泥，所以我常脱下鞋袜让她拿着，干脆赤脚。花若长在高塝上，须爬上去使劲攀摘，非如此也不行。倒是她整天赤着脚跑进跑出，便无须再脱什么鞋袜了。

“文化大革命”中坐班房，无法排解寂寞，写过若干首怀旧的七绝，第一首便是写雏菊的：

> 薄紫浓黄小小枝，露啼风笑总娇痴；篱边牵手同攀摘，赤脚侵凉久不知。

到如今这已是七十年前的事情，那小女孩即使还在世间，也早已“白头短发垂过耳”了吧。

这样过了一年多，也不知是不是经过一次“走兵”(第一次湘北会战），长了些见识的缘故，慢慢又不大想跟女孩子玩了，而渴望走远点去从牧牛儿游。这在我家本是悬为厉禁的，尤其在母亲那里。但“走兵”以后，禁令也稍稍松弛了。开头我和野孩子之间，还存在着情绪上的障碍，因为刚下乡时很受过他们讥笑。一次是初见麦苗大呼“这么多韭菜”，刚好被他们听到；另一次是跟母亲到农家买菜，看到大碗蒸熟的红薯掺着黑黑的红薯藤干，以为是盐菜蒸肉，又大出洋相。但我确实从心里羡慕他们，口袋中又有从“斑石神”庙旁买来的粗点心，什么条子糕、小花片、麻圆团之类，可以拿出来与他们同享，于是很快就彼此融洽了。他们对我也很慷慨，常饷我各自从家里偷出来的红薯片或炒豆子。印象最深的一次盛宴，则是将钓得的小鲫鱼，用不知从哪里弄来的黄草纸包好，然后打湿草纸，在一处坟台后生起火来，将纸包的鱼烧熟，那个香和鲜啊，居然给了我两条。

小记黎维新

（2007.6）

“我憧憬的，是真善美……”

十九岁的黎牧星写这诗句时在一九四四年。那时报刊上常常发表新诗，年轻的黎他们是作者，更年轻的我则是读者，作者和读者对诗都充满了追求和热情。

随后便发生了地覆天翻的变化。作者和读者都是真心欢迎这个变化的，以为从此可以更自由地写，更自由地读了。孰知天下事乃有大谬不然者，开国大典前两天中午，我正给同时“参加”的几个男女生朗诵何其芳的《预言》，南下来的科长听到了，立刻沉下脸道：“啥玩意啊，念得这么起劲？有精神不休息，为啥不多读几遍《评白皮书》？”

一盆冷水浇得大家兴趣索然，人们立即走散。只有胆大的C，转身前对我一吐舌头，扮了个鬼脸。

两个多月后，年终鉴定，科长在小组会上居然严肃地提出此事，给我记上了一条：“小资产阶级的温情。”

这便是我“思想改造”的开始。在一九四九年前后“参加”的人，有谁不是这样“改造”过来的呢？老实说，当时的我倒是相当情愿接受改造的，但在这件事情上却不无委屈，因为这是何其芳的诗啊，又不是徐志摩、戴望舒他们的，更不是胡适、周作人的。C 随即离开了长沙，也来信为我不平：“寄上糖纸一张，花生米一粒，证明我也是小资产阶级，如何？”

“思想改造”要求严格，像我和 C 这样，改造得当然不会好。黎“参加”得早些，年纪也大些，改造得一定会好些吧，详细情形不大知道，只知道他大名黎维新，小个子，很清瘦。本来嘛，鲁迅说过，“瘦的诗人将眼泪擦在她最末的花瓣上”，诗人总是瘦瘦的嘛。

黎很快就调离了报社，从此不通音问。一九七九年我“落实政策”后到了出版社，才又见到他，已经当社长了。我和他住贴隔壁，透过气窗彼此可以知道对方关没关灯。同事了好几年，了解得多了点，但是在离休以后，他又写了不少诗，印出了《夕阳风情》诗集，我却是最近才知道的。

十九岁的黎“憧憬的是真善美”，如今八十多岁的他憧憬的还是真善美，这并不是从他的诗中，而是从这些年他做事、待人和生活各方面看出来的。做事他未必特别能干，却特别认真；待人他不会用手段，却很重感情；生活上他不精算计，却很少逾矩。他当然不是真善美的完人，但至少可算是一个认真、向善、爱美的人，一个憧憬真善美的人。

有些事无妨在此说说。编辑《走向世界丛书》时，我想快点出书，别的社长终审只观其大略，他却要一页页看。有篇我写的导言四万多字，已在《历史研究》上发表过，送去给他终审时，便建议他别看了，马上签字给我。他却说：“不看就签字，岂不是走过场？还是看看吧，反正明天不误你发稿就是了。”结果他的灯亮到凌晨，硬是审读完了全文，还查对原书，改正了一处引文的错误。这就是认真。

做出版官，官虽不大，有权还是可以谋点私，威风还是可以抖一抖的。有人把家属亲信都安排进来了，老黎却没援例。有的人架子十足，动辄训人；有的人看起来不恶，但谁不巴结他，小鞋准给穿上。老黎却无此类恶行，故人以“黎婆婆”称之，喜其慈眉善目也。我则尤重其对一位保育过他的孤寒老师的照顾，从养老直至送终造墓。这就是向善，看似平凡，也不是人人做得到的。

老黎为人低调，不喜张扬，却很注意保持自身的洁净和美好。孔子说，找不到最理想的朋友，就找“狂”和“狷”的吧，“狂者进取，狷者有所不为也”。黎绝不“狂”，却“有所不为”。八十年代初分鱼分橘子，他身为社长，却常将人家挑剩的作为自己的一份。集资建房，他不要，连可以拿几万元转让给别人的分房指标也不要了。无所不为的人不怕丑，有所不为的人才怕丑，怕丑也就是爱美了。

真善美是很高的境界，也是平凡的真理，可于普通人的日常行为中见之。黎维新本只是个普通的人，不过能入官场而不染，历尘世而保持对真善美的憧憬罢了。孟子曰：“大人者，不失其赤子之心者也。”这话看来得改一改，如今的大人先生们，若“不失其赤子之心”，又怎能“大”得起来呢？有人将它改为“诗人者，不失其赤子之心者也”，我看还差不多。诗人虽不必去将眼泪擦在最末的花瓣上，爱真善美之心却是不能没有的。老黎能够“不失其赤子之心”，老来还能写诗，而且写了这么多，作为一位老同事，尤其是又做过“官”的人，在我心目中，这就非常难得了。

悼亡妻

（2007.8）

妻亡于二〇〇七年一月二十一日，当天发出的哀启，是匆匆写成，由周实和王平两位帮忙快印发出的，全文如下：

我妻朱纯已于本日凌晨二时去世，终年七十九岁。

零四年十月朱纯查出癌症，当时即已扩散，预告凶险。她却从容面对，说“五七年没打垮我，七零年没打垮我，这次病来得凶，人又老了，可能被打垮，但垮我也不会垮得太难看，哭哭啼啼”。零五年九月她预立遗嘱，说她只要能动，就会活得快乐。两年多来的情形，确实如此。

朱纯一九二八年生于长沙河西，四九年八月进报社当记者，五三年和我结婚。五七年后夫妻协力劳动维生，她成了五级木模工。“文革”中我坐牢九年，她独力养大了几个孩子，送了我母亲的终。五十四年来，她照顾我和孩子远比照顾自己为多，最后对我说的一句话还是：

“你不要睡得太晚。”

朱纯一生朴实谦和，宅心仁厚。我的朋友都是她的朋友，对我有意见的人对她也没意见。连家中的保姆，无论去留，从没有说她不好的。

朱纯能文，但无意为文，离休后才偶然写写，有《悲欣小集》，亦不愿公诸于众，只印示生平友好。病后她却发表了不少文章，最后一篇《老头挪书房》刊载于本月十一日《三湘都市报》，文中仍充满对生活和亲人的热爱，她自己却在文章见报十天后便永别亲人和生活了。

此时此刻，我和女儿们自然是极为悲痛的，但仍谨遵遗嘱，只将哀启发送给至亲好友和关心过她的人，不举行任何仪式，家中也不设灵堂，请大家不必来函来电更不必亲临。只请知道这回事：朱纯已走。如果觉得她还好，是个好人，在心里记得她一下，就存殁均感了。

也是因为有朋友帮忙，三百份哀启，一上午便寄发完了。

朱纯从来是一个快乐的人，虽罹恶疾，仍能不失常态，最后一次进医院之前，也不怎么显露病容。入院前半月还曾下乡游玩，和我商量想在乡下找一间小屋住住，说“这不花多少钱，但得装上宽带网，好在电脑上和女儿、外孙女儿见面交谈，再写写文章”。

生病的这两年，的确是她写作最多的两年，一直写到去年年底的《老头挪书房》。

我于妻去世后出版的《青灯集》，一百二十三篇文章中的一百一十篇，都是妻在病中帮我打印，有的还帮我修改过的。她走了以后，过了八十天，我才勉强重拿笔杆，不到两千字的一则小文，前后竟写了四天……

朱纯病中还催着我“挪书房”，即是将客厅改为一间大书房，把挤在内室里的书大部分搬出来，腾出两间“工作室”。她原有一台电脑，又叫女儿买来一台，督促我“总要学会用才好”。可是如今，两台电脑搁置在两间空荡荡的“工作室”里，我则只能像杨绛先生来信劝勉的那样，“且在老头的书房里与书为伴”了。

妻走了，五十多年来我和她同甘共苦的情事，点点滴滴全在心头，每一念及，如触新创，真痛。

《青灯集》印成后，南方冰冻，运输不通，幸得有关同志特别关照，以航空快递寄来，才使我能以新书一册，送到她托体的山树下，以此作为她的周年祭。当时我在心中反复默祷着道：

“朱纯啊，我不久就会来陪伴你的，你就先在这儿看看书，好好的休息吧。”

【附录】朱纯《老头挪书房》 （2006.12）

搬入这栋高楼近六年，算是有生以来住得最宽敞的。装修由老头一手操办，他做过木工，有这方面的爱好。装修后，朝南一间客厅，一间主卧，还有一间做书房。书房三面都是顶天立地的书柜，他就在这三面墙中读、写，因为阳台宽，光线暗，整天开灯，日子一久，就觉得不舒服了。

于是他便挪到北边他的卧室里去工作，这间房子较小，开了个单人床，摆了两个书柜，又放上一张书桌，来了朋友，只能坐床上，女同志总觉不便。家里的书又越来越多，自己买的，别人送的，到处都是，夸张一点说，简直到了脚都没得地方伸的程度。于是他又有了个想法，想在附近买套小点的房子，专作他的书房，我也赞成，便到处去看房子。

就在这时，我体检发现得了乳腺癌。这一下他比我还紧张，原来的想法立马冰化雪消，一家人都为我治病操劳。紧张了一年，我的病情逐渐稳定，居然还能写点文章什么的了。老头也慢慢恢复了神气，又来和我商量，还是要把客厅改成书房，说是我们家的客人多是谈书看书的，来了客反正不能伏案，这样做正合适。我嘴上没反对，心里却说：你也七十多了，还劳神费力做什么。但转念一想，他的父亲活到九十岁，母亲也八十多，长寿因子一定会遗传，肯定还活得几年十几年，便同意了。

就这样，客厅里的大型布艺沙发、玻璃茶几、电视机柜、装饰柜……通通都给女儿搬走。连我买来的一棵巴西木，几年来却长得特别高大，一直冲到天花板，也送给朋友去了。三十平方米的大厅，最后只留下一张台球桌。

厅屋腾空以后，老头就忙了起来，东量量，西量量，左画右画，设计好找人去做。花了一个多月时间，做好的木器才搬进来。东西两边全是书柜，东边一排中间放电视机，顶上的格子放工艺品。朝南的大窗户下面则是一排矮柜，里面放特大开本的图书，还"组合"了卡片柜、文具柜，电话也移到了矮柜上。和矮柜成 T 字形放着一张大书桌，又配了两张可以拉动的矮方桌。我常常笑他"獭祭鱼"，写篇千字文，也要摊开好多书，这里查，那里找，"抄都没有你这样不会抄的"。如今总算有了摆书的地方，可以放开手脚"抄"了。一下子增加了上十个书柜，原来挤得一巴焦的书，从此各得其所，都有了归宿。

他的"自由"也带来了我的"自由"，如今老书房便由我独享。早几年我学会了电脑，在电脑上看新闻，查资料，同波特兰的女儿，洛杉矶、费城、凡尔赛各处的外孙女，以及省内外的亲朋好友们聊天，一切随我。活到七十七岁，我终于也有了一个自由的空间，这都是老头挪书房挪出来的结果，讲老实话，原来硬是想都没有想到过的呢。

两棵树

（2007.8）

郑宝雄画展，我在《两棵树》这幅画前停留的时间最长久。

苍褐色树干上纠结的纹理，那是纵的年轮，看来它们确实是老了。枝柯交错，互相传递着力量，彼此搀扶支撑着站在一起，真不知道承受过多少烈日严霜。只有飘零在黄土地上的片片落叶，也许还记得晨曦给它的温存，轻风给它的爱抚……

我陷入了深深的沉思。

细读画家自己的题诗时（自题诗句本是中国画的传统，如今已极少见），在下面这几行诗前我又长久地停了下来：

也许有一天
一棵会死去
那另一棵
还会陪伴它的枯枝

看着看着，我心里忽然感到悲伤，眼睛也模糊了。我想，这恐怕就是诗和画的力量，也就是人们常说的“艺术感染力”吧。

当然，如果朱纯还在，恐怕我便不会如此软弱了。

其实我是最不会欣赏艺术的。读小学时，因为唱歌分不清哆唆，跳舞要人搬脚，即被老师和同学公认为缺少艺术细胞。从此自知不行，凡属艺术问题，一直敬谢不敏，绝不发表意见，因此也省掉了不少麻烦，正所谓塞翁失马。这次参观郑宝雄画展，出于偶然，居然触发了这一番感觉，写下了这几行文字，连我自己亦不能不感到意外，也是其画与其诗确实有感染力的证明。

六十年前过湘江坐划子，即一种靠人力荡双桨的小木船。那时候江水还清，夏天坐在船舷，将手伸入江中，清凉的江水从皮肤上轻轻地滑过，通常都很快意。可是有一回，不知是否刚读过义山诗还是《茵梦湖》的缘故，心中充满了怅惘，这感觉所引起的思绪却是：我的生命，还不是会和这江水一样，一刻也不停地流过去，流过去，什么痕迹也不能留下吗？于是突然感到了痛苦，回家后一夜无眠。

此次的情形，在触景生情这一点上，与那一回有些类似。我想，能够将此情此景用笔表现出来的，恐怕只有诗人和画家。至于我们普通人，尤其是像我这样缺少艺术细胞的，有机会看一下，体会一下，也就差不多了。

谈毛笔

（2007.12）

朱纯走后，她常用的毛笔挂在那里，觉得不该太冷落了它们，便磨了墨来试写几个字，却总不顺手。究竟是自己手劣，还是笔头干久了的缘故呢？因此便想起了我和毛笔的因缘。

五岁时初习字，一开始就用毛笔在毛边纸上学着写“人、口、刀、尺”，随后用石笔在石板上写1、2、3、4，再后来才用钢笔在洋纸上写a、b、c、d。

这钢笔并非派克式的自来水笔，而是长木笔杆上装一个短钢笔尖，蘸上蓝墨水只能写洋纸，也就是现在通用的机制纸。毛边纸夹贡纸则是手工制成专供毛笔蘸墨写汉字的，碰不得钢笔蓝墨水。两股道上跑的车，两种文化也。

我从来就不是国粹主义者，但在用笔时，总觉得毛笔写毛边纸的感觉，比起石笔写石板和钢笔写洋纸来要好得多。因此，石笔和钢笔用过几年之后一丢开，就再也不曾拿起。自来水笔倒是相随甚久，它虽然拼命与时俱进，但如今亦极少用。只有模样一直没变的毛笔，却一直和我不离不弃，想起来，这也是很有意思的一件事。

抗战八年是我的小学初中阶段，小学除算术课外全用毛笔，初中亦以用毛笔为主，钢笔只用于写英文。小县城里不少同学无法购置玻璃瓶装的蓝墨水，只能将钢笔尖插入铜墨盒蘸取墨汁，大家亦视为固然。我没这样寒酸，用的 waterman 牌蓝墨水还是进口货。习字课必交的大楷两张，也是长沙买去的“横扫千军”毛笔写出来的，临的帖则是旧拓《玄秘塔》，楷法却不争气，三十二个大字常常得不到一个双圈。国文成绩马马虎虎，但规定得“小楷誊正”的作文，总是懒得起草稿，拿起本子写两页便匆匆交卷，以致常有“惜字迹潦草”之类批语，无法带回家。

离开学校后当编辑还用毛笔，五十年代报社的规定是，改稿用红笔，审稿用蓝笔，终审用绿笔，七八年中三种笔都用过。这种类似文字检查官的工作本就令人厌烦，毛笔蘸红绿墨水亦远不如从砚中舔墨舒服，牢骚一多，成了右派，笔杆儿也弄丢了。当时为了免祸消灾，家中一度不蓄纸笔。但终究还是憋不住，拉板车时写信给周作人，又从近处杂货店里买回一支一毛二分钱的毛笔，外带一小瓶墨汁和几张薄薄的横格子“材料纸”(小店仅有此供应)。此信居然在八道湾保存下来,“文革”中被查抄进了鲁迅博物馆，后来物归原主，周丰一君又将其复印寄我了。

我本人“文革”中劳改九年，亦居然未离开毛笔，奉命写标语口号，照样子鬼画符，仍可大笔挥洒，只是得当心别写错了字。有位难友就是一不小心，将“万寿无疆”写成了“无寿无疆”，险些儿被枪毙。

“人生识字忧患始”，此话如果当真，则我与毛笔同忧患已七十馀年，不可谓不久长。惭愧的是至今仍写不好毛笔字，此盖限于天资，非人力所能强。但是对于毛笔，我总是怀着一份情意的，承认它是汉字文化的要素之一，不忍见其衰败凋零。几年前，香港鲍耀明先生来信，托买“长沙名笔鸡狼毫”，记忆中六十年前自己用来作文的正是“彭三和”此种，便四处去打听，方知彭氏公私合营之初还保留了招牌，“大跃进”中即归澌灭。鸡狼毫本是普通品牌，如今笔庄因利薄已不愿制作供应。后来总算设法买来几支，还是“加料”的，试试却根本不行，只因笔杆上还刻有“鸡狼毫”三字，勉强寄往香港，鲍先生自然失望，我亦过意不去。

鸡狼毫不行了，是否毛笔的前途就无望了呢？我看未必。毛笔是书写汉字的工具，只要汉字不灭，它就会有用场。全世界所有文字中，只有汉字的书法成为独立的艺术，电脑技术再发达，书法总不能不用毛笔宣纸。东亚和南洋用筷子吃米饭的人，差不多占了世界人口四分之一，这些人能用筷子即能用毛笔，即不用毛笔亦能接受汉字。汉字书法艺术的生命力植根于世界人口四分之一，自不必悲观，那么毛笔也不必悲观了。

“笔”和“筷”都是“竹头字”，笔和筷都取材于竹，竹子和水稻又都是禾本科植物，其产地范围正好涵盖了汉字文化圈。在文化地理和文化历史上，这一现象似乎也值得研究，从人与自然的角度来研究。

唁彭燕郊

（2008.4）

彭燕郊长我十一岁，八十八了，遽尔辞世，得讯愕然，因为春节打电话来拜年，他的声音还是那样爽朗；既而怃然，觉得认真写作者又少了一个，尤其是写了一辈子七十年的，恐怕真的已经为数无多了。

几年前黄永玉来长沙，约彭燕郊、朱健和我三人吃饭闲谈，彭的谈锋最健（本也只有他跟黄认识最早）。黄对他说：“还记得吧，你最早的诗集，封面还是我画的，那也是我最早画的封面啊。”这引起了他二人对文坛旧事的回忆，慢慢便谈到了如今人称“大师”的某某某，说他五十年前为大人物供奉春药，又将大人物同众人合影中的众人抹去，只留下大人物身后的自己，拿来四处炫耀，终于获罪，根本不是因为反“四人帮”才坐牢的。于是引起一阵哄笑，这是讽嘲大人物的笑，是鄙薄奸佞者的笑。彭的年岁最大，笑声却最响亮，精神特好。

在那次以后，我跟彭又有过几次同席或同车时的交谈，谈勃来克，谈劳伦斯，谈戴望舒，也谈胡风，他的兴致都极高。有次我表示不喜欢胡风，虽然一九五五年挨整的罪状之一便是

“竟说胡风不是反革命”；不喜欢胡是因为胡其实更“左”，周扬还要朱光潜和沈从文，胡却认为不该要。彭是老“七月派”，又谈得正在劲头上，却没跟我争辩，这看得出他颇有容人之量，对于满口伊里奇约瑟夫的理论和苏联的“文艺政策”，也未见得那么认同。而他对外国某些作品和作家的博识，则更使我叹服。他说家中藏有印度的《爱经》，阿拉伯的《香园》，还有日本的画册，欢迎我去开开眼界。因素性疏懒，迁延未去，如今天人永隔，想去也去不成了。

在我心目中，彭始终是一个生气勃勃的老少年，从未显露我身上早就有了的暮气和老态。他兴致勃勃地谈话，兴致勃勃地交友，还兴致勃勃地买书。有回在书店里，他一买便是一大堆，也不管有不有人开车送，还对我说，刚刚从别的店里买到一本你的《儿童杂事诗笺释》，看了看，觉得很好。我说，何必买呢，送你一本就是。他说，还是几年以前印的，样书早送完了吧。这使我有点不好意思，于是在他来电话拜年时便说，要送本《青灯集》把他，随即托某君带去。某君因生病耽搁，送到时彭先生已经病亟，听说还亲手拆开了包封，拿出了书本，唉！

彭是著名诗人，诗如其人，也是生气勃勃的。近年他诗作更富，诗思更新，在诗中完全是一个活泼泼的生命，谁知竟说走就走了呢！不说什么震惊与悲痛之类套话，刹那间充塞在我心间的，只有一种感觉，人生无常，太无常了啊……

英国学者哈理孙女士八十多岁时写回忆录，说她年轻时仿佛觉得自己是不会死的，极其执着和勇敢，敢于抗拒任何人或神鬼或命运，如果它们想来要她死；老后则一切都改变了，想到死时，只将它看作生之否定，看作“一条末了的必要的弦”，故并不怕死，怕的只是病，“即坏的错乱的生”：

> 可是病呢，到现在为止，我总逃过了。我于个人的不死已没有什么期望，就是未来的生存也没有什么希求；我的意识很卑微地与我的身体同时开始，我也希望他很安静地与我的身体一同完了。

这种低姿态实在是我心向往之的。接下去还有两句诗：

> 会当长夜眠，无复觉醒时。

更使我低徊咏味，俯首降心。

我想，对“生”的执着和勇敢，比起老太太来，彭绝不会逊色。老太太对于“死”的态度，见诸上引几行文字和诗句，颇带灰色，我虽佩服，当过新四军宣传员的彭则未必能够赞同。但我觉得，彭说走就走，也逃过了病，逃过了“坏的错乱的生”，其福气实不亚于哈理孙；加上他又曾经如此兴致勃勃地生活过，这兴致差不多一直保持到了最后，更为难得。那么，在长夜眠中的他，应该也会得到真正的安息，不会再有什么遗憾和不安了吧。真的，如果我死时也能如此，我是会十分满足的，故以此唁彭燕郊，并慰己怀。

猪的肥肉

（2009. 1）

肥肉好像只属于猪。人们也吃肥牛、肥羊、肥鸡，吃时却不见有猪这样厚这样肥的肥肉。这种肥肉如今已很少人吃，但在“三年自然灾害”时却是求之不得的美食。那时的我已因右派“罪行特别严重，态度特别恶劣”被开除公职，成了街道上的“闲散劳动力”，父亲则仍为“民主人士”，每月还能凭券去某处食堂买一份“特供菜”。我以父亲的名义去买时，总想买到肥肉，越肥越好。

有回风闻特供“扎肉”，此本长沙名菜，系将“肥搭精”的大块肋条肉连皮带骨用席草扎紧，酱煮极烂而成。这次因为肋条肉不够，部分以净肥肉代之。老先生们择肥而噬心情迫切，来者极多，都按规定先坐好位子，连食堂旁边平时堆放旧桌椅的杂屋也挤满了人。黄兴的儿子黄一欧时已七十多岁，进了杂屋却没争得座位，只好将就坐在屋角的酱油坛子上。谁知坛子盖并非“永不沾”，老先生坐上去浑然未觉，及至扎肉到手，人站起来，叨陪末座的我才发现，他的西装长裤屁股上已经湿了两大块，颜色跟真正的酱煮扎肉差不多了。

幸运得很，我买得的竟是一块净肥肉。肥肉不易上色，而是煮成了半透明的浅黄，很像烟熏腊肉的厚肥膘，更是诱人，加上油香扑鼻，害得我直吞口水。

一路小跑着回家，老母亲已将三人的“计划饭”蒸好，熟肉无须下锅，匆匆分切成片，每月一次的家庭会餐立即开始。母亲细声细气讲了几句：“真没见过这样的扎肉，无皮无骨，也不见一点精的。”父亲却满心欢喜：“肥搭精哪有这样香，精肉还会嵌牙齿哩，没有骨头更好，可食部分不是还多些吗?”

这真是我印象最深的一块肥肉。

提供此种肥肉的猪，古时叫豕。马牛羊鸡犬豕，是为“六畜”，均系野生驯化而成。马牛羊鸡犬还多少保存了一些野性，只有豕到“宀”下成了家猪，完全不像山林中的野猪了。野猪据宋人笔记《癸辛杂识》说：最犷悍难猎，其牙尤坚利如戟，虽虎豹所不及；日本人用汉文写的《和汉三才图会》，也说它被伤时“则大忿怒，与人决胜负，故譬之强勇士”。前几天长沙本地的报纸上，还登载过猎人被野猪咬成重伤的新闻。我不曾遇见过活野猪，只吃过它的肉，都是结实的精肉，一点也不肥。家猪皮下这一寸多两寸厚的肥膘，完全是它投降人以后被豢养的结果。

古农书《齐民要术》总结的农家养猪的经验是：“圈不厌小，处不厌秽。”这两句话下原来都有注释，译成白话便是：猪圈越小，猪活动少，便越容易肥；猪圈越泥泞污秽，猪日夜滚在泥污中，便越容易平安过夏。后来《兽经》介绍有人养大豕，亦云：“豕也，非大圊不居，非人便不珍。”意思是得将它养在大型厕所中，让它吃它最爱吃的人粪。周作人在《养猪》一文中，讲他一九三四年十一月初和俞平伯同游定县，大便时听到“坑里还不时有哼哼之声，原来是猪在那里”；当时在定县平民教育会工作的孙伏园请客，席上有一碗猪肚，同席的孙家小孩忽然说道，“我们是在吃马桶(里的屎)”，弄得“主客憬然不能再下箸”。可见从古至今，猪的食性一直如此，难怪犹太教和伊斯兰教的圣经都称猪“不洁净”，不吃猪肉。回想起自己买得“特供”肥肉时那副馋而傻的宝相，真是既可笑，又可怜。

人利用野猪贪吃和“恋凼”的弱点，将其改造成家猪；猪也自愿接受了改造，于是“坚利如戟”的牙渐渐退缩，一身肥膘渐渐长成，终于成为食用油脂的供给者。其肉作为厨房原料的地位却一直并不高，元代宫廷食谱《饮膳正要》将其列为第十八，排在牛、羊、马、驼、驴、犬各种肉之后，说它“主闭血脉，弱筋骨，虚胞人(使人发胖，且妨碍运动)，不可久食”。但是对于腹中饥饿油水不足的人来说，肥猪肉仍然是富有吸引力的。东坡诗云：

> 黄州好猪肉，价贱如粪土。
> 富者不肯吃，贫者不解煮。
> 慢着火，少着水，火候足时他自美。
> 每日起来打一碗，饱得自家君莫管。

似乎可以作我这则小文的佐证。猪肉“富者不肯吃”，只求“饱得自家”的苏东坡却是要吃的，不仅要吃，还肯用心考究煮的方法，“慢着火，少着水”六字，至今仍是烹制东坡肉的不二法门。因而又想，那回“特供”的如果不是扎肉而是东坡肉，少了几根席草，还能多点汤水，父亲岂不是会更加高兴了吗。

钱锺书先生百年祭

（2010.6）

我说，钱先生是智者，又是仁人。三十年前，他光凭几本新出版的《走向世界丛书》，便给了我这个素不相识、毫无关系的外省编辑许多指导和帮助，完全是出于对学术——天下之公器的关爱，出于对我们这个历经坎坷的古老民族如何才能快点“走向世界”——走向全球文明的关心。这是真正的不忍之心、仁人之心，我永不能忘。

为了纪念钱先生，今发表先生一九八二年三月二十八日给我的第一封信，并将先生托《读书》编者董秀玉女士转信的便函同时发表。

秀玉同志：

又来麻烦你了——但是你也“咎由自取”。叔河同志走得匆忙，没有留下地址。我感于他的盛意，抽空翻看了几本，有些意见，写出烦你转给他。将来如得暇再看到什么，当陆续告知，共襄大业。费神至谢，即致

敬礼

范用同志前并问候

钱锺书上，杨绛同候，星期日晚。

所署“星期日晚”，应在三月二十八日晚饭后。原信封上四分钱邮票的盖销戳，“3.28.20”字迹清晰，“20”显示二十时即晚上八点钟，晚饭后去附近邮局正好赶上，即此便可见先生的热心了。

“咎由自取”当然是诙谐，意思是董秀玉带我上门，才惹来转信的麻烦。原来我于一九八二年三月奉召入京开会，会后见到董秀玉，她告云，“钱先生很欣赏《走向世界丛书》，说是编书人如果来北京，愿与见面谈谈”。于是立马便跟她搭乘公共汽车去了钱家。

我自幼体弱，晕船晕车，很怕出门，至今连北京都只去过四次，一九八二年这是第二次。当时喜出望外，忘了在上车前服晕车药，很快开始晕车，发了晕即服药亦无效了。这就是我很高兴地见到了钱先生，却又不能不“走得匆忙”，以至“没有留下地址”的原因。

钱先生“抽空翻看了几本”的，即是我和董秀玉带去的《走向世界丛书》，也就是先生在给我信中谈到的李圭《环游地球新录》、斌椿《乘槎笔记》和张德彝《欧美环游记》。

下面便是董秀玉转寄给我的信。

叔河同志：

承你带病来看我，并给我那些书，十分感谢。你归途未发病否？我很挂念。但有秀玉同志和你在一起，我又放心些。

你编的那套书，很表示出你的识见和学力，准会获得读众的称许。因为你一定要我提点意见，我匆匆看了几种，欣赏了你写的各篇序文。我下月起，应中华要求，须校订一部旧作，怕没有工夫细看这些书，先把见到的零星小节写给你供参考。

(1)李圭《环游地球新录》。你在他书的序文里，都或详或略地介绍了作者，在本书里似乎忽视了这点。李圭是南京人，最有名的著作是《思痛记》(讲太平天国事)，记得胡适、周作人都在著作里称赞过(是否值得称赞，那是另一回事)；日本汉学家松枝茂夫君前年赠我所编中国《纪录文学集》也把这部书的译文收入。

(2)斌椿《乘槎笔记》。你在序文里列述以前中国人讲西洋的书，说斌椿是"地理学家徐继畬、数学家李善兰的朋友"，又特引李善兰为本书所作序文，加以发挥。这似乎轻重得失当。徐继畬不仅是"地理学家"，他还是个有影响的大官，而且是个主张"走向世界"的大官，尤其是他也为斌椿此书写了序文。他的《瀛寰志略》有不少常识性的地理错误，但是充满了"走向世界"的心愿，引起当时人的攻击。例如你常引的李慈铭《越缦堂日记》里就骂过《志略》，我记得陈夔龙上过一个奏折，把徐继畬和魏源并举为洋务的罪魁祸首。你在《总序》里只字不提徐继畬，此书有徐氏序文，你又放过了机会，我认为可以重新考虑。

（3）你删节了《乘槎笔记》里两节，有这种顾虑的必要吗？假如有，似乎这套书里该删节的多着呢。

（4）张德彝《欧美环游记》。把原书里外国字的译音一部分注明洋文，那些没有注明的其实都可以补出（例如77页“格郎局晒”是“grande duchesse”）等等，这且不去管它。注明的洋文里有些错误。76页“up，up，hurroh”当作“Hip，Hip，hooray”；141页“Holy（神圣的）”当补一句“应指冬青树（Holly），张德彝误听误解”（张德彝的英语读音似乎常有问题，例如直到《八述奇》时代光绪二十八年九月二十五日，“惴尔者唱圣经人也”，就是把“Choir”的“h”误读出来）。120页“五（午）夜回思”，（午）不必加，“五夜”常见古诗文中，即五更。128页“敖尔柴斯特立邦”，“邦”必“那”之讹。191页“美万海西……美克万海西”，两“万”字必讹，请查对原本，因这里是对译“you”的音。你序里特意提到“侯爵德理文”那一节，那就是《乘槎笔记》同治五年三月二十七、二十九日所提到“译唐诗”的“德侯理文”，原名Léon［理文］d'Hervey［德］de Saint-Denys［圣丹尼侯爵］（他的*Poésies de l'époqne des Thang*等译作早被遗忘了，也许亏得近代法国小说巨著*Marcel Proust*，*Sodome et Gomorrhe*提起他的姓名）。

我在《抖擞》上发表的文章，蒙你夸奖并引为同道，是给我的鼓励。我有一个改定本在秀玉同志处，准备将来编入一本小集里。《观自得斋丛书》想已找着了。

贵社袁、高两位同志远道相访，我很惭愧不能满足他们的要求。请你代我向他们道歉并致谢。

几次客来打断，写不成字，语不达意，请原谅。

此致

敬礼！

钱锺书，二十八日。

钱先生指出的“零星小节”，其实都是我的重大失误。如：

（1）序文本应介绍作者背景，《环游地球新录》为最先出版（一九八〇年八月）的第一种，于此竟付阙如。此固与当时有人不看好这套书（说一年最多只能出四五本，说编者不该自撰长篇叙论）有关，但主要原因还是自己腹笥匮乏，日本汉学家的书从来没见过，胡适一九三七年一月十三日夜写给周作人的信也是朱正同志告诉我才知道的。蒙先生指点，益知须多占有材料，始能争取话语权。后来一九八五年三月新版《环游地球新录》，我撰写并署名的叙论，字数便比钱先生所见署名“谷及世”（谐音“古籍室”，以免“突出个人”）的这篇多出一倍半；在加写的“痛定思痛”一节中，又将李圭家中遭难“男女死者二十馀”，他本人被太平军裹胁去做了“写字先生”，后据亲见亲闻作《思痛记》等有关情事，作了必要的介绍。

（2）总序两引魏源之言，而“只字不提徐继畬”；《乘槎笔记》有徐继畬和李善兰等人序文，又只引李序并加以发挥，都确实“轻重得失当”。我只看重魏、李的士人身份，又以为魏源撰述在前，影响也大些，举以代表便行了。殊不知徐氏的《瀛寰志略》一书，也是据泰西地图册子，“就米利坚人雅裨理询释之”，“五阅寒暑”而成的；徐本人还任过总理各国事务衙门行走，管理过京师同文馆，确是一位“主张走向世界的大官”，忽视他真的不对。读先生信后，深感自己率意为文的积习难除，写学术文还欠缺修养和能力，不能不努力再努力。

(3)《乘槎笔记》的刻本我有三种，第一种为“同治辛未镌，醉六藏板”，分上下卷；第二种署“三品衔总理各国事务衙门副总办斌椿纂”，不分卷；第三种署“三品衔内务府庆丰司郎中斌椿”，亦不分卷。一、二两种的文字相同，第三种则稍有删削。我写的序文全未介绍版本情况，只笼统写道：“此次据原刻本校点排印，除二月十八日记新加坡土人删去四十字，四月二十三日赴英王宴舞宫会宴感想删去二十九字外，完全保持原貌……”钱先生质疑我有这种删节的必要吗，对我确是及时的警勖。因为赴宴后“几疑此身在天上瑶池所与接谈者皆金甲天神蕊珠仙子非复人间世矣”二十九字，虽为第三种版本所删，“惟土人则黑肉红牙獉獉狉狉殊堪骇人使柳子厚至此必曰异哉造物灵秀之气不钟于人而钟于鸟”四十字，却三本咸同，是我“援例”删去的。我不分别作出说明，完全是在“删书衙”积威下养成的奴隶服从性的自然流露。《走向世界丛书》纪录前人跌跌撞撞走向世界的历程，价值全在真实具体，有啥说啥，难道还能要求前清同治年间的官员按“三个世界”的划分，用“对外宣传”的统一口径说话吗？猛省以后，我的脊梁就硬一点直一点了，《丛书》就再没有删削原书了。

(4)“把原书里外国字的译音一部分注明洋文”，这件事我实在是没能力做好的。我只在初中三年、高中两年(未毕业)学过一点英文，做起来正如《兰学事始》书中描写的那几位日本医人，只诵习过几百言和(荷)兰话，便发愿来译医学专书，“如乘无舵之舟泛于大海，茫茫无可倚托”，遗漏和错误自然不少。钱先生给我指出的《欧美环游记》七十七页原文是：“是夕所演，系法朗西之戏文，出名格朗局晒，译言大公爵夫人也。”译言“大”的“格郎”是grand我还明白，“大公夫人”英文则原本不识，“格朗局晒”该还原为grande duchesse更不知道了。七十六页的原文是：“言罢众皆举酒大呼曰，额卜额卜额卜，贺来贺来，以示宾主欢洽之意。”我从未出过洋，未听过洋人这样呼喊，当然更主要的原因还是自己英文程度低，于是“望文(辨音)生义”，将“额卜”注成了“up”，将“贺来”注成了“hurrah”(印本又错成了hurroh)。至于“张德彝的误听误解”，还有他写到的外国人物的生平行事，要予以订正，进行考证，就是再努力几年十几年，我亦未必能行。思之再三，只好在后来的编辑工作中取消脚注，不再事倍功半地还原英文，只在书后做“人名索引”和“译名简释”(今昔译名对照)，这样至少避免了漏注和错注的毛病，守住了《丛书》质量的底线。仅仅此一点，先生对我的帮助即很大很大了。

先生信中说，他应中华书局的要求，要校订一部旧作，这应是两年后出版的《谈艺录》；又说，有稿件在董秀玉处，准备编成一本新书，这应是三年后印成的《七缀集》；他写信时“几次客来打断”(其中有一次恐怕还是“贵社袁、高两位同志”，也不知道他们是干什么去的)，可见先生当时真的很忙。忙中还能写出如此长、内容如此切实、词意如此恳切的信，连夜投邮，对一个素不相识、毫无关系的人进行指导和帮助，又确实罕见。他为什么能如此做呢？照我想，恐怕只能是为了学术，为了使我们更快地“走向世界”，走向全球文明的“大业”吧。

这就是钱先生在我心目中万不能及的地方——他的仁人之心、不忍之心，对民族和人民的不忍之心。

哭杨坚

（2010.9）

杨坚女儿来电话告知老杨逝世，明知人固有一死，小于老杨八岁的我，亦未必能再活八年；但想起他年已八十七，又身患癌症，当编辑一直当到以身殉书，最后离开办公室时还依规矩请假，心里真不好过。又想起他一直要我为他写篇文章，多少年了，一直没写，更加不好过。于是在电话里头说，我这次一定要给你爸爸写点什么，虽然不一定写得好，当晚便写成了这样一副挽联送去：

剖心胸酬古国千年，君应无憾；
涂肝脑成新书百卷，我实多惭。

这里需要作点说明：老杨是一九四九年的南下干部，却背上了拖累他大半辈子的历史包袱，只能用几十年兢兢业业、毫不懈怠的忠诚表现，才得以归还清白。中国读书人本有忠爱的传统，屈原在“荃不察余之中情”的环境中，仍然“虽九死其犹未悔”；司马迁“大质已亏缺矣”，还在想将编著“藏之名山，传之其人”，真是“剖心胸”也要酬偿千年古国的陈年旧债啊！老杨继承了古代读书人的传统，他既懂传统学问，又守传统道德，来出版单位三十多年，终于用行动和事实证明了自己是“芳草”，争得了该得的“嘉名”，如今大去，应无遗憾。但回顾他几十年“苦难的历程”，仍不禁使人感到悲凉，为之一哭。

老杨三十多年来埋头编书，呕心沥血，说他肝脑涂地，实不为过。他编的书，《郭嵩焘日记》原稿二十馀卷，《船山全书》曾氏旧刻凡三百二十二卷，称为“百卷”，毫不夸张。这两部书的编辑工作，确实达到了我所见到的最高水平，比如郭氏日记光绪三年八月十一日记云：

> 铿弗林斯法尔齐立法尔姆安得科谛费格林升阿甫英得纳升尔那参赞诘生及立觉尔得，寄示在安多威尔伯地方会绅达摩生宣发一段议论……

这开头的“铿弗林斯法尔齐立法尔姆安得科谛费格林升阿甫英得纳升尔那”二十七个字的意思是什么呢，老杨将其还原成英文并予汉译，普通读者才能看懂是：

> Conference for the Reform and Codification of International Law(修改编纂万国公法会议)

似此者书中多达数百条。光绪年间翻译没有规范，郭氏丝毫不通英文，全凭湘阴口音用汉字记录英语，要来还原正译，难度可想而知。尤其是专名如“哥弗来兑”之为“Good Friday，耶稣受难日”，“瓜得利类非有”之为“*Quarterly Review*，《每季评论》”，如果要我来做这件事，真比鲇鱼上竹杆还难。

当然，智者千虑，亦难免一失。我曾在初版郭氏日记第三卷上用红笔标记若干处质疑，老杨则用蓝笔一一批答，偶尔亦有批“好!”和“所正极是”的。如光绪三年九月二十日记：

> 又有挨尔奢耳六十一万七十[千]八百五十吨，价值三十一万九千八百五十三磅[镑]。

“挨尔奢耳”原注作“Oil Shale，油石”，我指出这里的中文译错了,“油石”应是“油页岩”。因为日记下文明谓“其形似煤，而无火力，西洋人用以炼煤油”，正是咱们广东茂名地方也在开采炼油的油页岩；“油石”则是用金刚砂制造成的一种研磨工具，呈各种长条形，通常成打成箱，绝不会按吨位计价的。后查陆谷孙主编的《英汉大词典》，证明了我的说法，老杨便从善如流，欣然接受了。

这一卷日记还保存在我家，至今只有老杨和我两个人看过。老杨所还原今译的好几百词条，我提出质疑的不到十分之一，质疑能得到老杨首肯者则不到百分之一，九牛一毛，其细已甚，实无伤于编校工作的整体高水平。俄罗斯有一句民间谚语说得非常生动,“鹰有时飞得比鸡还低，鸡却永远不能飞得鹰那么高”。用来形容，正是恰好。

平心而论,《郭嵩焘日记》和《船山全书》，还有老杨所译《希腊罗马神话》，的确可以作为湖南出版图书中的范本。《船山全书》为了求全尽善，更耗尽了老杨半生的心血，真可说是锲而不舍，死而后已了。作为同业同事，实际工作上很少给他帮什么忙，某些场合也没能为他讲公道话，想起来真的感到惭愧，这就是挽联末了说的“我实多惭”了。

《希腊罗马神话》八十年代初版，杨兄即曾相赠，想要我看看，写篇书评。当时随口应承下来，却因为希腊神话早年读过周作人、郑振铎、楚图南诸人译本，不大想再从头来读，又不习惯没细读全书就来凭空饶舌，便一直延宕下来，终于没有交卷。几个月前，大约是去年十二月初间吧，又收到老杨托人送来的再版本，还附来了下面这封信——

叔河兄：

久未联系，只一次在电视上得睹丰采，肌肤似稍宽弛，然舌华快捷，语调神情平生一贯，不啻亲觌，佩而且慰。我的希罗神话最近再版，奉赠一册留念。有名家偶赞其译文者，所欠唯念楼之品题耳。你身体好否？闲中以何消日？我周一至五上午上班，为《船山全书》再版重读改正错误。唯觉老年喘嗽，出气不赢，馀无大碍，可请放心。此册托社里找人专呈，当可妥收。

专此并颂

研安

杨坚　上(月日)

信末附注了电话号码，立即拨打过去，告知来信收到，会有回信。接着便给他写去了这样的两页：

“念楼之品题”终于缺席，我应该向你道歉。但即使不缺席，我写的也绝对达不到孙犁、罗念生、张舜徽的水平。从后记中见到了他们三位的文章，知道你的书已名重译林，我的歉疚之心也可以少安了。

现在却有一句比道歉还要紧得多的话要对老兄说，你已年过八旬，又身患重病，“喘嗽，出气不赢”绝不是什么“无大碍”的小事，而是生死攸关的大事。建议你立即停止“周一至五上午上班”，立即住院治疗。当然，我们这些七老八十的人，迟早总要死的，住院治疗也不能不死，但总可以缓解点“出气不赢”的痛苦，使你和关心你的人觉得好过一些。

《船山全书》校改的工作，我看也不必再做了。古人云，“校旧书如扫落叶”，总是不能彻底扫净，一劳永逸的。（此指学术校订，至于抄录排字，则是可以而且应该校对无误的。）去年还是前年，偶与唐浩明接席，问起你病后情形，他说还在上班。当即托其带上便信，抄奉了一句俗话，“满山的麻雀是捉不尽的”，想已见到。如今再讲一遍，请不要再跟麻雀拼老命了吧！这句话如果不讲，那就比“品题”缺席更加对不住老兄了。

收到信后，老杨有电话回复，细声细气地说了几声谢谢，但还是“没法像你那样，拿得起，放得下”，书还得校下去……

于是，这便成了我和老杨最后的交谈，上面那封信也成了老杨给我的最后的遗墨。我想请大家看一看他这封信，看看他的辛勤，他的执着，他的爱工作胜过爱自己的精神，还有，在这一切后面的别的值得更深长思的东西。

李普走好

（2010. 11）

李普的噩耗，他去世那天便由上海的程巢父先生告诉我了。当即打电话到北京李家，却没人接听。第二天联系上亢美，才知道她们那时还在医院里，于是匆匆将我作的一副挽联念给她听了，也不知道她记没记下，追悼会上挂没挂出来。联云：

记者文章真有格；
书生意气本无伦。

做记者是李普的职业，从二十出头做到离休，整整干了五六十年。按理说，当“喉舌”当定了的他，应该习惯于“用一个声音讲话”了。可是他偏不，他“有格”，能够坚持自己独立的人格，捍卫自己思想的自由，写出自己想写的文章来。

能做到“文章真有格”，就因为李普能一直保持他自己的“书生意气”，这在同侪中是无与伦比的。书生即古之“士”，“士心曰志”。俗说“百无一用是书生”，但书生只要有志，能坚持独立的意志，坚守内心的自由，培养浩然的正气，他就是坚不可摧的。另一方面，书生意气也会在待人接物上表现出来。李普待人之热心真诚，接物之感情充沛，三十年来，给我留下了深刻的印象。

和李普第一次见面是什么时候，在什么地方，已经记不得了。他写给我的第一封信，末云“八月十八晨三时，半夜醒来，不复成寐，乃写此信”，年份应该在一九八一年。信中建议我将“走向世界”的人和事写成一书，交给新华出版社出版。知道我有些畏难，极力鼓动道：“我作为一个读者，确实很希望更多地知道些东西。你写这些文章，看了不少书，查了不少资料，不多写点出来介绍给读者，不是也很可惜吗？再花一点功夫，也未必太费事吧？”

李普年长我一十三岁。我一九四九年开始学当新闻记者，未学成就被开缺了。他的“记龄”早我十年，这时已是新华总社的副社长，除了是湖南同乡外，与我并无半点“关系”，仅仅看了《走向世界丛书》中的几本，就在凌晨三点爬起来给我写信，这种管闲事的热情，在抗战前入党的老干部身上，并不多见。

一九八三年我的书在中华书局出版了，到北京开会时，拿了本新书到李普家去送给他，并对书稿没给新华出版社表示歉意。这些几句话就说完了，李普、沈容夫妇却热情地拖住我扯谈，并留吃中饭。沈容说：“我专门为你做宁夏来的发菜，这可是我的拿手，难得吃到的哟！”那时亢美还是个小姑娘，正好在家。老太太显得比小姑娘还活跃，她进厨房忙乎一气，又来客厅听我和李普乱谈一气。我们从湘乡烘糕、永丰辣酱(李普是湘乡永丰人)谈到曾国藩，谈到平江不肖生，最后谈到了平江人李锐。李普说："我这位同乡(曾国藩)和你这位同乡(李锐)，都是值得认认真真写一写的啊!"

从北京回长沙后不久，我就发病了，在马王堆疗养院住了八个月。李普作为人大常委来湖南时，特地到疗养院看我，教给我用手指梳头之法，说是有通经活络之效。我于气功向来不怎么相信，他觉察到了我的不热心，于是再三叮嘱："要以曾国藩为戒啊，太拼命，是会要短命的呢!"他那位同乡只活了六十一岁，确实是短命。但也只有像打开南京那样才叫拼命，写点小文章，讲点风凉话，是无须拼命，也确实不曾拼命的。

又过了几年，大约在一九八六、八七年间，李普和沈容再来长沙，又枉顾寒舍一回，这回就更有意思了。当时我住在一条名叫惜字公庄的小巷子里，汽车开不进，家里又没装电话。适逢下雨，敲门进屋时，他俩的头发和衣服都打湿了。正好是星期天，妻和孩子们都不在家。坐下以后，沈容要喝水，我一拿热水瓶是空的，忙到厨房去烧水，却不会开煤气，只好请他俩自己动手。为此三个人都笑了，沈容是又发现了一个不会做家务的书呆子的开心的笑，李普是理解和宽容的笑，我则是无可奈何的苦笑。

一九九三年离休后，一度计划用一两年时间，到北京去寻读一点书，这得先找个不必花钱的住处，自己开伙。李普得知后，一连给我写了好几封信。七月十七日信云："你一人来也好，贤伉俪一起来也好，均所欢迎。每天跑图书馆，天天打的支出太大，上下公共汽车也要有人照顾才好。住毫无问题，想住多久住多久。”十月十一日信云：“吃饭不用你操心，沈容特别要我说清这一点。她说，如果你一个人来，三人吃饭跟现在我和她两人吃饭一样做，并不多费事；如贤伉俪同来，则沈容与尊夫人一同做饭。总而言之一句话，热烈欢迎。何时来，住多久，悉听尊便。吃饭毫无问题，绝不要你操心。”

此时李普家已迁居新华总社院内，有公交车直达北海图书馆，十分方便。他家住八楼一大套，此外另有一个单间，但不能另行开伙。他们越是说“吃饭毫无问题”，我倒是越不敢去住了，因为长住那里却每天三顿都去外面吃，会显得矫情，不这样吧，又怎能让两位年过七旬的“副部级”天天给我做饭呢？踌躇久之，仍然下不了去叨扰的决心。延至一九九四年年初又一次发病，愈后身体大不如前，还想做点事情的心也冷了，北京也就不去了。

这里写的尽是一些琐屑，不涉及党国大事，也不涉及学问文章。但从这些琐屑中正可以看出李普这个人的性情和色彩，也是这么多年来我一直“即之也温”，愿意跟他做朋友的原因。

二〇〇四年底沈容去世，李普所受的打击是巨大的。在为沈容的离去而难过时，我也为李普承受住了打击没有趴下而欣慰。在读过作为讣文寄下的《红色记忆》和贴条上的附言以后，我十分敬仰单纯而热情的沈容，也十分忻慕李普能有这样一位终身伴侣。

二〇〇七年初，我也和李普一样，成了老鳏夫。收到哀启后李普寄来一页纸，题为“哭吧，哭吧——致叔河”，下面写到沈容去世时，他“想哭竟哭不出来，……现在，朱纯走了，我不说望你节哀之类的话，而要说，你哭吧，哭吧！你想怎样就怎样，能怎样就怎样吧！这一辈子只有这一回了！”读到这里，我禁不住又流起泪来。

中国古时最重伦常，本来人性也最能从父子、夫妇、兄弟、朋友的伦常关系中表现出来。“朋友”在五伦中居末，我却以为最是根本。比如说夫妇吧，李普、沈容可算是理想的一对，就因为他们既是夫妇，同时又是最好的朋友，我和朱纯也差不多。父子如大仲马、小仲马，兄弟如苏轼、苏辙，亦莫不如此。那么有没有理想的君臣呢？如果有的话，我想也应该首先是朋友吧。孟子曰，“君之视臣如手足，则臣视君如腹心”，能以手足腹心相待，则去朋友不远矣。如果像刘邦、朱元璋那样“视臣如草芥”，一批批地整死，不仅毫无朋友之情，也绝不讲朋友之义，那就只会得到“则臣视君如寇仇”的结果了。这番话我跟李普说过，他也深以为然。

我觉得，李普在对沈容、对朋友上表现的至情至性，正是他待人接物和整个人生态度之一侧面，是他“书生意气本无伦”之一证明。承蒙他不弃，视我为朋友，在送他远行、和他永别时，我愿特别指出这一点，撰此小文，祝他走好。

老戴的背影

（2011.4）

老戴对我示过好，帮过我的忙。但我怯于出行，拙于交往，三十年来，跟他的接触并不多，留下的印象却不少。如今他先我而去，为他出纪念集，采及葑菲，自当勉作小文，以为惜别。

一九八一年第十二期的《读书》杂志，封面头条《关于〈走向世界丛书〉》，第一作者署名戴文葆，是为我和老戴接触之始。同期还刊有我的一篇，系沈昌文、董秀玉两君约写的。料想戴文亦是命题作文，而笔端多带感情，有这么几句：

> 对编者锺叔河同志，素昧平生……（他）曾托危崖，餐风饮露，在无望中执着希望，当束手时不甘负手……生活如此绰约多采，胜似学院寒窗青灯黄卷。石田里居然长出了惹人怜爱的花果，成为那逝去的时代小小的纪念。

读后深以其实难副为愧，“惹人怜爱”四字尤令我不安。揣想作者必是过来人，“在无望中执着希望，当束手时不甘负手”，也许半是夫子自道。故能言之真切，而且饱含同情，却未必完全符合我的本心。虽然如此，素昧平生的我，对于他给予的这份关切，仍然应该珍重，并且表示感谢。

不久以后，便在长沙见到了老戴。那是省出版局邀请他和另一位老同志来湘讲学，正值都在为出版工作者争地位，极力提倡“编辑学者化”的时候。我在湖南人民出版社历史编辑室，忙着发稿看校样，实在无暇他顾。但老戴的演讲还是认认真真去听了的，和大家一样佩服他的博学。从孔夫子、司马迁、刘向讲到魏源、曾国藩、梁启超，所有的大学问家差不多都是大编辑家，材料摆在这里，事实就是如此。很看得出，老戴是在为全行业同人操心出力。

第二天，局里专人专车导游张家界，老戴却放弃欣赏“世界自然遗产”的机会，独自一人往浏阳寻访谭嗣同墓去了。他说，他编过《谭嗣同集》，正在编《樊锥集》，想多了解些那一代人的生活环境和身后的事。这种对自己所从之事的坚持爱着，对自己愿知之事的孜孜求索，使我十分佩服。等他从浏阳回来，便将其拉到家里，让朱纯做几样湖南菜，吃了餐便饭。这餐饭却没能吃好，一是湖南菜不能不放辣椒，老戴却不吃辣；二是老戴只能喝黄酒，我们却只备了白酒，临时去买，买回的是啤酒，又拿不出啤酒杯，只能让他用饭碗喝。幸好帮他从图书馆借得《沅湘通艺录》和《翼教丛编》的原刻本，并且复印好了可以带走，才得稍微尽意。

吃饭时，谈到“编辑学者化”。见老戴平易近人，我不禁放肆起来，说：“编辑能不能学者化，要不要学者化，我不晓得；晓得的只有一点，我这个编辑是无法学者化的。”老戴不以为忤，反而大笑起来，连声“快人快语，快人快语”。大度包容，真不可及。

一九八九年秋后，岳麓书社一人一票选社长，我落选回了家，着手帮别的出版社编“周作人”。老戴为《传世藏书》编事到长沙，又枉驾寒舍一回。此时房子正在装修，十分凌乱，朱纯到美国女儿家去了，又碰上“秋老虎”，两个人坐在书稿堆中，汗流浃背。我说周氏《儿童杂事诗》丰子恺插画原图找不着，又还有三首诗原来就没插画。老戴立即表示，他可以向丰华瞻打听原图下落，找毕克官补画插图。很快便有了结果，原图确已不存，补画的三幅则寄来用上了。

一九九三年夏天，我因事到北京，在版协的会上，我俩又相见了。王子野同志叫我重印亚东图书馆标点分段的古典白话小说，急切间找不到原本。老戴得知后，自告奋勇帮我找。先到朝内大街人文社图书室，找不到又走北牌楼胡同去范用家。我想叫出租车，他却说：“不远，不远，一下便走到了。”结果书未能找得，但胡同中快步向前走的老戴，他那单瘦的背影，旧纺绸短袖衬衫后心见湿的背影，每当心中想起，仿佛仍在目前，因得小诗一首相送：

人生如寄死如归，事本寻常不足悲。记得当年寻小说，为君一哭到坟堆。

抽刀断水水长流

（2011.9）

抽刀断水水长流，语不惊人应便休。五十年来无限憾，山林朝市各千秋。

罗章龙自云此诗作于一九七八年，写成条幅赠我却是一九八八年的事。此时他已年过九十，但气色仍佳。

一九四八年在长沙，当时我正读高中，因家住河西，假日常去湖大阅报室和学生自治会等处流连。有次路遇一位身穿灰呢大衣、戴着黑框眼镜、手拿几册图书的中年人。同行的湖大外文系学生雷君告诉我，此人为经济系教授罗仲言，他和另一位教授李达一样，过去都是共产党。

罗仲言即罗章龙。他比毛泽东小三岁，一九一五年两人以“纵宇一郎”和“二十八划生”的署名结交，随后同组新民学会，同在北京与蔡和森、萧子升等“八个人聚居三间很小的房子里，隆然高炕，大被同眠”（毛泽东《新民学会会务报告》）。一九二〇年北大建党，最初成员为李大钊、张国焘、罗章龙、刘仁静、李梅羹，李大钊负责领导，张任组织，罗任宣传，毛泽东则回湖南建党。一九二三年中共三大，毛罗同时进入九人的中央委员会和五人的中央局。一九三一年六届四中全会，苏联将连中央委员都不是的王明硬塞进政治局掌握大权，罗章龙随即成立“中央非常委员会”对抗，被政治局宣布开除党籍。他于是进大学教书，成为了经济学教授。

一九八八年八月，我带着岳麓书社出版的《椿园诗草》到北京去看罗章龙。他已被安排到中国革命博物馆当顾问，住上了“部长楼”，很热情地接待了我，主动给我写了这幅字。写的诗却是《椿园诗草》中《炎冰室杂咏》九首之六，我看过了几遍的，于是便笑着问他：

“下一首还有两句，‘众口悠悠安足论，吠尧桀犬本寻常’，看来你老人家的牢骚不小呀。还有‘炎冰室’这个斋名，对世态炎凉恐怕也深有感触吧。听说你老早就申请恢复党籍，不愿跟李达那样重新入党，结果并不顺利，是不是啊?”

“没得的事，没得的事。”他也笑着，连连摇手。

“你老也不想想，建党党员，三届中委，你老这样的资历，若是恢复了党籍，位置又怎么好摆呢?”我还是笑着问。

“没得的事还要问，你也是匹湖南骡子，太倔了。”话虽如此说，他仍然满面笑容。“语不惊人应便休”，看来他真是“休”了，一切都放下了，想开了。他一面笑，一面又拿出一本《椿园载记》来要送给我。这是三联书店一九八四年印的，内部发行，乃是他的回忆录，一九八五年已经寄给我了的，无须再要，便辞谢了。此书的第一节为《二十八划生征友启事》，最后一节中又谈到汪精卫误认他为铁路工人，向他表示“今后愿诚恳向中共工人同志学习”，可读性很强。

我爱我乡

（2011. 12）

今年满八十，离乡六十五年，真的已经很久了。

久虽久，一十五岁前的故乡景物，那天岳书院用整块大青石板雕成的亮窗，走三阳街进城必过的鹰架桥，石碧潭对岸“开花一条线”的板栗树……仍不时出现在我梦里和心中。

如果不少小离乡，从小到老生活在本乡本土，石亮窗、鹰架桥、板栗树习见习闻，“乡”之前难加“故”，故乡景物便不会使我梦绕魂牵。对于我来说，这到底是幸运，还是不幸呢？老实说还真不好回答。但我永远记得：

是故乡记录了我少小时的游嬉歌哭。七八岁时同男孩们捞鱼虾捉螃蟹，同女孩们捕蜻蜓采野花，笑声不断。进初中后知识初开，又曾在汨罗江畔对月临风，生发过幼稚的感伤，甚至无端落泪。

是故乡承载过父亲对我的慈爱。县中教员多是父亲的学生，所以他常来带我出校游玩，吃点东西，顺便查考学业，还曾给我指点，何处叫“秀野春光”，哪里看“碧潭秋月”，“平江八景”又还有哪一些。父母共生过四个孩子，我是最小的一个，大约也承受着他们最迟暮的爱吧。

是故乡留下了母亲勤劳的针线。抗战时穿土布，裁缝便是母亲，还有一年的两双鞋。昏黄的桐油灯下，她一边打鞋底，一边用“古老话”鼓励我：

> 平江出人了不得，余蛮子带兵打外国。
> 李次青、张岳龄，七篇文字锺昌勤。

“平江出人，有锺昌勤；你也姓锺，要争气啊！”

是故乡给了我最初的智慧和经验。小学教“国语”的张先生油印丰子恺、叶绍钧的文章给学生作课外读物，初中教地理的李先生带学生用白纸板测验塘坝中水的透明度，培养了我对写作和自然的爱好，使我终身受益。

六十五年前，平江人家都有龛供着“天地国亲师”。老人告诉我，这是前清时“天地君亲师”改的，改得好。好当然好，但“天”“地”“君”隔我们毕竟远了点，“亲”和“师”就不同了。头发花白戴老花镜吃力看书的父亲，手指套着抵针攒劲打鞋底的母亲，一身粉笔灰在黑板上写字画图教我的先生，他们和天岳书院的石亮窗、三阳街的鹰架桥、石碧潭上的板栗树……综合在一起，便是我心中的故乡——平江。

谁不爱父母，谁不爱恩师，谁不爱自己的乡——家乡和故乡呢？所有的亲人和师长都属于乡，所有的乡都属于国，爱乡也就是爱国了。

父亲的泪眼

（2012. 3）

我这一辈子，只见父亲哭过一回。

那是一九四九年六月，我在长沙文艺中学读高二，是校内公认的“左倾”学生。本来到了放暑假的时候，但地下党动员组织学生“留校护校”，说是快解放了，要留下来保护校产。学校里的三青团则坚持如期放假，要停止开伙，分掉伙食节馀，于是打了起来。现在我右眼框眉棱骨处的旧伤痕，便是当时被打的痕迹。

头破血流地被送进医院，校长通知了父亲。躺在病床上看到他推门进来，直勾勾望着我的是一双泪眼。在床边坐下后，只哽咽着说了句，“打成了这个样子”，他就哭出了声。我这一辈子，只见父亲哭过这一回。

父亲是个读书不少但对世事了解不多的书呆子。一九五八年，我被打成右派被开除，要送劳教，按“政策”可以申请回家自谋生活。找父亲商量，他却说：“我看去劳教也没什么不好，就当成是出国留洋好了。”从前有条件的人家，子弟结婚生子后，才会送出国留洋。这时我也结了婚生了孩子，所以父亲这样说。他以为去劳教和去留洋差不多，都是离家几年再回来做事，我真被他弄得哭笑不得。但结果他还是依了我，向统战部写信，将我接回了家。

一辈子最感激父亲的倒并不是这件事，而是小时候他不管我，让我自己看书，不像别家小朋友，连环图画都得躲着看。我与父亲之间的代沟很宽，他五十多岁才生我，相差两代人。从年龄上讲，他是我的祖父辈，“丈夫爱怜少子”，所以对我一点也不严。从四五岁开始识字看书起，我想看什么书，爱看什么书，都可以，他基本上不管。

父亲是光绪四年(一八七八)的人，应科举成了“佾生”，又进了时务学堂，是梁启超的学生。后来他学数学，教数学，我的数学偏生学得不好。他晚年读庄子，读佛经，我也读不懂。

说是说不管，但父亲还是很关心我的。差不多十岁时，在平江老家，父亲有次从长沙回来，发现有位堂叔父给我看《金瓶梅》，是那种线装木刻有插图的本子。堂叔是有意要捉弄我，故意让我看那些木刻的“妖精打架”，我其实看不懂。父亲一见，问清了来由，抓起一根竹竿子就追着堂叔打，却并没打我。那次父亲真是生气了，满脸通红，厉声责骂他的堂弟：“你要害我，也不能这样害哪，下流胚子！祖宗有灵，也要你不得好死！”现在想起来，老家中的那位庆叔也确实荒唐，他比父亲至少要小二十岁,“读书不成”，当“少老爷”，几次从妓院里讨回姨太太，过一两年又“打发”走，父亲从来就不许我往他屋子里去的。老家那座大宅院够糟的，但父亲早就离开了老家，在外面读书，教书，直至解放后成为文史馆员。

父亲是一九六五年秋天去世的，享年八十八岁。和他同活在世上的三十五年中，我就只见他哭过这一回。他老人家去世已经四十七年，我也年过八十了。直到如今，每当想起父亲时，浮现在我面前的，还是老人家的一双泪眼。

爱书爱到死

（2012.3）

世上读书人多，爱书人也不少。爱书不顾身、爱书爱到死的人，在我八十年岁月、上百位朋友中，却只有一个萧金鉴。

老萧求书，多多益善。开头听说萧满屋子都是书，儿子在厂里帮他另备两间房，他自己在对河又租了房，也满是书，我还跟他开玩笑："古人有'书淫'，你这样多多益善，兼收并蓄，淫也淫不过来啊！"

但我知道，萧这么多书，大都是自己节衣缩食买回来的。他收入并不高，常常是掏空了口袋买书，连搭公共汽车的钱也不留下。买得多时，只能双手抱着或肩头扛着书走回家。

为了买到想要的便宜书，萧常常在旧书店一站大半天。站到腿脚发麻受不住了，就坐在角落弯里的地上(彭国梁还见过他爬在地上)，继续挑选。六七十岁的人了，做一个这样的"书淫"，总比做老花心、老风流、老婚外恋好，我以为。

老萧的文章也写得好，不拖沓，有内容，充分用上了他长久以来兼收并蓄的材料。可见他收书虽贪多，却不滥，算得上有眼光，有选择。

因为自己能文，所以他编《书人》，编《文笔》，总能拿到好稿子，编得出水平。听说编一期《书人》,“全包干”只给他两千元。很显然，干这个他不是为了这两千元钱，而是为了有一个平台交书友。

老萧爱书，也爱读书的人和写书的人，这些人就是他的书友。去年过小年前几天，他陪同吴教授来我家，交谈甚欢，后来谈到某位九十多岁老先生有部书稿久久未能刊行，义形于色，主张大家凑笔钱买个书号，助其了此心愿。其实他与此老并无深交，完全是为了一部他认为该出而未出的书稿而仗义，真是热心肠，提高点来说，亦可谓古道可风了。

我并不赞成买书号出书，但为萧所感动，便说如果要凑，我也可以来一个。这时我注意到，萧君满脸高兴，却已难掩病容，于是又说了一句：“你脸色不太好，是不是不舒服？还是先去医院看看自己的病再说吧。”

此后一连好些天没了萧的消息，大年初七给他家打电话，才知他年前去了医院，一去就出不来了。随即打电话问吴教授，得知是胰头癌已到晚期，同声叹惋。翌日即由吴教授带路往萧家，见到刚由医院回家的萧，他也自知重病上身，无法医治了。

自五年前朱纯走后，我越来越怕朋友生病，越来越怕朋友得了不治之症。前往探望，见了老萧，嘴里说着话，心里却老想着，十来天以前（仅仅十来天以前啊）他还在热心帮别人出书，怎么一下子就这样了呢。越想心越乱，嘴里说的差不多都语无伦次了。老萧这时却又谈到那位老先生的书，还谈到

《书人》和《文笔》，老是放不下。越听我越难过，只好劝他少说话，少想事，安心静养，“一切等你康复后再说吧”，虽然明明知道这已经不可能了。最后萧还说，他正在将自己的文章编为一册《阳台上看风景》，“清样会送给你看看，如果还过得去，便想请你为我写个序言”。我当然只能点头应允，表示一定会收到就看，看了就写，要他放心。

几天之后，萧君竟又由人扶着，不告而来，再一次以写序之事相托。更加使我觉得意外的是，他还告诉我，那位老先生的书，出版社已经同意出版，无须出钱买书号了。重病垂死时的他，居然还在关心着书和书人，真可以说是爱书不顾身，爱书爱到死。

这深深地感动了我。熟悉的老萧的形象，那手里总是拿着书，衣着总是不讲究，脸上总是带着笑，姿态总是那么低的形象，在我心中高大起来。

我从来不“拔高”人。人有多高就是多高，拔也是拔不高的。在这里我要说，萧金鉴和我一样，本只是普普通通一个人，因为他爱书爱到了性命相依、生死与共的程度，他就有了寄托和追求，他的生命也就有了更高的意义和价值。

致朱九思

（2012.4）

九思同志：

谢谢您嘱重璋、华平同学给了我一册《朱九思评传》，读后觉得它虽然还写得不够充分，却也在大体上写出了您立德立功、有声有色的一生，确实是后辈学习的榜样。华平希望新干班人读后能各抒所感，阮甫堂同学已经发表了一篇，自忖匆匆不能写得更好，只能先谈谈两件您关怀我的往事，略表寸心。

一九四九年八月三十一日，新干班口试后第二天，手持廖经天同志写的介绍信，走进经武路二百六十一号时，是您亲切地接待了我。初见未满十八、一身稚气的锺雄，您的神情略显意外，但阅信后便释然了，随即亲切地告云：

“报纸刚创刊，局面开展快，人手很不够，特别是新解放的乡村，报道亟待加强。你写《人民拥护人民币》写得不错，年纪虽小，文字基础还可以。明天有两位记者去县里采访，你跟他们一起下去，就是报社的实习记者了。”又问我还缺什么生活用品（须自打背包下乡），听说还缺一床蚊帐，您即叫李世晞拿床新的美军蚊帐来，要我拿上它就去松桂园找柳思和柏原。

第二天一早，他俩带上刘见初和我出发，一个中学生就这样走向了社会，走向了人生。

从那天起，到您奉调离开报社时为止，开头几年里，在李锐同志和您领导下，我在采访编辑工作中一直很开心，也有了些微的进步。还记得您在临别召开的编辑部大会上，宣布了新的编委名单(最后一名是袁家式)，末了还宣布任命我为总编辑室秘书。很对不起您的是，这个秘书我却没能当好。因为李锐同志和您一走，我就成了“恃才傲物，目无领导”的典型(邓钧洪社长年终鉴定总结报告中语)，工作随即调往财经部易子明同学手下，“目无领导”的毛病自然也越来越严重了。

您心目中的我却好像不是这样的。

我平反改正后，您即派刘春圃(已由您调到华中理工大学当外文系总支书记)来要我去“华工”。春圃告诉我：“九思说，锺叔河我了解，是一个做得事的人，那时年纪轻，有点锐气正好嘛，又没有作风品质问题。”几句话说得我心里暖洋洋的。九思同志，您八十大寿时我以诗拜寿,“寒冰百丈送春风”那一句，写的硬是我的心里话。

但当时我刚落实政策，一大堆问题需要解决，坐牢九年要索赔，流散子女要找回，实在无法离开湖南。后来“华工”创办新闻系，您又一次派春圃来，叫我和傅白芦去当教授带研究生。这一次我本想投奔麾下，但《走向世界丛书》已经国家立项，还是走不了，只能辜负您。

一九四九至一九八九，整整四十年。四十年中，您遇我甚厚，我却无以为报。如今您寿近期颐，我亦年过八十，今生已难言报了。唯物主义者不信有来生，现世的报应却所在多有，人们都看得见的，那就是后辈对于前辈的评价。它可以托诸口舌，即所谓口碑；也可以见之笔墨，即所谓文望；当然还可以存在心里，即所谓心铭。《朱九思评传》便是您的文望，一直存在于新干班同学言谈中的景慕和怀想便是您的口碑，一直使我即之也温思之难忘的便是我对您的心铭了。关于李锐同志，我作有《老社长》一文；关于对您我就先写这封信，向您致以深深的祝福。

多谢老彭

（2012. 5）

彭华平大学毕业入新干班，年纪比我这个读高二的大好几岁，在报社又当过我的小组长，确实是我的大哥和学长，所以我一直喊他“老彭”。老彭也一直对我和气，总是笑嘻嘻的。反胡风、反右派我被批被斗，也不记得他有过疾言厉色相向时，当然这跟他老上晚班有关系，但生病住院仍不忘检举揭发者也有呀，在那个人人自危、个个不能不设法自保的时候。于此即可见老彭之宅心仁厚，也就是他一世为人的价值所在。

我平生好客，却不惯做客，至今未到过老彭家。他却不以为忤，为了新干班联络事务，包括办《新干班通讯》，多次枉顾，一贯蔼然。我生性疏懒，不爱活动，自己本也没进新干班学习，除了杨益荣、刘音、罗印文、陆孝基四位原来认识的，再加上分配到报社来的诸位以外，同学们大都生疏，正好作为逃避活动的借口。硬是原来的刘皓宇，后来的老彭哥，他们的坚持和热心感动了我，才渐渐“勉随诸君子之后”，参加过一些活动。

就说大前天吧，刚吃过早饭，同住大院别住一楼的谭天福大姐，由她的儿媳妇搀着，颤颤巍巍一步一步地来敲门，说是“彭华平六点还不到便到了我那里，他刚刚出院，天热怕太阳，赶早将新印出的《新干班通讯》送来了，又怕你还没起床……”

两位年过八十五的大哥大姐，为了一份“通讯”而如此奔忙，大家说，这感不感动人，该不该多谢？

或以为老彭在痛失老伴又罹足疾后，还要坚持出“通讯”，未免太执着，太不爱惜自己的身体了。说这话完全是为着老彭好，也说得并不错。但转念一想，老彭的执着，岂不正是湖南人“要么就不干，干就干到底”的精神的体现吗，应该尊重的。我们爱护他，就该爱护他这种执着，让他做他想做的事，让他“行其意”。

写下这几行，就算是我对他说一声多谢吧。

鄢振家

（2012.6）

初入报社时享受供给制，每次发河南香烟五十支一大包，亦可和南下同志同样领一包；还曾经糊里糊涂跟着张一痕（罗光裳她们还没来）去领卫生费，被她红着脸喝止。一九五〇年冬改为包干制，每人发钱自己买衣，不必像一九四九年底那样拿着一丈几尺蓝布上街去找裁缝店了。这时候鄢振家到报社没有，我记不清。事实上我好像从未跟他说过什么话，直到一九五八年被扫地出门离开报社。那么，如今来写鄢振家，从何说起呢？

这要从包干制改薪金制说起。改制先得要定级，此时李、朱已走，老邓当家，编辑部内起作用的却是蔡克诚。在饭厅中张榜公布的结果是：新干班来的人中，向麓、郑昌壬、张志浩、阮甫堂等几位定为十七级，大部分人包括我都是十八级，鄢振家、江中石等十几位则定为十九级。易子明此时尚未当官，在做驻湘西的记者（朱纯则驻衡阳），他们发回的稿子还得先经我看过，再交编委复审。他在榜上是十八级的头名，便跟我嘀咕："这凭的是什么？是学历？还是年龄呢？"

我也好强争胜，但从小便知道，名位和本领从来不会一致，白袍小将也是要听张士贵调遣的。“居人下”呒啥，只要不视我如犬马草芥便知足了，所以并没有跟易子明搭腔。但也不禁要想，论学历，论年龄，鄢振家跟向麓又有多大区别，恐怕凭的还是蔡克诚的印象吧。

鄢振家却默默地接受了这个十九级，一直默默地坐在读者来信部里分来稿来信，默默地在报社里工作和生活着。开会时他很少发言，评报栏和黑板报上少见他的名字；但他也从不“积极”去“靠拢”，更不屑于卑躬屈膝去陪“把头”吃喝打牌。在一个接一个的运动中，从不曾见他争先抢后地检举揭发，斗争批判会上也少见他慷慨陈词……

风雨苍黄四十年，四十年和报社同人睽隔，老鄢自然也不例外。一九九九年久别重逢，才知他十四年前(一九八五年)即已休致养老，历罡风恶浪而能毫发无损安全着陆，庄生所谓“缘督以为经，可以保身，可以全生，可以养亲，可以尽年”者非耶？这才警觉，像鄢振家这样能够“恢恢乎其于游刃必有馀地”的，才真正是我应该佩服的老学长。

我有个坏脾气：对人看法不好，就想让他知道；对人看法若好，反而不大想说出来，怕被认为巴结。对鄢振家亦是如此，所以到今天才说佩服他。

今天说佩服他，也是因为这一期《新干班通讯》上他的《庐山会议放歌》和《杂感四首》起到了“触媒”的作用。自从在《新干班花甲纪念文集》中读过《从一把剃须刀看友谊》，我便和原来佩服他的“静气”一样，又倾心佩服了老鄢的文章。我诚心诚意地认为，这则不到六百字的短文，实在是全体新干班人好几次集体创作的“压卷”。这期《通讯》上的诗也一样，七言就是七言，古体就是古体，并不非驴非马。更妙则在其言之有物，直抒胸臆：

各地频频放卫星，说是亩产几万斤。
如此超乎常识事，居然党报发新闻……

真是读来刻骨铭心、值得刻石铭金的好句。这出自“放卫星”时坐在“党报”里头看着别个兴冲冲地“发新闻”，自己则宁可静默地拆信封的鄢振家的笔下，昔之沉默如金，今之“放笔直干”，都不得不使从来沉不住气的我深深地佩服了。

《水浒叶子》的往事

（2013.7）

叶子即纸牌，水浒叶子即画有《水浒传》人物的纸牌。读《藏书报》上王嘉陵文，知李一氓生前赠与四川图书馆的明刻《陈老莲水浒叶子》已入编国家珍贵古籍保护名录，并且有了“再造本”。文中还提到了我，说：

> 在川图善本库里，和《陈老莲水浒叶子》同架放置的，还有一册比巴掌稍大的油印本《水浒叶子》，附有锺叔河八二年致李一氓函，讲述了“文革”时期锺于狱中摹刻《水浒叶子》的往事……

现在就来谈谈这本“比巴掌稍大”的油印本《水浒叶子》。

抗战前进幼稚园，我即迷上了图画书，列那狐和阿丽思，都曾是那时的最爱。不幸“七七”卢沟桥一声炮响，刚要报名读小学的我，被送往山区的祖屋(父亲民国前即已离此来省城)。那里并没有一本新童话书，多的却是刻本和石印的旧小说，半文半白的文字起初看不懂，便只能看插图。

老宅院中没玩伴，却有长辈管着，正经功课还得念。闲暇时，我就全泡在小说书中了。才子佳人的绣像，本本书中差不多，比较乏味。舞刀使棒的看起来才各有不同，最感兴趣的则是“绝龙岭闻仲归天”和“乱蟠桃大圣偷丹”之类的，热闹得好。一眨眼几年过去，《封神》和《西游》的字句也大致通解了。

十一岁那年冬天，偶尔上楼（楼上不住人的），从书柜中寻得一函《绘图第五才子书》，原以为亦不过《七侠五义》《平山冷燕》一流，一看才知是题名“圣叹外书”的七十回《水浒》。每回书前画的全是活生生的人，而且都有各式各样的动作。“倒拔垂杨柳”“大闹野猪林”“雪夜上梁山”“智取生辰纲”，一幅幅都画得那么精神，那么生动。书中所写“路见不平一声吼，该出手时就出手”的好汉们，比起跨黑麒麟的闻太师、驾筋斗云的孙行者来，更能赢得我这个小学生幼稚的佩服。虽然明明知道，这些同样是想学也学不来的。

很快将《水浒》看完，三十六天罡七十二地煞的大名、绰号和星宿全记住了，便想将百零八将的单像描画出来，订成一册。其实早两年我就开始了描绣像，将一张“丁贡纸”蒙在书页上，跟习字描红那样，用毛笔一笔一笔把书上的画托描下来。这是喜欢画却不会画的笨人笨办法，无人传授指点，完全是自己试着干起来的。最早完成的作品是《隋唐演义》里的十八条好汉，从第一条李元霸到第十八条单雄信。木刻本上的原图比较大，线条也简单些。《五才子书》却是石印本，更难描画，百零八人的单像也很难找齐，只能从群像中剥离，难上加难，结果当然未能完成。还记得“黑旋风斗浪里白条”那一幅描了好几次，总是一笔出错，前功尽弃，想起来够辛苦的。但当时不仅不觉得苦，还自得其乐，乐在其中。

和《水浒》的情分就是这样开始的，得知陈老莲和他的《水浒叶子》，却又过了四五年，已在抗战胜利回省城读高中之后了。乡里孩子进了城，目迷五色，一下子见到那么多书，读都读不赢。一读就觉得喜欢，以后还总是要读的，有一本《陶庵梦忆》，中学生不知选择版本，是从一种“美化文学名著丛刊”中读到的。张岱笔下的人和事，令我忻慕不已，浮想联翩：人如闵老子、姚简叔……，还有“怅怅向余曰，如此好月，拥被卧耶”的陈章侯也就是陈老莲；事如“金山夜戏”“西湖七月半”……，还有“遂使宋江兄弟，复睹汉官威仪”的“水浒牌”也就是水浒叶子。

张岱云，陈老莲“画水浒四十人”，“古貌、古服、古兜鍪、古铠胄、古器械……英雄忠义之气，郁郁芊芊”，正是我浮想联翩中的英雄。只恨一直没法见到陈老莲作品的原刻，那“水浒四十人”究竟画成了什么样子呢，——本来这也太超过一个中学生的能力了吧。

张岱爱美，追求美，所以他才写陈老莲，写《水浒叶子》。我也爱美，追求美，所以我才喜欢张岱，为他写的陈老莲和《水浒叶子》浮想联翩。张岱将自己的写作形容为“一番梦呓”，不禁令我想起前人的诗句：“书生梦呓供姗笑，万众纷纷入网罗。”张岱写的人和事，结局是“繁华靡丽，过眼皆空”；我的浮想联翩，更似“彩云易散琉璃脆”。张岱他还能“披发入山”，继续写书；我则只能两人共一副手铐，被铐起来送入

"湖南省第三劳改队",一关就是九年。

劳改队位于井冈山西麓的茶陵县境内,对外叫洣江茶场。几千名犯人分编六个队,五个队都种茶,只有六队是工业队,制造茶叶加工机械。一九五七年反右被开除以后,我没了工资收入,凭着小时候描摹插图练就的一点"手性",便以描绘机械图纸维生,到一九七一年来洣江茶场时,已经干过十几年,可称熟手了。于是便将我派到六队绘图室,"改造任务"则是从设计绘图、描图晒图到去车间帮操作工看图纸。同时还要兼着"搞宣传",在监房内办黑板报,印发学习资料什么的。对于我来说,设计绘图并不难,"搞宣传"则怕出纰漏,感到为难,但为难也得搞。

过后才发现,"搞宣传"对自己也有好处:一是有限的书报能先看到,二是收工后和休息日不会再被派别的劳役,三是可以和其他队"搞宣传"的犯人互相往来。三队的俞润泉是老熟人,二队的胡君里学过美术,后来摹印《水浒叶子》,他二人都出了力。

刻印《水浒叶子》是一九七六年的事,这时我已被关六年,用牢话说"快要关蠢了"。但这一年来得很不寻常,一开头就天崩地坼(吉林陨星,唐山地震),颇有点山雨欲来风满楼的气象。监房里跟着监房外头搞学习,也由照本宣科天天读,一变而为"评水浒","反投降",讲起"屏晁盖于一百零八人之外"的故事来了。

有一天,管教队长忽然来说,要办一个"结合评水浒反右倾翻案"的图片展览对犯人进行教育,叫我策划进行。他给了我一大堆画报，说图片可以从上头剪；又给了我上中下三册新印的《水浒全传》，说："宋江是投降派要批判，李逵是造反派要宣传，都没有现成的图像，你看看书上有没有？"特别交代书不能弄坏，得妥善归还；更妙的是"可以将别队搞宣传的犯人调来，画的画，写的写"。

他一面说，我一面翻看《水浒全传》，一看就乐了，书中的插图，不就是陈老莲的《水浒叶子》吗？于是立刻动起念头，要趁此机会将这四十幅《水浒》人物像摹刻出来。俞润泉、胡君里来后，和他们商量，都十分赞同。于是我先定妥版式，图像只能照着书上一般大小，外加版框，做成三寸来宽五寸来高的"巾箱本"；版框还得套色，使黑色的图像更加突出鲜明。俞润泉自告奋勇刻印版框，红、蓝、绿色各印了一些，相当好看。摹刻图像我叫胡君里干，他却说无法在厚而无法平摊的书本上刻蜡纸，因为从来没这么干过。于是只好由我先用绘图笔尖蘸上墨汁在描图纸上将插图描绘下来，再将油印蜡纸蒙在描图纸上勾出线条，然后交给胡用铁笔在钢版上刻出。胡君里刻钢版的本领的确不错，我描勾的只是轮廓，他却能对照书上的插图，摹刻得相当逼真，很不容易。

做这件事情，当然先要得到管教队长的批准，至少是默许。为此我特别写下了这样一节说明：

在评论《水浒》的宣传中，往往感到人物画的资料缺乏，对当时的服装、器物等不熟悉。上海人民出版社重印的《水浒全传》中，印出了明朝画家陈洪绶（老莲）所画的《水浒叶子》四十帧，是传世有名的水浒人物画，特将其摹刻油印出来，以供参考。《水浒叶子》原作的创作思想、艺术手法，和《水浒》这部书是互为表里、完全一致的。在根据毛主席的指示评论《水浒》的同时，对《水浒叶子》也可以而且应该进行必要的评说。

拿给队长看过，他表示认可，只在最后面加上一行："洣江茶场六队、二队宣传组，一九七六年七月。"其实洣江茶场也好，六队、二队也好，都并没设什么宣传组，只有两个"搞宣传"的犯人锺叔河和胡君里(俞润泉在三队)。

四十幅版框套色的《水浒叶子》印成，俞润泉又印了两页毛主席语录、《人民日报》社论摘要和我写的说明，再加上题名"水浒人物"的封面，事情就算是做成了。

人物图像的蜡纸，因为经过我和胡君里两次描摹，无法多印，加上损耗，成品只有几十本。队长拿去了一些，"搞宣传"的各拿了几本，我处还有十来本。自知劳改队风云难测，赶快给长沙家里和朱正、张志浩、王怡德各寄去一本。果然，"水浒这部书，好就好在投降……"的语录油墨还未干，毛主席就去世了。这真是天崩地坼啊，一时如临大敌，犯人噤若寒蝉，监房内大检查，剩下的《水浒人物》全被拿走。我麻着胆子，假意遗落在图纸堆中了，才留下了一本。好在没紧张多久，"四人帮"一倒台，"山雨"终于变成了甘霖。

一九七九年我平反出狱，到了出版社编书。一九八二年三月初，忽得通知去北京开会，通知上盖的是一颗公章"国务院古籍整理出版规划小组”，另一颗私章“李一氓”。对李一氓我本无所知，只看过一九八一年出版的一册《一氓题跋》，其中有篇《陈老莲水浒叶子跋》，知道他藏有明刻本，看来与我“有同好焉”。于是便带着自己从劳改队带回的那本《水浒人物》去开会，心想如有机会给他看看，也许能赚得明刻本一观，饱饱眼福。

会期八天，我分在第四组(专史组)，与白寿彝、季羡林、夏鼐、谭其骧诸先生一起讨论规划，忙着记下他们的精彩论述，又要为新编《曾国藩全集》争取几次发言(原来只规划影印刻本《曾文正公全集》)，实在是忙。休息时来访者和要拜访的人又多，总要到夜深才能入睡。有次午餐时，李一氓屈尊到我身旁，询及《走向世界丛书》，说有部由缅甸去英国的人留下的刻本可以相送。我知道他说的是王芝的《海客日谈》，已经有了复印件，无须再要刻本，便只跟他谈《曾国藩全集》的事，也想到了《水浒叶子》，可书又不在身边。很快身旁便聚拢了好些人，有想找他上项目批经费的，也有专门为了套近乎的。我不习惯这种场合，只得匆匆离席。会后又忙于别的事，特意带往北京的《水浒叶子》又带回了长沙。

一个多月后，李一氓派他的秘书来长，有所咨询。我才将那“比巴掌稍大的”油印本《水浒叶子》托带给他，并给他写了封信。张志浩听说后，即将他那里的一本送回，其实大可不必，因为原来寄给朱纯的一本还在呢。

李一氓逝世于一九九一年，一九八二至一九八九年间，他曾多次给予我鼓励和帮助，这些不必说了。我写的《潘汉年在涞江》一文发表后，收到了他写出裱好寄来的一首诗，落的上下款是“无题书奉叔河同志雅鉴，李一氓”。钤的印章为“李一氓八十以后书”，右上角还钤有一颗椭圆形的朱文印“长征战士之一”。

“长征战士之一”写得出感慨“电闪雷鸣五十春”、悲伤“空弹瑶瑟韵难成”的诗，来怀念那一双“被革命吞食的儿女”，这恐怕和他懂得陈老莲和《水浒叶子》(当然也懂得张岱的文章好)不无关系。

往事难忘，故人易老，但《水浒叶子》是会长存的，我想。

胡俞二君均已作古，我都写了纪念文章，在《胡君里》文中，对他的才艺表示印象深刻。李一氓逝世二十二年了，他一九二五年入党，当到了中纪委副书记、中顾委常委，还能热爱文化，能发现并珍重真正有价值的作品，这种胸襟和见识，更值得后人景仰和效法。

我编书，我写书

（2013.7）

一个普通读书人

前些时，在湖南很炒作过一阵子“湖南精神”，很强调“湖南读书人的传统”，结果“多数表决”出来了几句放之四海而皆准的口号，“敢为人先”什么的，对这类闹剧我不感兴趣。我认为读书人——知识分子不能分为湖南的、湖北的、广东的……，他们都应该是公共的、普通的。我就是一个普通的读书人，一个普通的知识分子。

知识分子如果按职业来界定，大体可以分为三个部分：最大的一部分是教育工作者；另外一部分是研究工作者，包括写作者和科研人员；还有一部分是信息和传播工作者，包括编辑、记者，这个划分不一定很准确，但大体不会错。

知识分子这个名词，在汉语中是怎么出现的，我不很清楚。共产党领导中国革命，一九三九年发过一个重要文件——《大量吸收知识分子》，文件里讲的“知识分子”，和 intellectual 不是一回事。所以我有时宁愿自称读书人，虽然我读的书并不多。

我所说的这三部分人，要求具备的素质是各不相同的。写《史通》的刘知幾讲过，论人才要看“才、学、识”三个方面。

我认为，教育工作者首先要有“学”，教的人总要比学的人多一点学问。搞研究创作的首先要有“才”，学识当然要，更要有天分，要有才；如果没有一点天分，研究创作那是不能搞的。做记者，搞采访，搞信息，当编辑，当主笔呢，最重要的就是要有“识”，要有见识。

当然,“才、学、识”三者不是孤立的。要有见识，还是先应该有学问，孤陋寡闻不可能有见识。周作人讲过，文物鉴赏没有诀窍，就是要多看，看多了，即使自己不能画出一幅画来，但他就能看出好画，能识货。搞编辑这行，看书稿，看文章，看人，看事，都应该看得出好坏，才能不错判，不上当。这就需要有一点见识，如果不具备这一点，你就很难做好。

我这个人的“学”很不足，毕竟只有自己看书看来的一点知识，七零八碎。“才”也十分平庸，中人之资，顶多在及格线上。只能够说，文字功夫还是有一点点，边做边学也积累了点经验，对于中西交通，对于周作人，对于民俗文化这些方面有一点兴趣，却谈不上有什么专门研究。写点散文，也看不出有多少才情。不过对于中国的历史和文化，我多少有一点自己的看法，有一点见识，这是唯一差堪自信的。

我做编辑的时间其实并不长，十八岁到《湖南日报》(当时叫《新湖南报》)，先搞采访，后当编辑，当到反右时不过七年。那时候在报社里当编辑，比现在的自由还少，自己能够做的事情不多，空间很小。真正来编书，还是在一九七九年落实政策以后，不回报社，到出版社，才认真做了几年，不到十年又离开岗位了。当然，一九八九年以后我还编过一些书，但已经不是坐在出版社里“做工作”，而是自己想编啥就编啥，用现在的话叫“自由撰(编)稿人”了。

报纸上说我小时候家庭条件不错，是世家子弟。其实根本谈不上，只是一个普通读书人家，当然也不是劳动人民出身。过去，祖上要做大官，后代要有封荫，有稳定的产业和地位，生下来至少也是个“承仕郎”什么的，才能算世家。我的先人没这个资格，只是普通人家。

一九四九年八月，新华社和报社在长沙办了个新闻干部训练班，我投考了这个班，还没等到发录取通知，就和另外几个人被召进报社工作了。

当时我还不满十八岁，本来是要进大学的，想去学考古或者植物学。我父亲是教数学的，我哥哥学农的。我看过些自然知识方面的书，对植物学感兴趣，也看过一些介绍考古文化的书，对挖掘人类古文明更有兴趣。我考新闻干部训练班纯粹出于偶然，有一个女孩子，我对她有好感，她去考新干班，我便跟着她去考。

我想读书，家里也有这个条件。父亲五十多岁才生我，一九四九年他已经七十多岁，早退休了。国民党省政府给了他一个“文献委员会委员”的名义，有一份收入。共产党来后，仍旧给了他一个“文史研究馆员”的名义，还是有一份收入。这种名义不会有多少钱拿，但毕竟还有一点钱，又是闲差，不必上班做事，也不必去开会学习，这就很不错了。而且他还是“民主人士”，高知待遇，不算“地富反坏”，我要读书还是可以读的，何况那时进大学不要钱，都是公费。但是，进了报社就算是参加了革命，安排了工作。他如果不需要你了，可以叫你走，往远处一调，不走也得走；他如果需要你，那就是“革命需要”,“个人必须服从组织”。不让去读书，去读书就是脱离组织，脱离革命。其实那时候，考北大、清华都行，因为北京的大学都空了，清华、北大的绝大多数学生都不要文凭南下了，只有少数还留在学校。但原来的课都停了，朱光潜、冯友兰他们都不讲课了，只讲社会发展史，讲猴子变人了。这样子，再加上头两年在李锐、朱九思手下做事还痛快，又和朱纯恋爱了，结婚了，也就没有去上学读书了，自己读吧。

“你这个右派不冤枉”

五十年代初，我在报社负责同地方记者、通讯干事联系。通讯干事就是新闻干事，每县设一个，地市则设立记者站。我把通讯干事和地方记者发回的稿子整理见报。朱纯就是衡阳记者站的记者。一九五七年，我和朱纯都被打成“右派”了，当时《湖南日报》打了五十多个右派，《人民日报》才十几个。“反右办”的人对我说：“如果报社只划一个右派，那就是你锺叔河。右派划多划少并没有指标，有多少划多少，不会冤枉。即使有冤枉，你这个右派不冤枉那是肯定的。”

为什么他这么说呢？

因为我的右派言论多,"有纲领"呀。为了批判我这个右派分子，报社给我一个人编了一本书，一百五十多页，全是"同志们"检举揭发我的右派言论。检举揭发的有几百条,"反右办"拿来和我"见面"，叫我把自己承认的写下来。有些话我确实是讲过的，认为也没什么不对，便承认了四十八条。加上不得不奉命作出的"自我检讨"和别人的"分析批判"，便成了一百多页三十二开的一本，作为我"反党反社会主义的纲领"。

他们说我"错就错在要思想"，这一点我承认。

"右派"的处理分几种。"情节严重态度恶劣者送劳动教养"，这是第一种，其中"情节特别严重态度特别恶劣者，并开除其公职"。我是"开除公职送劳动教养"。幸亏我既无"家庭成分问题"，亦无"政治历史问题"，够不上"反革命"；又没有犯过"生活作风错误"和"经济错误"，不能叫"坏分子"。于是由父亲出面，"申请回家自谋生活"，免于去劳动教养，朱纯也没有去。

说是"自谋生活"，自己却并没有谋生的本领，的确苦过好一阵子。父亲家里的生活本来不很苦。我们夫妻两个原来的工资都不低，比我父亲的文史馆员工资还高点，却从不储蓄。开头各自带一个小孩回父母家"啃老"，但"三年自然灾害"紧跟着"反右派斗争的伟大胜利"接踵而来，纵然父母并不怨尤，自己也无法安心"啃"下去。夫妻也不愿分居，于是一个多月后就从父母家搬出，自己租个房子，我拖板车，朱纯糊纸盒子，来养活自己。刚拖板车时，真是拖得一身痛，尤其是躺在床上没睡着时和睡觉醒来时痛得很。但再痛还得拖，好在年轻没病，痛了几天，也就不痛了。那时也没什么朋友往来，真正看书看得多就是那一段，还有就是后来关在牢里的时候。年轻时看书看得快，看了就记得。

父亲家里有些书，他还有省图书馆发给高知的特种借书证，我用他的证去图书馆可以借书看，连刻本《金瓶梅》都借出来了。说来你不信，拖板车拖得骨头都散架子了，还看《金瓶梅》。我对朱纯说："饭还是要吃的，书还是要看的，要我们死我们是不得死的。"

拖板车拖了几个月，慢慢在社会上找出了点门路，便到大专学校去誊刻讲义。刻蜡纸，八毛钱一张，多时一个月刻四五十块钱，比拖板车强多了。后来又去描图，并且学会了机械制图，学会了做模型(翻砂木模和教学模型)。钱容易挣些，书就更看得多些。我主要干绘图，出于兴趣也做做木工，如今还留下两个欧式的木工刨，就是我自己做的。德国木匠是世界上最好的，他们的木工刨，结构、做工和用材，都比中国的好得多。

编印周作人的书

抗战八年在平江老家，老家没有新书看，全是线装书。哥哥姐姐的初中教科书，国文、历史、地理、动物、植物，成了我最喜欢的读物。大姐比我大八岁，哥哥比我大七岁，他们的国文课本里有冰心、朱自清、叶绍钧等人的文章，"燕子去了，有再来的时候；杨柳枯了，有再青的时候……"初读朗朗上口，读过几遍就乏味了。周作人的文章，开始看难懂些，但是越看越有意思。有一篇《金鱼、鹦鹉、叭儿狗》，后来才知道是从《看云集·草木虫鱼·金鱼》中摘录的，真是百读不厌，每次读都有新的体会和感觉，至今仍然如此。课本中的“作者介绍”，介绍他有《自己的园地》《雨天的书》等作品，脑子里便牢牢记住了这些书名，后来一见到就弄来读。总之，这个人的文章对我的胃口，我就是喜欢他的文章。

参加工作后不久读到上海出版的《鲁迅的故家》，署名周遐寿。其中有一节《一幅画》，说他的小弟弟三岁时死了，母亲叫他找人画一幅像，又没有照片，不知道什么样子，画师完全是凭想象画的。这幅画在母亲房里挂了“前后足足有四十五年”，直到母亲八十七岁去世。周作人写道：“这画是我经手去托画裱好拿来的，现在又回到我的手里来，……现在世上认识他的人原来就只有我一个人了。”真是至情之文，看后很是感动。

后来又看到一本书，叫做《希腊的神与英雄》，也署名周遐寿译。同事张志浩也看了，也觉得很好，但不明白希腊神人的名字为何多与通用者不同，写信去问出版社。那时候出版社对读者来信不像现在，是很重视的，他们把信转给周作人，请周作人回信，这才知道周遐寿就是周作人。我们就给他写信，问他要书，请他写字，他都一一回应了。一九八九年周丰一整理他父亲的东西，发现了我一九六三年十一月二十四日写给周作人的信，将其复印一份寄回给了我。

有人问我给周作人写信时想没想过他是汉奸的问题？答复是：没有想过。

周作人在日本人占领时去做“华北教育总署”的“督办”，这肯定是不应该的，是他人生的败笔。但我想这并不影响他的文章价值。我的态度是“人归人，文归文”。这个人有毛病，有过错，只要他的文章好，对我的口味，我就喜欢，喜欢他的文章，这有什么不对吗？

至于汉奸问题，毛泽东都说过，“文化汉奸嘛，又没有杀人放火”。这就铁板钉钉，盖棺论定了。

汉奸是汉族同异族（金族、满族……）冲突时出现的名词，同时出现的当然还有“金奸”“满奸”……，而金、满现在都成为兄弟民族了。日本是异国，和占了香港一百五十年的英国，和派人拿钱来干涉中国内政的俄国，一样都是异国。同异国合作，当然比跟异族合作更严重一些。

周作人如果不当“督办”，只在“伪北大”教教书，只在“伪报刊”上发发文章，我看问题也不怎么严重。北京的“伪北大”，南京的“伪中大”，在那里读书的毕竟都还是中国的学生，其中还出过大人物，他们总不能等到抗战胜利后再来进大学。张爱玲也是大学生，也是在上海的“伪报刊”上发文章才出名的。

跟周作人通信是六十年代的事情，因为有过六十年代这段交往，所以我八十年代在岳麓书社出版了许多周作人的书。

出周作人的书，不只是因为我喜欢他的文章，更重要的是我认为他的思想和见识有启蒙的意义。四十年来不印他的书，对思想文化的发展进步是很大的不幸，该设法补救。当时出他的书有风险，有阻力。后来岳麓书社终于未能将书出齐，半途而废，即可见阻力之大。

一直有人骂周作人，这并不奇怪。骂一个已经被打倒的人，一个已经戴上了“帽子”的人，既可以显示自己正确，又不会给自己带来任何风险。这也是一种习惯，一种文化。

还有一种观点，就是所谓“大节有亏，一切都完”，文章也不好了，它有时候很容易误导人。而我看一个人，是先看他的人文主义情怀，看他的文化观是有害于人民还是有利于人民，看他是在做有害于文化的事还是做有利于文化的事；并不是先看人们给他戴上的帽子，贴上的标签，因为帽子和标签是可以变换的。

我出他的书，采取了一种态度，就是我自己不去写周作人，不去评论周作人。要写我也可以写一写，可能无法写得比别人好，但至少可以写得比别人早。为什么我不写？因为我一写，就要卷入到争论中去。我不参加关于周作人的争论，但我出他的书总是没有错的。即使要批判他，也要掌握他的材料吧？你不能瞎批啊，没看过他的文章怎么批？

当初出周作人的书时，的确承受了压力。岳麓书社是一家古籍出版社，周作人的书并非古籍，你古籍社为什么出周作人？这是破坏了“专业分工”的原则。《走向世界丛书》还是文言文的东西，“五四”以后的就不是了。周作人写的是白话文，而且还是白话文的开山祖，别人看来和古籍不相干。

出曾国藩的书开头也有人反对。报纸上有很长的文章说，曾国藩是汉奸刽子手，还要出他的家书，“如此家书有何益”，文章的标题就是这七个字。有人写材料寄到北京，说锺叔河很爱汉奸，出了曾国藩又出周作人。但我坚持认为：这两个人是绕不开的。要了解晚清的政治和文化，你就绕不开曾国藩；要了解“五四”新文化和新文学，就绕不开周作人，他们是客观的存在。如何评价他们，是研究者的事；我不是研究者，我只是一个出版者，只提供资料。如果要我办出版社，我就要出这样的书；不要我办，我立马就走。

编《走向世界丛书》

《走向世界丛书》是我一九七九年平反出狱到出版社以后编的第一套书。一九七〇年将我打成“反革命”，判刑十年，坐了九年牢。

一九七〇年搞“一打三反”，有人检举揭发我这个右派分子家里常常高朋满座，说我当众大讲：不该说什么“天下大乱，越乱越好”，不该把《史记》《红楼梦》这类的线装书烧掉。这些话我确实讲过。

最要命的是，有一些中国国民尤其是中国读书人的品质是很差的。以后如果再来一次“运动”，干这种检举揭发勾当的人仍然还会有，永远不会缺乏的。他为什么要这样做，其实原因可能只是哪一回你遇见他没打招呼，或者哪一回你说过他的文章写得不好。

一九七九年，终于平反出狱了。平反以后，本应该回报社的，但我不愿意回去。到出版社来，是比我先改正的朱正推荐的。朱正早就出过自己的著作，名气比我大。我本就想编书，不愿意编报，编报纸副刊也觉得没有多少意思。

到了出版社，先是建议编《曾国藩全集》，紧接着就动手来编我自己心目中的《走向世界丛书》，把最早走出古老中国大门的记述，最早走向现代外部世界的记述整理好，印出来。

这个想法我早就有，早就觉得这些书应该流传。当然，在坐牢的时候，不会想到自己来编书，但我一直在想一个问题，就是中国怎样才能“变”，变成一个现代国家。中国从清朝起，面临的大问题就是如何实现现代化的问题。为什么要实现现代化呢？因为中国还是一个现代化前的国家，是一个封闭落后的国家，它不跟外部世界正常地、自由地交流接触，它脱离了全球文明进步的正轨。地球上所有国家和地区，在中世纪前都是这种情况，那时候各个国家和地区都是互相隔绝的。在航海大发现和产业革命以前，欧洲也是封闭的。世界被分割成不同的地区，北欧中欧是日耳曼蛮族，古罗马承希腊的流风，阿拉伯又是另外一个世界，东亚属于汉文化圈，美洲则是印第安人，各种文明都是不相往来的。后来经过文艺复兴，经过航海大发现和产业革命，西方就开始走向世界了。“天朝上国”却一直还在以为自己“居天下之中”，自己的“精神文明”最悠久最优越……

要努力实现现代化，就要出《走向世界丛书》。但在三十多年前，做这些事情还有阻力，有压力。在中国做任何事情都会有压力，如果要坚持自己的理念。

《走向世界丛书》，为什么要取这样一个书名呢？因为我不想它看起来像古籍。不是说岳麓书社只是一家“专业分工的古籍出版社”吗？我就是要打破这个框框。它们本来就不是古籍，写的是火轮船、德律风(电话)、巴力门(国会)之类现代事物嘛。我也是世界上的一个人，牢狱也是世界的一部分，不可能完全和社会隔绝，思想更是牢门关不住的。在坐牢的时候，我曾长时间思考过中国该往何处去，中国为什么会走到现在这一步，以至于把我们这些从不犯法更不造反的普通读书人都关到牢里了。我们不过看了几本书，关心些历史和世界上的事，有一点对文化对社会的看法，怎么就成“反革命”了。这是只有在做几句诗就会被砍头的文字狱时代才会发生的事情嘛！哪怕是实行了清宣统三年(一九一一)的《钦定宪法大纲》，实行了沈家本等人主持修订的《大清刑律》，这样的事情也就不可能发生了。由此可见，中国的根本问题是如何与世界同步，如何走向现代世界，如何使中国成为全球文明的一部分，如何实现现代化。

清朝也好，慈禧太后也好，都是抗拒现代化的，他们认为统治者的麻烦是现代化带来的。中国传统社会本是个超稳定的系统，它内在要求变革的动力很弱。中国文化本质上是内向的、自满的，我们“足乎己无待于外”，我们自己的制度和文化都是最好的，我们不需要学外国，只能“用夏变夷”，用伟大的华夏文明去改变外面罪恶黑暗的世界。自家尽美尽善，不能“用夷变夏”，这便是从慈禧太后到“四人帮”的心态。

当然，传统文化确实有它的长处，我并不轻视传统文化。中国人作为一个古老的民族，他的文化有强大的生命力和凝聚力，但凝聚力也就是保守力，有东西保守，也保守得住。

正因为如此，中国要走向世界非常艰难。中国人去西方，比起西方人来中国，起步要晚一千年。中国人真正走出去看世界，是鸦片战争后的事。西方中古有四大东方游记，利玛窦他们还带来了大量的书，带来了西方文化，当然那时候他们不叫文化叫宗教。中国走向世界的艰难，从《走向世界丛书》中可以看得清清楚楚。像郭嵩焘那样的人是凤毛麟角，像刘锡鸿那样的人是骂外国人的，有些人承认外国有些“长技”，但“礼教”即文化是不行的，而这些正是我们自己的命根子。

《走向世界丛书》在头一年里出了十二种，一个月一种。之所以要集中地出版，是因为如果分散地、一本一本地出，不容易给读者留下深的印象。原书都是用的文言文，不一定什么人都能看懂，所以还得在每种书前面写很长的导言(叙论)，介绍这个人的基本情况，他到外国去的背景，以及他的记述的意义。后来我自己出了两本书，一本叫《走向世界》，我加了个副标题——“中国人考察西方的历史”；另外一本叫《从东方到西方》，也加了个副标题——“走向世界丛书叙论集”。

《走向世界丛书》出版后，社会影响很大，自己只感觉做得比较累。但因为做的是自己心里想做的事情，再累也不觉得苦。只说写叙论，长的一篇三四万字，最短的也有一万多字，各篇之间少有连续性，七至十天写一篇，这就不大容易。那时没有复印机，每种书先要找人抄，抄稿要校过才能发稿，排字后又要校改两到三次，然后加旁批作注释。一个月一本书，平均十多二十万字，从发稿到付印，全过程都是一个人做。那时确实忙得连电视都没看过，仍然搞得津津有味。开头我是编辑室主任下的一个编辑小组组长下的一名编辑，只能单打鼓独划船。为了顺利通过“三审”，前若干篇叙论都不敢署自己的名字，署的是“谷及世”（古籍室）、“何守中”（锺叔河倒转）、“金又可”（锺叔河之半）。直到丛书“成功”后，才找人帮忙校点过几种。但别人校点的书自己也还要看几遍，要写边批，还要写叙论。

争取出曾国藩的书

一九七九年入了出版界，一九八四年到岳麓书社当了四年总编辑，所做的事值得回忆一下的，除了出周作人的书和出《走向世界丛书》这两件外，还有一件便是力争将新编《曾国藩全集》列入国家出版规划，并组织实施。

我看过曾国藩的家书，也看过他别的文章，并不认为曾国藩能够解决现代中国的问题，他属于过去了的时代。但他是旧文化最后一个集大成者，他的个人能力是出色的，在决策方面、组织协调方面，以及学术文化方面，他都是第一流的人才。他做大事的时间不长，却取得了大的成功，这是很了不起的一个人物。研究人才学，他是一个标本。另外，他在培养教育人、发现人才方面很有独到之处，他的文笔也好。

曾国藩不单纯是一个军事政治人物，他还是一个学者，有很高的文化修养。他深入研究了中国的传统文化，而且做了大量的编辑整理工作。中国的旧体制在当时走到了穷途末路，面对“三千年未有之大变局”，要么赶快实现现代化，跟上世界潮流，要么就是被世界潮流抛弃。在这个关键的时候，曾国藩作为传统文化的总代表，他的反应是值得深入研究的。把曾国藩的书列为禁书，是没有一点道理的。就是要批判曾国藩，也得研究他的书，研究他的全部著作。而且，越是研究曾国藩，就越是可以发现，连曾国藩这样有作为、有能力的人物，都无法挽救旧体制的崩溃，那只能说，这个旧体制的确是不能不崩溃了。这能够更深刻地说明旧中国必须要变，不能不变。

一九八三年，李一氓因为《走向世界丛书》的缘故，让我去北京参加国家古籍出版规划会议。在京西宾馆的会上，我做了发言。《走向世界丛书》无须讲了，我就讲曾国藩的全集必须要新编出版。国家原来只规划影印刻本《曾文正公全集》，我说那不行，原来删掉和漏掉了大量的书信和批牍，还有不少其他集外文，都必须收集编印，将曾国藩的所有资料编成一部“大全集”。我跑到北京图书馆去，把旧的刻本和新发现的材料同时搬到会场上，一篇一篇、一条一条指出旧版本不完善，不能简单地影印。就这样，新编《曾国藩全集》才列入了国家规划。

一九八四年，我被派到岳麓书社当了总编辑。此时，书社已经将《曾国藩全集》列入了选题，分配了一位学中文的同志做责任编辑。我去以后，发现他更适合编古典文学书，便决定改由邓云生(唐浩明)来当责任编辑。他学过工程，我觉得这正好是一个优点，因为经过科学技术训练，工作方法可能会比较周密。我对他说，学过工科正是你的优势，何况你后来还是文科研究生呢。

出《曾国藩全集》，书社承受了很大的压力。唐浩明后来写小说出了名，但当时还没有出名。《走向世界丛书》在全国已经有了名，我一九五七年又是著名右派，报纸上登过头条，大家都知道，书社的总编辑又是我，所以这个压力只能由我来承担，事实就是如此。

《曾国藩全集》付印的头一本《家书》出版后，《湖南日报》发了一篇大文章《如此家书有何益》，反对出这部书。还有人向省委告状，说曾国藩是汉奸刽子手，岳麓书社“为何如此热心出他的全集，不出我们的学术成果”。我对社里同志们说，沉住气，我们不必和个人去争论，这种争论一开展起来，就会没完没了；只要快出书，出好书，在国际上，至少在全国范围内造成了正面的影响，只要大家觉得这个书出得好，反对的声音自然就压下去了。

很快，内地、香港、美国的报纸都发表了评论，将湖南新编《曾国藩全集》比成“爆炸了一颗文化上的原子弹”，都说出版曾国藩的书是大好事。省里面做官的人和负责审读的人，他们其实并不在乎事情本身的是非，只在乎“上头”和舆论是肯定还是否定这件事。“上头”和舆论肯定了这件事情，他就不多说多管了。

有人后来说：“策划出版曾国藩的书，这没有什么值得提的呀，《曾文正公全集》光绪年间就印了的呀，民国时期到处印，列入规划算什么呀！”现在来看，曾国藩的书当然到处都可以印了，确实“没有什么值得提的”了，但上世纪八十年代初的情况又是怎样的呢？当然，他说他的，那没有关系。做这件事，开始是出于我的本心，后来是我当总编辑的责任；选派适当的人当责编，也是我分内应该做的。《曾国藩全集·家书》还有的缺点，作为总编辑，首先也是我的责任，虽然分工负责专门做这件事的不是我。

今天还有人不赞成出曾国藩的书，出周作人的书，也没有关系。提倡自由，不能只意味着我要自由，别人也要自由，也要有说话的自由。曾国藩的书和周作人的书，一万年以后还会存在的；对曾国藩和周作人的不同评价，也是一万年以后还会存在的。我认为，评价曾国藩和周作人是一回事，整理出版他们的书又是一回事。我一般不去读评论曾国藩或者周作人的文章，更不去参加争论，那样反而会妨碍书的编辑出版。我总是站在提供资料的立场。我只说，要肯定他，要批评他，都得看他的书，不看他的书，讲的很多话就没有常识。那些年我一直在出书，在出书上我却从未受过来自北京的任何批评。

如果觉得这个人的“倾向好”，就发表他的文章，就出他的书；那个人的“倾向不好”，就不发表他的文章，不出他的书，有价值的书也不出，这根本就是一种反文化的态度。

我自己写的书

从一九七九到一九八九，做编辑做了十年。离休以后，自己做的事，属于散文写作和民俗文化研究的不必在这里说。只说三本书，一本《走向世界——中国人考察西方的历史》(中华书局)，一本《从东方到西方——走向世界丛书叙论集》(上海人民出版社)，一本《中国本身拥有力量》(江苏教育出版社)，三本书研究的都是十九世纪中国士大夫对西方文化的认识及其反应。

我认为，现代性与传统的冲突和趋同，乃是中国近代文化思想史中最重要、最基本的事实。现代前中国社会的领导阶层是传统的士大夫阶层，在进入新的历史时期、面对“三千年未有之大变局”、面对现代世界时，这个阶层对自己社会的信心如何？其传统的价值观与制度面临怎样的考验？对外来的新事物和新学说持何种态度？对帝国主义侵略、基督教渗入以及一切“洋务”“洋人”又有何反应？这些都很有必要作具体的研究和分析。当时国内这方面的研究似乎尚处于比较零散、比较初级的阶段，或者停留在几个代表人物身上，或者把士大夫和其他“人民群众”笼统地混在一起。国外有学者做过一些小范围的定性和定量分析，因为只能从他们所熟悉的史料着手，往往也带有局限性。

历代中国的读书人都是由士而仕、官文合一的。士大夫的性格在很大程度上塑造了中国传统文化的性格。中国古代社会长期停滞不前的主要原因之一，就在于这个占领导地位的士大夫阶层有着难以克服的致命弱点。十九世纪开始了全球文明时代，十九世纪以来中国的根本问题就是走向世界、走向全球文明的问题，也就是实现现代化的问题。

现代化的“现代”，就是全球文明的时代，其重要标志即各个地区(国家)固有传统文化的交融和趋同。传统中国的现代化为什么这样艰难曲折？就是因为领导这个社会的士大夫阶层对现代化没有内在的要求和思想准备，对此他们始终是被动的、消极的。士大夫身上遗传下来的依附性、保守性和软弱性，成了中国实现现代化的精神障碍。当然，他们之中也不乏忧国忧民的志士仁人，但在没有脱胎换骨之前，都是空有砥柱中流之志，而乏回天挽澜之力。

到十九世纪中叶，西方列强已经现代化了，国力强盛，经济发达，中国却依旧国弱民穷，经济落后。多数的中国士大夫还在以传统的社会文化观看待西方国家，"天朝上国"的鸟枪土炮却敌不过西方国家的坚船利炮，结果是一败涂地，被西方国家打开了国门。这时他们中的部分人才开始意识到学习西方技术以图存已是刻不容缓。然而，他们还只肯承认西方国家物质文明的厉害，"精神文明"则还是我们这个"礼义之邦"优越。

士大夫中也有筚路蓝缕以启山林的先行者。魏源便提出了要学习西洋人的"长技"，他撰写《海国图志》，介绍大西洋欧罗巴各国。郭嵩焘更进一步看到了西方的"政教"的优越性，容闳、黄遵宪、薛福成等人走向了世界，有意识地介绍西方文化科学，起了思想先驱的作用。站在这些人后面的大人物是曾国藩。容闳是在曾国藩的支持下组织幼童留美，为上海制造局去美国买机器的，他在《西学东渐记》中推崇曾"为清代第一流人物"，说他的这些工作都"因曾文正乃得告成"；郭嵩焘和曾氏既有金兰之好，又是儿女亲家；薛福成和黎庶昌都属于"曾门四子"。

但主流的士大夫对异质的西方文化仍是坚决抵制的，这且不论；就是对"洋务"持接受态度的士大夫，思想深处也仍然存在新旧观念的矛盾和传统与现代的情感纠葛。严复、康有为、梁启超、章太炎这一批人，在后期或多或少都回归了传统。一直要到五四运动前后，中国才开始出现现代意义上的知识分子。陈独秀、蔡元培都是由科举出身的，周氏兄弟也都应过县试，他们总算走出来了。但旧士大夫的大部分却并没有(我认为也不大可能)完成向现代知识分子的转变，例如林琴南和王国维，他们接触到了新的知识，能够使用新的方法，观念深处却还是旧人。

旧士大夫要转变成现代意义上的知识分子，关键何在呢？在于必须与陈旧的传统观念彻底决裂，通过民主与科学的洗礼，真正的脱胎换骨。

现代化观念是民主和科学的观念。周氏兄弟的思想价值，正在于无情地鞭挞了专制和愚昧，深刻地批判了腐朽的传统观念。他们是旧士大夫中生成的现代知识分子的典型。

研究十九世纪中国士大夫对西方文化的认识及其反应，可以看出他们受传统文化束缚的深重，看出他们要接受现代化观念和否定自己旧意识的艰难。只有引进和发展了新的社会生产力，感受到了新制度的优越性，只有当知识和文化可以自由谋生、参与了管理和领导，他们才会从“穷则独善其身”(草间偷活)，“达则兼善天下”(学而优则仕)的生长模式中解脱出来，才能改变自己进退出入思想行动都只能依附于统治者的模式，成为真正的 intellectual。这个过程十分复杂和曲折。研究这个问题，对于我们搞改革开放，实现现代化，具有强烈的现实意义。因为我们也是士大夫的第二代、第三代，在我们血管里流着的还有士大夫的血液。

正如我在《走向世界丛书》的总序中所言，历史无情亦有情，后人的思想和事业肯定要超越前人，但前人的足迹总可以留作后人借鉴，先行者总是值得纪念的。庄子云："日月出矣，而爝火不息，其于光也，不亦难乎？"我只是一个普通读书人，能发出的光和热甚至还不及爝火。但我编的书，我写的书，我进行的研究，总可以在前行之路上留下一点痕迹，即使它再细小，再微不足道，至少总是无伤乎日月之明的吧。

应该有一点关怀和担当

我的读书写作和我的编辑工作是一而二，二而一，密不可分的；和我从一九四九至一九五七至一九六六至一九八九的思想轨迹和心路历程也是关系密切，一脉相承的。

我觉得，生而为人，生而为读书人，总不能不关怀人文，总不能不关怀社会。自己写书也好，编书也好，总得要体现出这种思想，并且要为此承担责任。

一九五七年被划为右派，我的"右派言论"有一条："自由、民主和社会主义是没有矛盾的。"其实我当时说自由，不过是希望能让我用自己的脑子思想，能让我读自己想读的书。这是不是不符合社会主义精神，是不是错了呢？思来想去，结论是自己并没有错。

被开除公职的我回家自谋生活，辛苦一天只能赚几毛钱。好在身体没有病，两三个月后筋骨就不痛了，后来又学会了一些手艺，做木模，绘图……生活得以维持下来。

没了社会交往，没了政治学习，看书的时间反而多了。我设法从省图书馆借书，绘图做木模挣了钱，还能到旧书店买点书，民国二十五年(一九三六)北平版《查泰莱夫人的情人》便是那时买得的。周作人的书，还有后来《走向世界丛书》所收的有些书，也是那时买得的。

一九七〇年又因“右派不思悔改，继续攻击伟大的无产阶级文化大革命”被判刑十年，在劳改队仍忍不住要思考国家和文明兴衰的前因后果。那时候当然不会想到编书写书的事，但总忍不住要想，中国怎样才能成为一个现代化的国家？中国人怎样才能享受民主自由？

一九七九年到湖南人民出版社当了编辑。一到，我就立即建议并着手编纂《走向世界丛书》。为此我广泛搜览前人的出国记述，近代留学、出使、考察、旅游欧美日本的记载，一共看过两百来种，包括难得一见的稿本和抄本，如张德彝的八部《述奇》，周作人藏黄遵宪最后定本《日本杂事诗》，钱单士厘《归潜记》家刻毛本等。看了这些书，就等于对我们从封闭社会走向现代世界的历史，做了一番纵横观察。我决定选出其中一百种，编成这部丛书。

从郭嵩焘到康有为，近代一百四十年，前七十年的历史，在我看来，是非常重要和富有意义的；对于正在向现代化前进，正在继续走向世界的我们，也是十分有启发意义和借鉴作用的。于是有好几年时间，我将全部精力投入编辑《走向世界丛书》，每本书的导言(叙论)长的三四万字，少的一万多字，一共写了二十多篇。我本人的有关著作，也是在这二十多篇导言的基础上完成的。

我一直以为，写书的人，编书的人，还有出版的人，他们的眼睛，应该望着渴望文明进步的读者，望着历史前进的方向。这在出版不太自由的时候，总会要承担一定的风险。

风险也真来了，《走向世界丛书》一百种只出了三十六种，周作人的书被迫中途放弃，岳麓书社的总编辑也当不下去了。但是，一九八九年以后，我的编辑工作和写作仍在继续。

有朋友半开玩笑地对我说："不怕再戴帽子了吗？"萧乾也担忧地提醒我"别自找麻烦"。我在一篇文章中援引了一位英国学者评论容闳的话应答："中国本身拥有力量，可以在真正完全摆脱迷信的重担和对过去的崇拜时，迅速使自己新生。"我以为，只要自己的工作有助于"摆脱迷信的重担和对过去的崇拜"，自己就拥有了力量。

我出曾国藩、周作人的书，出《走向世界丛书》，自己写书写文章，都是为了启蒙，为了解放思想，为了突破禁锢，为了不让文化留下空白。当然，这些书和我自己的书都是"小众书"、不是大众悦读的畅销书，出书的目的只在于影响思想者，为改革和进步开路。

二〇〇七年，一名大学生博友以我说的知识分子"才学识三要素"立论，指责当前某些知识分子丧失独立人格，依附利益阶层，在精神上缺钙，一时引起波澜。其实，相当多的知识分子沦为利益阶层的附庸，或者进入利益阶层，是不可避免的。从前的士大夫读书就是为了做官，但追求理想并不热衷追逐个人利益的读书人仍然不绝如缕。如果没有这样的人，这个国家和民族早就没有希望了。渴望文明进步的读者也不会太少，从我不断收到的读者来信可以看得出来。

一九五七年，我以“自由、民主和社会主义是没有矛盾的”获罪。五十年后，人们开始承认“自由民主是人类共同追求的价值观”，时代毕竟在进步。

古老的中国文化，确实是一条源远流长的大河。自从碰上“三千年未有之大变局”，这条大河得要转弯。改革开放三十年来，古老大河的文明终于开始转弯了，普世价值开始被尊崇，自由民主的要求也可以表达了。

美国学者托马斯·弗里德曼的名著《世界是平的》指出：当今的世界是越小越平，各国都不可逆转地在全球化。这一观点与我一九八〇年在《走向世界丛书》总序中说的“今天的世界是一个迅速缩小的世界”是相符的。

现在已经多了些言论自由，不会再因言获罪了。但“走向世界”的过程仍远远没有完结。走向世界文明正轨的过程很复杂，拐点的出现可能还要再过若干年。古老文化的遗传性和复制力很强，遗传的病毒使肌体的更新力下降，脱离全球文明的正轨也实在太远了一点。

不少人对传统文化缺乏深刻的认识。改革不仅要克服体制上的障碍和经济上的束缚，更有待解决的是人内心思想上的问题，这一点非常容易被忽视。

一种文化，绝不能靠排斥其他文化而得到真正的发展。有没有容纳外来成分的气魄，能不能吸收和消化新的分子而又不机械搬运、盲目崇洋，正是衡量一种文化有没有生命力的标志。但中国有力量追求进步，现在认知世界的科技手段日新，世界都在一张网上。中国将从变化中受益，在文明进步上更加快速地发展。为了这个远大的目标，个人承担点风险，付出点代价，我以为是值得的。

李一氓无题有赠

（2013. 8）

电闪雷鸣五十春，空弹瑶瑟韵难成。湘灵已自无消息，何处相寻倩女魂。

一九八三年四月李一氓写于条幅裱好寄来的这首诗，上款“无题书奉叔河同志雅鉴”，“无题”即是诗题。

此前不久，他有文《纪念潘汉年同志》，也用这首诗开头，并且解说道：

> 第一句指一九二六年汉年同志参加革命到一九七七年逝世；第二句指工作虽有成绩而今成空了；第三句指死在湖南不为人所知；第四句指其妻小董亦早已去世。说穿了，如此而已，并无深意。

显然这是一首追念亡友之作，虽然声明“并无深意”，其实还是大有深意的。

一九二六到一九七七年正好“五十春”，五十年来“电闪雷鸣”一直不停，电母不停地烧，雷公不停地打。前二十多年，潘汉年跟在雷公电母左右，烧的打的都是别人；后二十多年，老革命成了反革命，烧的打的就是潘汉年小董等“湘灵”“倩女”这一群“自己人”了。诗人对此的感受，《纪念潘汉年同志》文中有所说明：

> 一九五五年春以后，因为他和我是众所周知的好朋友关系，我也受到一些嫌疑，……甚至有负责同志追问过我，“潘汉年的事你难道一点都不知道吗?”所以对于这个案件，我也就只能躲之唯恐不及了。……从一九二六年算起，我们大家都经历了一场接一场的大风暴，有时惊心动魄，有时也目眩神伤……

这番自述，岂不是对“电闪雷鸣五十春”更切实的解说，也就是这首《无题》深意之所在吗，但他为何会将它“书奉”给我呢?

我和李一氓只有过“一面之交”，一次面对面的交谈。那是一九八二年三月，他不知从哪里见到《走向世界丛书》中的几本，便通知我进京开会。会期八天，彼此都忙。某次用餐时，他屈尊就我，说有部由缅甸去英国的清人游记刻本相赠。我知道这是王芝的《海客日谈》，因已有复印本，便辞谢了，却急于向他说起《曾国藩全集》必须重编的道理来。他对于原刻《曾文正公全集》有哪些“不全”也感兴趣，听得津津有味。大约交谈了四十多分钟，连准备送他的一本我在劳改队时油印的《水浒叶子》(我见过他介绍《明刻陈老莲水浒叶子》的文章）都来不及送，我便在陆续来找他谈“项目”的人快要围成一圈时告退了。

虽然只有这“一面之交”，李老却一直关心着我的工作和文字。当年九月和十一月间，他两次来信，动员我将为《走向世界丛书》各种所写的叙论“集合起来，印为一册”。后来《从东方到西方》准备在上海人民出版社出版，他又写来了精彩的序言。一九八三年三月，《人民日报·大地》发表了我写的《潘汉年夫妇最后的日子》，一个多月后，便收到他寄来的这首《无题》。

李一氓是真正的老革命、老文化人。我还未出世，他就译过《土地问题》等许多书，编过《文化批判》等好些刊物。我六岁时，他就当上了新四军和东南局的秘书长。一九八二年我在湖南人民出版社当编辑，他则是中纪委副书记、中顾委常委。他和我之间的距离，实在大得很。

应该说，在很多方面，李一氓和我都是迥然不同的，我和他实在很少共同性。但是，迥然不同的两个人，某个时候也可能会产生某种共同的理念或感情，比如说，对《水浒叶子》的喜爱，对走向世界的关心……还有电闪雷鸣时的“惊心动魄”，对潘汉年之死的“目眩神伤”……

李锐的三次赠诗

（2013.8）

今年九十七岁的李锐，是我一九四九年进报社时的老社长，曾三次写诗相赠。其一云：

> 依然一个旧魂灵，风雨虽曾几度经。延水洪波千壑动，
> 庐山飞瀑九天惊。偏怜白面书生气，也觉朱门烙印黥。
> 五十知非犹未晚，骨头如故作新兵。

原是他的五十自寿诗。一九八二年（壬戌）写寄我时，他年已六十又五，“延水洪波”和“庐山飞瀑”早都过去，其本人亦非“新兵”而是中央委员了。

一九七九年平反改正时我四十八岁，到一九八二年正好年满五十，对于“作新兵”确实不够努力；但读到“依然一个旧魂灵”和“骨头如故”时，想起克伦威尔的名言“Paint me as I am”，仍不禁顿生“虽不能至，心向往之”之感。

赠我的第二首诗《寄叔河老乡》，就是直接对我说话了：

次青并列谢恭维，无奈生平不合时。幸有言辞飞网上，老夫尚保岁寒姿。

次青为平江先贤李元度之字，为什么诗句一开头便提到这位先贤呢？

二〇〇三年我作文悼念一九三三年苏区“肃反”错杀的“平江才子”毛简青，文中有云，“平江与江西义宁接壤，两地文风皆盛。平江古有李次青，今有李锐，都是有名的才子，毛简青生于二李之间……”乃是如实叙述，并无意“恭维”。文章亦未寄给李锐看，是他自己在报上看到的，写诗寄来则是二〇〇四年的事了。

二〇〇七年初朱纯去世，有哀启告知亲友。李锐收到后立即寄来了挽诗，也是给我第三次写诗：

患难夫妻难问天，贱民生活史无前。鲋鱼涸辙相濡沫，同德同心是宿缘。

上款“朱纯同志乡贤千古”，下款“九十叟李锐敬挽”。随后又托朱正兄带来了悼念文章，曾在《芳草地》上公开发表。

我自幼体弱，怯于出行，至今只进京四次，从未与李锐专门谈过朱纯的事。朱纯更只去看过他一次，李老和张大姐为她特设家宴，请来京中旧时相识的女同志贺富民等作陪。席间他对朱纯说：“锺叔河坐牢九年受了苦，你受的苦比他还多，朱正和柳思都这样说的，还把你做木模工养活几个小孩，凭本事做到了五级师傅的事也告诉我了。将你们夫妇这样率真，这样能干的人开除、劳改，害得骨肉分离，真是太不爱惜人才，太不应该了。”朱纯回来转述此言时，仍然十分感动。

自从参加工作以来，领导过我的人有过多少位，记不清了；到老还能作诗相赠者，就只有“偏怜白面书生气”的这一位，想想这些，很有意思。

钱锺书书赠旧作

（2013.12）

《山斋凉夜》是钱锺书先生抗战期间在湖南安化蓝田（今涟源）李园所作的一首七律：

孤萤没竹淡收光，雨后宵凉气挟霜。细诉秋心虫语砌，冥传风态叶飘廊。相看不厌无多月，且住为佳岂有乡。如缶如瓜浑未识，数星飞落忽迷方。

他曾写赠我，款云“山斋凉夜旧什录呈叔河贤友雅属”，下钤图章“钱印锺书”“默存”。

同时寄来的还有一信：

叔河贤友如晤：

除夕前了笔墨宿债，忆吾友曾索拙书，即写两纸，所录皆四十年前寓贵省时作诗也。正思寄奉，忽得尊函，摄影风度大佳，珍藏时时展玩，如见故人矣。内人畏写字，请兄豁免；老翁既被役，老妇可从宽减乎，一笑。献岁有新，维身心康泰著述新富为颂。笔秃不成字，草此即颂俪祉。

钱锺书敬上，杨绛同候，一月二日夜。

这“一月二日夜”是在八十年代初，那么“四十年前”正好是钱先生执教蓝田(今涟源)“国师”时。《围城》说，学校的规模不大，除了女学生和家眷，全都住在一个“本地财主的花园”里，这便是蓝田镇边上的“李园”，也就是诗题中的“山斋”。

从来信看得出索字的对象本是钱、杨两先生，但钱先生宁愿自己“被役”，也要替杨先生请求“豁免”。联想起诗中“细诉秋心”和“相看不厌”的离人寂寞，这一对青春做伴白首同归的文人夫妇之伉俪情深，确实令人忻羡。

钱、杨的学问文章早由历史定位，完全不必再以书名；但我对两先生的书法，也和对他们的文章一样喜欢。署“钱锺书默存稿，杨绛季康录”的影印本《槐聚诗存》，至今常在我案头枕畔。书中一九四〇年部分第二十九页下的《山斋凉夜》，和写给我的有两字不同，即首联中“没”字作“隐”，“挟”字作“蕴”，再就是末联中“如缶如瓜”有小注：“流星‘如缶’‘如瓜’云云，见《后汉书·天文志》。”由杨先生秀雅的楷法写出来，和钱先生行云流水的手迹对观，用一句成语来形容，真是“四美具，二难并”了(“四美”谓两先生的文辞和书法，因为书中也有钱氏手迹和杨的文章)。

现在该说到“李园”和“国师”了。予生也晚，抗战胜利前足迹不出长沙和平江，未曾游涉李园，与国师却还有过一点点关系。大姐一九四〇年前后读书安化桥头河，去蓝田不远，订阅了那里印行的《学与思》杂志，上面常见出自国师的文字。有篇记师生联欢，写到“父子教授”同时出席而态度迥异，年轻的那位语出惊人，丰采超群，着西装还打了根红领带。小学生的我对教授的名字不怎么关心，却记住了那根红领带。

第二年进了初中，“英文先生”是国师的毕业生，曾在课堂上讲过他的老师和太老师，一个英文系主任一个国文系主任，学问都非常之了不起，太老师却好像更偏爱自己的小女婿(也是国文系的老师)。这些故事学生们听过也就听过了，几个顽皮点的甚至还敢低声议论，“吹老师还不是吹他自己”。但因为红领带印象深刻，所以先生眉飞色舞的样子亦未能忘。

及年岁稍长，读过《围城》和《谈艺录》，又读了从王闿运讲到徐志摩的《现代文学史》，知道了“父子教授”的详情，理性上和感性上自然而然地认同和倾倒于年轻一代。八十年代编《走向世界丛书》，得到锺书先生青及，给予指导，对他就更愿亲近了。有次和先生闲谈，谈到国师学生在湖南教书的很多，我自己就当过一个学期他学生的学生，却说不出那位“英文先生”的名字。他给我写《山斋凉夜》，称我“贤友”，可能也与这次谈话有关。

就在这前后不久，某大学准备开“钱基博学术讨论会”，着手整理出版钱氏的全集。据说锺书先生对此不甚热心，表示反对“招邀不三不四之闲人，谈讲不痛不痒之废话，花费不明不白之冤钱”，引起议论。我问及此事，锺书先生回信说：

……先君遗著有独绝处，然出版尚非其时。其弟子辈尊师而无识力，急于刊行；弟于此事不敢置可否，蒙不孝之讥而已……

话说得很清楚。他不仅没有否定老先生的学术贡献，还肯定了其“有独绝处”也就是有学术价值，担心的只是“弟子辈”“无识力”，不能将其整理出版好。

我却很不识相，打电话去说我虽然也无识力，但身在湖南，老先生在蓝田时印的《近百年湖南学风》六十四开土纸本是认真读过的，认为它确实“有独绝处”，还是想在湖南将其和李肖聃《湘学略》合为一册印行，请求允许。他笑答道：

“我这里只能一视同仁。你硬想印，就去找我的妹妹吧。”

于是我便去找了锺霞先生。她很快便授权了，并且写来了一篇充满感情的后记，最后几句是：

本书初版在蓝田印成……我一直珍藏着，“文革”初期它被当作“四旧”销毁了……岳麓书社居然寻得了一个初版本，重新付印，让父亲的遗著得与世人见面，我很感谢。四十多年前我作过校对，现在又作一次校对，使我沉浸于回忆中。寒风之夜，李园四周，万壑松涛在响。西侧一室，橘黄的灯焰摇晃着，父亲在灯下一笔一笔认真地写这本书稿。四十多年了。

落款是“钱锺霞校读后记，一九八五年元月于武昌”。

这也是一篇好文章，到底是钱锺书的妹妹啊！

梁漱溟书杜甫诗

（2014. 7）

前些时在报上见到罗孚在香港去世的消息，虽知他比我还大十岁，已是九十四龄高寿之人，仍觉晨星寥落，不胜伤感，尤其在重读他这封来信之后：

叔河先生：

您好！去年蒙您惠赠尊编《周作人散文全集》，迄未致谢，深以为歉。现趁友人吴承欢兄来长沙之便，特托其带上敝乡先贤梁漱溟先生书法一幅，聊表谢意。此为四十年前在陪都重庆获梁先生赐赠，敬以转赠先生，聊表谢意。尊编知堂老人全集，精美完备，应为读者深所爱重，得蒙惠赠，深为感谢！拖延年馀，今始言谢，失礼之至，敬请谅之。去夏中风，虽获痊愈，现仍行动不便。

匆匆，敬祝

秋安！

罗孚敬上。二〇一一年十月。

字迹和文句都看得出“去夏中风”对他的打击，的确是十分严重的。比如说，梁漱溟的字是“民国卅七年”即一九四八年元旦写的，到二〇一一年十月，时间应在六十三年前，信中却写成了“四十年前”，“聊表谢意”也重复讲了两遍。

遭受了如此严重的打击，罗孚仍念念不忘给他寄《周作人散文全集》的事情，不忘托友人将梁漱溟写赠他的杜诗条幅带来长沙转付于我，这真是最后表示的珍贵情谊啊！果然，不到三年，罗先生就长逝了。

其实我和罗孚一九八七年才认识，那是在北京范用家。我刚以岳麓书社名义在《光明日报》上广告：“人归人，文归文。周作人其人的是非功过是另一问题，其文的主要内容是对传统文化和国民性进行反思……今之读者却不可不读。”接着便开始印行了《自己的园地》《雨天的书》……，编出了《知堂书话》《知堂序跋》……这次去范用家，也是为了和徐淦见面，向他请教绍兴的风土和名物，解决笺释《儿童杂事诗》的疑难。在范家，范用叫来了徐淦，接着又来了“史林安”，都对出周氏的书极感兴趣。后来才知道，这“史林安”便是罗孚“留京十年”期间使用的化名。好在他虽然“留京”，还能作文访友，还能谈周作人……

后来他便去了加拿大，最后又还是回到了他久居的香港。他是五六十年代香港中资报纸的总编辑，周作人在香港发表的文章，包括著名的《知堂回想录》，原稿都是经由鲍耀明先生和他的手发出的，最后也都保存在他二人手里。我出周氏的集外文和散文全集，多亏了鲍、罗两先生大力相助。所以，寄送样书给他们，乃是理所当然之事，本来不必言谢，更不必回报的。《知堂回想录》的手稿，他曾有意交我保存，以为这样最有利于出书，我说还是交周氏后人为好，不知为何后来却给现代文学馆了。

梁漱溟书“江月去人”这首杜甫七绝，时在他“一觉醒来，和平已经死了”之后，正居于重庆办他的“勉仁书院”。但毫无疑问，他仍是中共“统战对象”，所以才会有“写杜诗为承勋乡兄之属”这回事(罗孚原名罗承勋，与梁漱溟为广西同乡)。诗云“风灯照夜欲三更”，不错的，民国三十七年(一九四八)元旦的重庆正在“长夜难明赤县天”的黑暗里。一年过后，战犯求和，再过九个月就“一唱雄鸡天下白”了，梁漱溟当了全国政协委员，罗孚则去香港创办《新晚报》，都挺忙的。又过了三年多，国内开始“批判梁漱溟的反动思想”，此后罗孚跟梁漱溟应该不会再有什么联系，但精裱的条幅仍然在罗家保藏着。梁先生一九八八年才去世，此时罗孚仍然“留京”，但他们想必更不会联系了。文人遇合，总难免被时代潮流播弄，梁、罗两先生俱已成古人，条幅体现的这桩文字因缘却还留在我这里，思之怆然。

沈从文咏八境台

（2015.1）

赣州古名郡，万屋栉比连。八境寓游目，思古慕前贤。
遥接郁孤台，缅怀辛幼安。节麾拥万骑，横江多楼船。
旌旗耀云日，精甲足壮观。方期复中原，血战龙蛇翻。
王命停征伐，轻裘入市廛。举觞乐父老，同歌大有年。
玉虹来天外，笔立大江边。借此抒壮怀，佳句至今传。
历时八百载，城障尚完坚。登高多古意，风铎鸣悠然。
巍巍崆峒在，江水碧接天。双流会合处，千帆自往还。

六一年旧作游赣州八境台

沈从文习字，时丙寅春节前，新之窄而霉小斋中，年七十进五，始终不易及格。

赣州于汉初设治，自然可称古郡。章贡二水在此汇成赣江，八境台建于“双流会合处”，登台可眺望郁孤台、玉虹塔、崆峒山等八处风景。诗作于一九六一年，写于一九八六年二月，后来才赠与我。

去“新之窄而霉小斋”看沈从文，本只为解释田志祥冒昧去信之事。沈对此却并不介意，还给田写了回信(曾刊《湖南文学》一九八九年第一期)。因而不得不谈起田的亡父(沈在陈渠珍部时的朋友)，因而又不得不谈起陈渠珍。沈对陈极有兴趣，一再要我“多坐坐，多谈谈”，并以此幅相赠。

其实我只在六十年代跟陈渠珍的二儿子天一一同在街道上当过被监督的“右派”分子，一同打过几年“机械流”。朱纯在街道工厂做工时，亦与陈渠珍最后一任妻子彭梅玉同事，同拿十几元的月工资。陈氏最小的儿子晏生，则和我女儿在麻园岭小学同学。这些情况与陈渠珍本人关系不多，于是只好谈谈社会上对陈的一般评价：湘西王，土匪头。

“什么土匪头！土匪头会给家乡买《四部丛刊》吗?”

“是呀，您在《从文自传》中就写过他买《四部丛刊》，说他天天读书，要取书，要抄书，都找您。”

“对，我是文书，他的文书。”沈笑了起来，接着叹息道：“无论如何，陈渠珍总是个有文化的人。有文化才会看重文化，讲求文明。没有他，我当时也读不到那么多的书。”

八境台诗中“缅怀辛幼安”，辛也是文武全才，曾“节麾拥万骑”，又“佳句至今传”，本来“方期复中原”，却只能以“郁孤台下清江水，中间多少行人泪”抒怀发愤。可是，陈渠珍连这样的荣哀都没有，难怪沈氏为之叹息。

八境台诗一九八〇年曾刊美国《海内外》，一九八一年曾刊香港《广角镜》，字句略有不同，似应以后来改定者为准。跋语自谦“始终不易及格”，赠我时确曾说过，“用圆珠笔三角板画朱丝栏，总是画不好”。但沈氏生于一九〇二年，到一九八六年已是八十四岁，“年七十进五”应是“八十进五”的笔误。

波特兰看读书

（2015.3）

都说美国人爱热闹爱玩，在俄勒冈这个以出球星出大兵著名的州，看来确实如此。

女儿家在哥伦比亚河北，对河便是俄勒冈州最大的城市波特兰。假日间她常带我过河，那里到处都嫌闹得慌，所以我总是去图书馆。

图书馆里人也多。但无论男女老少白人黑人，一进图书馆就像是进了教堂，活泼一变而为严肃了。美国人平素最喜欢跟人打招呼，这时则熟人见面也不开口招呼，最多点点头，更不见有谁嬉皮笑脸。

每逢假日，图书馆各个阅览室里，读者都接近饱和，也都相当安静，很有点像我们抗战时期读初中住校时晚自习，一个个都眼观鼻鼻观心。不过我们那是在训育主任时时都会突然来临的监视之下，这里则是各人都在“观”自己想“观”的书。

阅览室的常客多为年长者和家庭妇女，他们桌上的书常常不止一本，可见其文化水平未必低，读书亦未必全是为的消遣。年轻男女有时还带上孩子，则多于假日见之。儿童阅览都在一楼，按年龄大小分室。曾于一室中见数幼儿口衔奶嘴，各在父母指示下看图书，也并不吵闹，想必是整个安静氛围产生的效应，不一定是奶嘴在发挥作用。

图书按类分库，读者均可入库，随意找书看书。入书库的人比进阅览室的少，自然更加能够保持安静。有次我进入地图室，翻看一册用倒U形不锈钢圆条固定在桌面上的巨型历史地图集，三十年战争后分裂成三百诸侯国的德意志全境，只有在这样对开本大地图上才看得清。邻座一位白发老先生，也在看固定在桌上的另一册大地图，看着看着，他忽然咳嗽了一声。我下意识一抬头，只见他忙用手巾掩住口鼻，悄然起身离室，并且带上了门。少顷他收拾了回来，逐一向邻座点头致意，然后才默默坐下，仍旧专心致志地看他的地图。见此我不禁心想：这真是“如见大宾，如承大祭”啊，能以此态度对待书，对待图书馆，不恭维他为文明国民亦不可能了。

阅览室和书库里都在安静地读书，图书馆顶层的大小房间里，却常常在举办演讲和进行座谈，题目当然总与书和读书有关。印象最深的一次是，十多位老太太、老先生(据说大半是退休老教师)，围坐在一张长桌边，聚精会神地讨论着狄更斯的小说。一位接着一位发言，也都温文尔雅，与广场上火热的辩论大异其趣。本来嘛，这是在称为文化殿堂的图书馆，在讲谈十九世纪的英国文学啊。“到什么山上唱什么歌”，看来美国也是这样的。

图书馆外借极为方便，入库找得书，拿到门口留下自己的汽车牌号和电话号码就带走。借书可以借很多本，甚至还可以带手拖小车入库去拖。有位老太太拖着一小车书，往自己小汽车上装时，小车的系带脱扣，书全散落在地上。这时她既尴尬，又着急，一面手忙脚乱地捡书，一面不停地向大家道歉，六七十岁的人，竟和做错了事的小学生一样，简直要哭出来。图书馆的人见到，立即上前安慰，帮她把书搬上车。她则连连感谢，还说："让我好好看看这些书，看弄坏了没有，弄坏了一定要赔的。"这时天正下小雨，幸亏地上还不太湿，书并没怎么弄坏。这时我又想：可以说，有这样的图书馆，才有这样的读者；也可以说，有这样的读者，才有这样的图书馆。

住女儿家六个月，去图书馆不到十回，所见当然有限。图书馆里肯定有负面的东西，只是我未曾得见罢了。波特兰当然也有人不爱读书不读书，读书人当然也有的不会进图书馆。我在图书馆里，便好像从来没遇见过球星和大兵；球星也许不会个个像姚明，大兵却是一望而知的。

但这并不会改变我对波特兰人的总的印象：他们确实爱玩爱热闹，可是也爱静爱读书。

因为怕以偏代全，图书馆里边的事就不多说了，再说点图书馆外边的事吧。六个月中，在轨道交通的车厢里，在公园的长椅上，我所见手里拿着书读的人，大约有五分之一或四分之一，十个人中总有两三个；拿着手机在玩的人，却少而又少，甚至并无一人。是不是俄勒冈州有禁令，轨道交通工具上禁用手机呢，不得而知；公园中不会行禁令，这一点却可以肯定。

现在在我们这里，情形却正好相反，"读屏"的人好像越来越多，读书的人则好像越来越少，据说此乃是科技进步的必然结果。弄不明白的是，美国的科技难道如此不进步如此落后，落后到了人们居然不会“读屏”只会读书的程度了吗？

长沙之于湖南，亦犹波特兰之于俄勒冈。若将长沙比波特兰，比人多，比热闹，我这长沙人硬是可以唱一句本地风光《刘海砍樵》，“比得还有多”；要是比读书的风气和条件，那就只能求上帝或阿弥陀佛，千万保佑我不要老是得唱“那就比不上了啊”这句才好吧。

岳麓山上养棵树

（2015.4）

我在岳麓山上领养了一棵树。

这是一棵大枫树，树龄一百五十多年了。

八十多年前我出生在岳麓山下，从前地名朗公庙，如今是湖南师大体育馆。从小我便常上岳麓山，明月夜，大雪天，歌于斯，哭于斯。

人渐渐长大，入世越深，离山越远，上山的次数便越来越少。但谈爱时还时常去，成家立业后带着孩子也时常去；顺利时去游目骋怀，不顺利时去暂时逃避。可以说，岳麓山留下了我一生的印记，留下了我一家的印记。

六十五岁离了休，后来妻又走了（她也是河西人），体力日衰，登山成了难事。但岳麓山始终是我牵挂着的地方，总想在此留个纪念。

于是便在这里领养了一棵树。

绿化山林，保护树木，有益于人，人亦有责。我也算尽了一分责。

八年了。年年植树节，我都按时去付费领证，坐在亭子里看看那棵树，看见它挺拔精神，自己的精神也觉得好了些。

我对女儿说："我只要能走动，年年都会来。我死了以后，这棵树你继续领养。我和妈都不做墓不留骨灰，就让这棵树代表我们，生前依傍着岳麓山，死后(树也要死的)便就地回归泥土吧。"

图书在版编目(CIP)数据

小西门集/锺叔河著. —长沙:岳麓书社,2021.4
ISBN 978-7-5538-1403-2

Ⅰ.①小… Ⅱ.①锺… Ⅲ.①散文集—中国—当代 Ⅳ.①I267

中国版本图书馆 CIP 数据核字(2020)第 190619 号

XIAOXIMEN JI

小西门集

作　　者:锺叔河
责任编辑:李缅燕
特约编辑:王　平　鄢　蕾
责任校对:舒　舍
封面设计:格局创界文化传播
封面摄影:李　锋
插图制作:唐　巍
图文排版:刘晓霞

岳麓书社出版发行
地址:湖南省长沙市爱民路 47 号
直销电话:0731-88804152　0731-88885616
邮编:410006

版次:2021 年 4 月第 1 版
印次:2021 年 4 月第 1 次印刷
开本:889mm×1194mm　1/32
印张:13
字数:277 千字
印数:1—3 000
ISBN 978-7-5538-1403-2
定价:98.00 元

承印:雅昌文化(集团)有限公司

如有印装质量问题,请与本社印务部联系
电话:0731-88884129